SUSANN BRENNERO

Mord am Kaiserteich

SUSANN BRENNERO

Mord am Kaiserteich

Kriminalroman

GMEINER SPANNUNG

Bisherige Veröffentlichungen im Gmeiner-Verlag:
Mordsakten (2017), Peter Kürten – der Vampir vom Niederrhein (2016),
Meyerling ermittelt in Düsseldorf (2015)

Personen und Handlung sind frei erfunden.
Ähnlichkeiten mit lebenden oder toten Personen
sind rein zufällig und nicht beabsichtigt.

Im Ehnried 5, 88605 Meßkirch
Telefon 07575/2095-0
info@gmeiner-verlag.de

1. Auflage 2018

Lektorat: Sven Lang
Herstellung: Mirjam Hecht
Umschlaggestaltung: U.O.R.G. Lutz Eberle, Stuttgart
unter Verwendung eines Fotos von: © shokokoart/Fotolia.com
Druck: GGP Media GmbH, Pößneck
Printed in Germany
ISBN 978-3-8392-2321-5

Für Brigitta

DIENSTAG

1

Ihr Geist fand keine Ruhe. Zu viel hatte sich verändert. Diese Welt war ihr fremd geworden. Lange waren die Zeiten vorbei, in denen sie für ihre makellose Schönheit und ihren feinsinnigen Kunstverstand gefeiert worden war. Aber auch Verdruss und Hader über den Verfall ihres Körpers gehörten der Vergangenheit an. Hatte sie es doch geschafft, mit allen ihr zur Verfügung stehenden Mitteln den Glanz ihrer Tage in die kommenden Jahrhunderte hinüberstrahlen zu lassen. Diese Idee war keinesfalls anmaßend gewesen – immerhin hatte ihre Familie in ihrer über 350 Jahre langen Geschichte Florenz, der Stadt am Arno, eine künstlerische und machtpolitische Blütezeit beschert. Mit großzügiger Hand hatten sie als Herzöge und Fürsten in der Toskana geherrscht. Die Begabtesten und Edelsten ihres Geschlechts waren zu Großfürsten, zu Kardinälen, Päpsten und Königinnen aufgestiegen. All ihren Ahnen war das sichere Gespür für die schönen Künste, für raffinierte Machtspiele und für erfolgreiche Geldgeschäfte gemein gewesen. Ihr war nach einer glorreichen Familiengeschichte in der zwölften Generation als letzte der Großfürstenfamilie Medici die Aufgabe anheimgefallen, das Erbe – den großen Reichtum des untergehenden Bankiershauses – vor dem gierigen Zugriff der neuen Landesherren zu schützen.

Warum nur waren weder ihr noch ihren beiden Brüdern Ferdinando und Gian Gastone, dem letzten Großherzog der Toskana, Nachkommen vergönnt gewesen?

Schließlich hatte sie, Anna Maria, das Testament der Testamente des Hauses Medici alleine verfügt und zu ihren Lebzeiten viele wichtige Erbschaftsangelegenheiten mit dem Großherzog Franz III. von Lothringen, dem neuen Herrscher über Florenz und die Toskana, geregelt. Sie war als Politikerin und Finanzgenie so begnadet wie alle ihre berühmten Vorfahren. Noch viele Tausend Jahre, vielleicht bis zum Jüngsten Tag, würden die Menschen ihr diplomatisches Verhandlungsgeschick und ihre durchdachten testamentarischen Verfügungen bewundern. Denn nach ihrem letzten Willen durfte kein einziges Kunstwerk der Familie Medici Florenz je wieder verlassen. Für immer konnten sich die Menschen an dem großen Reichtum an Gemälden und Skulpturen, an Bauwerken und Pretiosen in Florenz erfreuen. Auch die Basilica di San Lorenzo sollte auf ewig vom Ruhm der Medici zeugen.

Ihr Familienname würde für immer lebendig bleiben.

Nach welcher Mode mochten wohl die Menschen in 100 oder 200 Jahren gekleidet sein, die den Reichtum der Medici bewundern würden? Trugen die Prinzessinnen und Kurfürstinnen, die Königinnen und Kaiserinnen in 300 Jahren ihre Haare so prächtig wie sie? Würde es nach dem Untergang des Hauses Medici je eine zweite Frau auf dieser Welt mit einem solch liebreizenden Antlitz und einer solchen dunklen Lockenpracht geben?

Ihr leises Seufzen verklang im Äther. Irgendetwas war anders als in den Jahren zuvor. Ihre geliebte Florentiner Welt schien sich völlig verändert zu haben.

Seit ihrer Rückkehr nach Florenz als einsame Kurfürstenwitwe im Jahr 1717 hatte ihre Liebe nur noch der Kunst und Gott gegolten. Die ersten Jahre in ihrer geliebten Heimat hatte sie als Großfürstin der Toskana an der Seite ihres

Vaters Cosimos III. noch einmal den Glanz der Macht erlebt. Nach dem Tod ihres Vaters 1723 hatte sie sich aus dem öffentlichen Leben nach und nach hinter Klostermauern zurückgezogen.

Nicht einmal die neugierigen Blicke der Wissenschaftler hatten sie gestört, die nach über 269 Jahren die schwere Steinplatte ihres Sarges geöffnet hatten. Doch was sollten ihre sterblichen Überreste mit der neu gewonnenen Freiheit? Ihre Knochen waren wie bei allen Normalsterblichen zur ewigen Ruhe verdammt. Für ihre ruhelose Seele war nur ein Ausflug zu ihren geliebten Gemälden und Skulpturen eine Verlockung gewesen.

Kaum war die Grabplatte ihres Sarges gehoben worden, bangte ihr Geist um ihre kurfürstliche Herrscherkrone auf ihrem skelettierten Haupt. Nicht einmal das Hochwasser des Arno wenige Jahrzehnte zuvor hatte es gewagt an ihrer Krone zu rühren. Nur Menschen konnten zu einer solchen Freveltat, zu dieser Leichenfledderei fähig sein. Gehörten diese schamlos neugierigen Augen der neuen Herrscherdynastie der Habsburg-Lothringer? Sie hatte doch alles verfügt. Satz für Satz in wohlbedachten Worten im Testament formuliert. Niemand sollte es wagen, ihrem letzten Willen, dem Willen der Medici, zuwider zu handeln.

In diesem Moment ergriff ihre Seele wieder eine seltsame Ahnung. Nur selten hatte sie in den vergangenen Monaten die Möglichkeit genutzt, beim zwölften Glockenschlag durch das nächtliche Florenz zu geistern.

Mit der Öffnung ihres Steinsarges hatten diese Unwissenden den Bann ihrer Totenruhe gebrochen. Sie konnte sich frei bewegen im Äther. Sie war nicht mehr auf das Innere des Steinsarges begrenzt, der sie so schützend in all den Jahren umfangen hatte. Aber wen hätte sie auch besuchen sollen? Sie war die Letzte ihrer Großfürstenfamilie, die im Jahre 1743 zu Grabe getragen worden war.

Zärtlich zaghaft war sie schließlich vor ein paar Jahren zum ersten Mal nach Mitternacht über die vielen Gemälde und Skulpturen gestrichen, die sie und ihr geliebter Mann und ihre ganze Familie über die Jahrhunderte zusammengetragen hatten. Mal war sie für eine Stunde in der Nacht in die Uffizien geflogen, mal war sie in den Palazzo Pitti geeilt.

Auf dem Weg von der Krypta in San Lorenzo über den Arno bis zum Palazzo hätte ihr Geist beim Anblick der merkwürdig leicht bekleideten Menschen in den nächtlichen Straßen von Florenz laut aufschreien mögen. Doch ihr toter eisiger Hauch war machtlos im Angesicht der vielen blühenden Leben. Wo nur kamen all diese Bettler und zerlumpten Gestalten mit den zotteligen Haaren her? Wo war die feine Gesellschaft mit ihrer prunkvollen Kleidung geblieben? Allein die Bilder in den Uffizien und im Palazzo Pitti hingen mit wenigen Spuren der Zeit an ihren Plätzen. Die ungebrochene Leuchtkraft der Farben und die von begnadeten Künstlerhänden berühmter Meister fein ausgeführten Pinselstriche auf Porträts, Altären und großen Gemälden zeugten vom außergewöhnlichen Reichtum ihrer einflussreichen Bankiersfamilie.

Da! Eine leere Stelle an der Wand!

»Frevler, Vertragsbrecher, Betrüger«, entfuhr es ihrer Seele. Doch ihr lautester Schrei des blanken Entsetzens verhallte als leises, schauriges Stöhnen im Saal. Ein Porträt fehlte! Ein Porträt von ihr, von der Kurfürstenwitwe der Kurpfalz, der Großfürstin der Toskana, von Anna Maria Luisa de' Medici, hing nicht mehr an seinem Platz.

War sie allein hier? Trieben ihre Brüder Schabernack mit ihr? Waren ihre Seelen endlich aufgewacht? Hilflos suchte sie hinter den Skulpturen, in Ecken und Winkeln. Sie eilte von Raum zu Raum. Nichts! Das Porträt war verschwunden. War sie als einzige Medici, die das Testament der Testamente verfügt hatte, als Hüterin der Kunstschätze ihrer Familie von einer ihr unbekannten Macht geweckt worden?

Die Kirchturmuhr ließ die ersten Schläge zur vollen Stunde erklingen. Sie musste zurück in ihr kühles Grab. Ihre Macht war wie die Macht der Medici für diesen Moment bis zur nächsten Mitternachtsstunde gebrochen.

2

Drückend heiß flirrte die Luft am Einsatzort. Die Temperatur war an diesem sonnigen Sommervormittag bereits auf 27 Grad Celsius geklettert.

Kriminaloberrat Manfred Sassner schaute zum Düsseldorfer Rheinturm und versuchte anhand der am Turmschaft angebrachten LEDs abzulesen, wie spät es war.

Im Sekundentakt sorgten Funksignale eines Frankfurter Langwellensenders auf einer Länge von 160 Metern für das Aufleuchten der Sekunden-, Minuten- und Stundeneinheiten der Bullaugen im grauen Betonturm. Den Takt der Signale für das deutsche Zeitnormal gab die Physikalisch-Technische Bundesanstalt in Braunschweig vor.

Kriminalkommissarin Kara Piltz folgte Sassners Blick vergebens. Sie schaute auf ihre schwarze Baby-G. »10:52 Uhr und 17 Sekunden«, las sie laut vor. »Hitzegewitter heute vorprogrammiert.«

»Hauptsache, die Spuren werden rechtzeitig vor dem großen Regen gesichert.« Ungeduldig öffnete er alle Knöpfe seines dunkelblauen Polohemds. Die erhoffte Abkühlung blieb aus. Die hohe Luftfeuchtigkeit zauberte Schweißperlen auf seine Stirn.

Die Mitarbeiter der Spurensicherung in den weißen Overalls mit den großen Kapuzen litten am meisten unter der Hitze. Während sie sich die Schuhüberzüge und die eng anliegenden Gummihandschuhe anzogen, fuhr der dunkle Wagen von Dr. Grimm, dem diensthabenden Gerichtsmediziner, vor das Portal des alten Ständehauses am Kaiserteich.

Sassners Blick glitt über das denkmalgeschützte Gebäude, das nach dem Umzug des nordrheinwestfälischen Landtags 1988 in den runden futuristisch designten Landtagsbau am Rheinufer grundlegend saniert worden war. Heute beherbergte das in den Jahren 1876 bis 1880 in weiten Teilen im Stil der italienischen Renaissance Palazzi erbaute Ständehaus als Kontrastprogramm die nordrhein-westfälische Kunstsammlung K21 für zeitgenössische Kunst.

Zwei Museumsbesucher hatten in aller Frühe noch vor der Öffnung der hohen Glaspforten des K21 auf dem Weg zum Museumscafé am Hintereingang des Ständehauses einen leblosen Körper zwischen den Stockenten, Schwänen und Teichhühnern im Wasser des Kaiserteichs treiben sehen. Ein Psychologe betreute die beiden unter Schock stehenden Senioren auf der Terrasse des Museumscafés des K21. Sie waren derzeit nicht vernehmungsfähig. Ihre wirren, widersprüchlichen Aussagen konnten die Kriminalbeamten beim derzeitigen Anfangsstand der Ermittlungen nicht gebrauchen.

Polizeitaucher legten die Wasserleiche auf dem Wiesenstück oberhalb der Böschung des Kaiserteichs zur Elisabethstraße hin ab.

Sassner fuhr sich mit einem karierten Taschentuch über die Stirn. Seine Augen suchten die Umgebung nach einem möglichen Hinweis ab. Der Kaiserteich grenzte in westlicher Richtung an die Wasserstraße, im Osten an die Elisabethstraße und im Norden an den Schwanenspiegel zur Haroldstraße hin. Nordöstlich lag in einer Entfernung von 150 Metern Luftlinie der Graf-Adolf-Platz als Knotenpunkt zwischen Elisabethstraße, Kasernenstraße, Friedrichstraße, Breitestraße, Graf-Adolf-Straße und Haroldstraße. Ideale Bedingungen, unerkannt nach einem Mord in jeder beliebigen Richtung zu fliehen. Insbesondere war eine Flucht über die Graf-Adolf-Straße ins nahe gelegene Rotlichtmilieu am Hauptbahnhof aussichtsreich. Im Süden verlief die Ständehausstraße mit dem schönen, altehrwürdigen Ständehaus. Weder Kaiserteich noch Schwanenspiegel, die als Doppelteich getrennt von einer schmalen Brücke inmitten der englisch anmutenden Parkanlage integriert waren, zeichneten sich durch eine große Strömung aus. Allein die südliche Düssel, die der Landeshauptstadt von Nordrhein-Westfalen ihren Namen gab, floss durch die romantische Teichanlage inmitten des Großstadtverkehrs.

Auf jeden Fall hatte die Wasserleiche keinen langen Weg hinter sich, dachte Sassner. Sein Blick schweifte über den gesamten Ufersaum des Kaiserteichs und blieb zwischen der üppigen Skulptur »Vater Rhein und seine Töchter« aus dem Jahr 1897 und dem hohen Eingangsportal der Kunstsammlung hängen. Riesige Werbeplakate für eine Medici-Ausstellung im K20, der Kunstsammlung Nordrhein-Westfalen am Grabbeplatz in der Altstadt, und im Museum Kunstpalast im Ehrenhof am Rhein klebten an den Glasflächen. Sassner war kein Freund moderner Kunst. Er hatte das Foyer des Ständehauses nur ein einziges Mal betreten, als er eine Einladungskarte zu einem der berühmten Ständehaus Treffs von seiner Ehefrau geschenkt bekommen hatte.

Zwei Möwen mit Brotstücken im Schnabel ließen sich auf dem Kopf von Vater Rhein nieder.

Sassner konnte sich nur noch dunkel an den abendlichen Polit-Talk mit einem ausländischen Staatsgast im Ständehaus erinnern. Am meisten hatte ihn die begehbare Rauminstallation von Tomás Saraceno in der Kuppel des Gebäudes beeindruckt. In 25 Metern Höhe wurden die Besucher in einem 2.500 Quadratmeter großen begehbaren Stahlnetz auf drei Ebenen selbst zum Kunstobjekt. Er sah Dr. Grimm langsam aus seinem Wagen aussteigen. Scheinbar im Zeitlupentempo nahm der Mediziner seine Arzttasche aus dem Kofferraum seines schwarzen Kombis. Jede eilige Bewegung wäre bei dieser Tropenhitze ein Fehler gewesen.

Wenigstens bot die Leiche an diesem Vormittag ein wenig Abwechslung zur Schreibtischarbeit in seinem Interims-Büro im ehemaligen Innenministerium an der

Haroldstraße. Erst vor Kurzem hatte er mit seinem Team sein Büro im Polizeipräsidium am Jürgensplatz wegen der Sanierungsmaßnahmen für die kommenden Jahre verlassen. Der Abschlussbericht über den innerhalb von vier Tagen aufgeklärten Mord an einem Kioskbesitzer, der von seiner eifersüchtigen Freundin vergiftet worden war, konnte warten.

Sassner dachte mit leichter Verbitterung an die seit einer Woche defekte Klimaanlage in seinem Büro. Die Arbeitsbedingungen in der freien Wirtschaft waren mit Sicherheit wesentlich besser als diejenigen beim Staat. Über sein Gehalt machte er sich keine Gedanken mehr, um nicht völlig frustriert zu werden. Der Glaube an die Gerechtigkeit war ein hehres Ziel, dem er sich immer verbunden fühlen würde. Er war zufrieden mit seinem Lebensweg – das allein zählte.

»Vielleicht ein Vermisster?«, überlegte Kara Piltz. Der vom Judo-Unterricht durchtrainierter Körper der NRW-Landesmeisterin war unter dem eng anliegenden gelben Shirt über der lässigen braunen Sporthose mit den vielen Reißverschlüssen zu ahnen.

»Sieht noch gut erhalten aus. Lange hat der nicht im Wasser gelegen«, sagte Sassner. »Checkst du die Vermisstenmeldungen?«

»Ohne Identität?«

»Mach ein Foto. Per Mail an die Kollegen.« Erstaunt schüttelte der 50-jährige Kriminaloberrat den Kopf über seine junge Kollegin, die seines Erachtens in letzter Zeit mit ihren Gedanken nicht bei der Sache war. Sassner mochte Piltz sehr. Aber Dienst war Dienst. Er duldete keine Nachlässigkeit in seinem Team. »Je eher wir einen Unfall feststellen, desto schneller ist diese Akte dicht.«

»Betrunken nach der Altstadttour im Wasser gelandet. Nichtschwimmer, rettungslos verloren«, vermutete Kara Piltz laut. Das leise Geräusch des Auslösers der Smartphonekamera war mehrfach zu hören.

»Oder er hat eine Abkühlung gesucht und sich dabei maßlos überschätzt.« Mike Kobalt, Kriminalhauptkommissar und Cyberspezialist des Sassner-Teams, war in knielangen Safari-Shorts und schwarzem Muskelshirt am Leichenfundort angekommen. »Saumäßig diese Julihitze.«

Einer der Polizeitaucher hielt eine karierte Brieftasche aus Gore-Tex in die Höhe. Er stand bis zu den Schultern im Wasser. Sein Kollege ging wieder auf Tauchstation.

»Morgen!« Dr. Grimm blieb bei den Kriminalbeamten stehen. »Leiche Nummer 15 in diesem Jahr. Wenn das so weitergeht, brecht ihr den Rekord.«

Sassner nickte kurz zur Begrüßung. »Warten wir mal ab, ob das ein Fall für uns ist.« Die Überlegung des Kriminaloberrats klang wie eine Frage an den langen Gerichtsmediziner mit der schlaksig dünnen Figur, die Sassner seit der ersten Begegnung an einen Leichenbestatter aus einem Edgar-Wallace-Krimi erinnerte.

Dr. Grimm stellte seine Tasche ins halb verdorrte, hohe Gras, das dringend gemäht werden musste, um in der sengenden Hitze nicht zur Brandgefahr zu werden.

Ein einziger Zigarettenstummel würde ausreichen, um mitten in dieser Düsseldorfer Grünanlage einen Feueralarm auszulösen. Doch jetzt befand sich hier erst einmal der mit polizeilichen Plastikbändern in den Farben Rot, Schwarz und Weiß gesperrte Leichenfundort.

Der Mediziner berührte die Hand des Toten, hob sie sachte an. Der ganze Arm hob sich mit. »Leichenstarre beginnt sich aufzulösen. Todeszeitpunkt auf jeden Fall nach Mitternacht.« Er zog ein Digitalthermometer aus seiner taillierten weißen Arztjacke. Nach einer Minute im Ohr des Toten erklang ein leiser Signalton. »Temperatur immer noch bei 26 Grad Celsius.«

»Und das warme Wasser?«, fragte Piltz. Sie fuhr sich genervt von der knappen Aussage mit ihren langen Fingern durch das kurze dichte braune Haar.

»Nicht warm genug. Trotz der tropischen Temperaturen.« Dr. Grimm zog die Stirn kraus. »26 Grad, sagte ich doch.«

Piltz verdrehte die Augen in Richtung ihres Kollegen Kobalt, der ein Grinsen knapp unterdrückte. Vielleicht sollten sie einen Beschaffungsantrag für den Kauf eines Rechtsmedizinlexikons stellen. Dr. Grimm war erst vor wenigen Monaten aus Norddeutschland an den Rhein gewechselt. Der neue Gerichtsmediziner setzte zu viele Kenntnisse über die Leichenschau voraus. Warum konnte er nicht mit einem Satz erklären, was die 26 Grad für den Zustand der Leiche bedeuteten?

»Leon Winterblum, 22 Jahre alt, geboren in Düsseldorf, gemeldet auf der Kaiserswerther Straße«, sagte einer der Mitarbeiter der Spusi. Er hatte dem Taucher die Brieftasche abgenommen und den Personalausweis in eine Plastiktüte gelegt. »Das Bild passt perfekt.«

Piltz und Kobalt schauten auf den Ausweis.

»22 Jahre. Junges Menschenleben«, dachte Sassner laut. »Wie sieht es mit Alkohol aus?«

Dr. Grimm schüttelte den Kopf. Er hielt den Streifen des Quick-Tests in die Höhe. »Null. Aber Sicherheit bieten nur die Laborergebnisse. Außerdem …«

Doch Sassner sah auch ohne weitere Erklärung, was der Mediziner hatte sagen wollen. Leon Winterblum hatte ein zehn Zentimeter großes Hämatom am Hinterkopf, das zwischen den nassen wirren Haaren bläulich hindurchschimmerte. Ein paar offene Kratzwunden waren ebenfalls zu erkennen.

»Bewusstlos geschlagen, ins Wasser geworfen und erst unter Wasser hilflos ertrunken. Meine Vermutung. Gewissheit können uns nur die Bläschen in der Lunge geben.«

Eine Gruppe Schüler reckte neugierig die Hälse in Richtung des Ermittlungsgeschehens. Die Teenager mitsamt zwei Lehrkräften wurden von Kollegen in Uniform am Besuch des Museums gehindert. Das rot-weiße Polizeiabsperrband grenzte mittlerweile auch den gesamten Zugangsbereich zum K21 ein.

»Teambesprechung um 16 Uhr im Büro«, ordnete Sassner an. »Noch genügend Zeit für euch um in den Häuserzeilen auf der Elisabethstraße und rund um den ganzen Kaiserteich nach Zeugen zu fragen.«

Piltz hob fragend die Augenbrauen. Wie sollten sie diese Aufgabe in nur vier Stunden bewältigen? Auf der Elisabethstraße an der östlichen Seite des K21 stand eine Reihe mehrgeschossiger Bürogebäude. Noch vor wenigen Jahren waren Straßenbahnen dort rund um die Uhr entlanggefahren. Moderne U-Bahn-Linien hatten die als Verkehrshindernis im Großstadtverkehr empfundenen Straßenbahnen abgelöst. Nachts herrschte daher in diesem überwiegend gewerblich genutzten Bereich der Elisabethstraße völlige Stille. Die mehrspurige Haroldstraße im Norden des Leichenfundortes führte zum Landtag, zur Südbrücke über den Rhein nach Neuss und in Richtung des im Umbau befindlichen Polizeipräsidiums. Ideale Fluchtbedingungen über die Autobahnen nach Holland, Belgien, Luxemburg und Frankreich. Die gesamte Doppelteichanlage war im Sommer durch das grüne Blattwerk der Bäume und durch dichte Büsche sichtgeschützt. Für Besucher des kleinen Parks eine Oase der Ruhe inmitten der Alltagshektik. Aussichtslos hier nach Zeugen zu suchen, aber irgendjemand musste die ungeliebte Routinearbeit übernehmen. Vielleicht hatte doch ein Anwalt oder ein Wirtschaftsprüfer oder einer von diesen Werbetypen in den gegenüberliegenden Häusern in der Nacht gearbeitet und ein paar brauchbare Beobachtungen gemacht.

»Das GAP-Hochhaus?«, fragte Kobalt. Er deutete auf das schräg gegenüber der Parkanlage gelegene 24-stöckige als Oval geformte Bürohaus am Graf-Adolf-Platz mit der riesigen Glasfront.

Nur ein kleiner wegen seiner länglichen mit Licht ausgestatteten Sitzbänke als Lichtmikado bekannte grüne Stadtraum trennte den Graf-Adolf-Platz dort noch von der berühmten Einkaufsmeile Königsallee. Auf der KÖ lockte die auch nachts hell erleuchtete glitzernde Glamoureinkaufswelt entlang des alten KÖ-Grabens zwischen den hohen schattenspenden Kastanien und den Platanen mit den Schwärmen wilder Halsbandsittiche im Geäst. Auch Richtung KÖ boten sich einem Täter ideale Fluchtmöglichkeiten, dachte Sassner. »Neumond«, sagte er. »Die Wahrscheinlichkeit, dass da gestern in dunkler Nacht irgendjemand von weit oben das Tatgeschehen zwischen den Büschen und Bäumen hier beobachtet haben könnte, ist gering.«

»Erklärung an die Presse im Online-Portal oder Nachrichtensperre?«, fragte Piltz. Mit einer Grimasse äußerte sie deutlich ihren Unmut über die Zeugensuche im Häusermeer.

»Besprechen wir gleich noch im Team.«

Sassner schaute auf eine kleine Plastikplane, die die Spusi in der Nähe des Teichufers neben der Leiche ausgebreitet hatte.

Die Taucher hatten seltsame Gegenstände zutage gefördert: mehrere kleine Eisenstangen, unterschiedlich große Plastikflaschen, eine Flaschenpost in einer mit weißem Kerzenwachs überzogenen Altbierflasche, die noch einen der altmodischen Spangenverschlüsse mit Keramikkopf hatte. Sassner wusste, dass diese Sorte Flaschen nur noch von drei Düsseldorfer Privatbrauereien in der Altstadt verwendet wurden.

Vielleicht war die Botschaft in der Flasche der Schlüssel zu ihrem Fall – das Corpus Delicti, um das Opfer und Täter gestritten hatten. Vielleicht war es auch nur der Liebesbrief eines unglücklich zurückgewiesenen und verzweifelt verliebten Verehrers. Außerdem lagen auf der hellen Plane zwei leere Geldbörsen in den Farben Schwarz und Hellblau, die Überreste eines orangefarbenen Plastikstuhls sowie ein roter Damenslip, dessen Design mit Spitzeneinsätzen an Reizwäsche erinnerte. Genauso gut konnte dieser klägliche Rest auch nachgemachte Designer-Unterwäsche aus dem Discounter sein. Sassner sah ein Etikett im Slip. Vielleicht ein brauchbarer Hinweis.

»Fette Ausbeute«, sagte einer der Taucher, während er langsam seine Tauchausrüstung auszog.

»So schnell alles abgesucht?«, fragte Sassner.

»Der Teich ist nach Auskunft des städtischen Gartenbauamtes vor drei Tagen gereinigt worden. Der ist sauber.«

»Und das?« Sassner deutete auf das Sammelsurium an Dingen auf der Plane.

»Vandalen in der Nacht! Es finden sich immer irgendwelche Idioten, die hier Dinge reinwerfen.« Der Taucher zuckte mit den Schultern. »Ich bin gerade mit der Starklampe unten gewesen. Das war's!«

Sassner dachte an die Aktenberge im Büro. Vor vier Wochen hatten sie noch einen Stoß alter ungelöster Fälle aus den 70er- und 80er-Jahren dazubekommen. DNA hieß das neue Zauberwort bei der möglichen Aufklärung der Cold Cases. Hier lag der mutmaßliche Mordfall Nummer 15 in diesem Jahr. Aufklärungsrate von 95 Prozent in der Landeshauptstadt. Die meisten Mörder wurden in den ersten Tagen überführt. Alles sah nach einem Routinefall aus, aber bis vor einer Viertelstunde hatte er auch noch auf einen Unfall gehofft. »Leon Winterblum, Kaiserswerther Straße«, wiederholte er die Worte des Kollegen von der Spurensicherung. »Was hatte der junge Mann nachts hier zu suchen? So weit weg von den Szene-Kneipen und In-Lokalen?« Sassner ließ sich von der Zentrale mit einer Streife im Bereich verbinden. »Wohnsituation bitte checken. Ich will wissen, wie das soziale Umfeld aussieht.«

Erstes Donnergrollen war in weiter Ferne zu hören.

Dr. Grimm gab dem Fahrer des Leichenwagens ein Zeichen. Der Tote konnte in die Gerichtsmedizin abtransportiert werden. Die Tatortfotos waren gemacht, bevor die Hitze in der öffentlichen Grünanlage noch mehr Spuren am Leichnam zerstören konnte. Im silberfarbenen Metallsarg fand Leon Winterblum bis zur eingehenden Untersuchung durch Dr. Grimm seine erste würdige Totenruhe.

Kobalt und Piltz überquerten die zweispurige Elisabethstraße, um sich auf die Suche nach möglichen Zeugen für das Tatgeschehen zu machen.

Sassner wendete sich dem Gerichtsmediziner zu, der gerade seine Tasche vom Boden aufhob. »Klimaanlage?«, fragte er.

»Der Tote oder ich?« Dr. Grimm grinste.

»Fahren Sie einen kleinen Umweg an unserem Provisorium vorbei?« Dicke Schweißperlen standen auf seiner Stirn. Er hätte heute Morgen statt die paar Schritte zu Fuß zu gehen mit dem Dienstwagen fahren sollen. Der Wetterdienst hatte für die gesamte kommende Woche diese schwüle drückende Tropenhitze mit Hitzegewittern vorhergesagt. Jahrhundertsommerfeeling am Niederrhein.

3

Melodiös erklang die leise Türglocke der Galerie Haase in der Düsseldorfer Altstadt. Claire Haase betrat mit einem strahlenden Lächeln auf den mit blauem Lipgloss geschminkten Lippen bestens gelaunt den Showroom. Ihr Blick ging über die hell getünchten Wände, an denen eine Handvoll kostbarer Bilder aus verschiedenen Epochen zwischen den vielen farbenfrohen Modern-Art-Objekten hingen, die kaum den Wert des Materials hatten. Sie drehte das rote Türschild mit der schwarzen Aufschrift »Wir sind gleich wieder für Sie da!« in Richtung Straße. Mit dem

Verriegeln der Türe schaltete sie die Alarmanlage automatisch ein, die im Ernstfall eines Einbruchs einen ohrenbetäubenden Lärm machen konnte. Die Anlage hatte ihre Versicherungsgesellschaft installieren lassen, denn ohne Anlage hätte es keine ausreichend hohe Betriebssachversicherung für die Kunstgalerie gegeben.

»Hallo?«, rief Claire durch den großen Raum. Sie spiegelte sich in einem der verglasten, farbenfrohen Modern-Art-Objekte.

Ihr Lieblingsfriseur hatte ganze Arbeit geleistet. Die blonden und roten Strähnchen sahen nahezu natürlich aus. Das Coiffeur-Studio Pierre ihres guten Freundes Peter Schmitz lag nur zwei schmale Gassen von der Galerie Haase in Richtung des alten Hafens am Rhein entfernt.

In Claire Haases kleinem Düsseldorf-Universum waren alle Wege kurz. Die Landeshauptstadt Nordrhein-Westfalens bot mit ihren Altstadtgassen einen charmanten Dorfcharakter wie in alten Zeiten mit sehr viel Lebensqualität. Gleichzeitig lag die weite Welt mit Hauptbahnhof, Flughafen und Bundesautobahnnetz, mit den internationalen Boutiquen und den großen Bankhäusern auf der KÖ sowie dem Landtag am Rheinufer nur wenige Minuten entfernt.

»Hier!«, erklang die Stimme ihres Zwillingsbruders und Mitinhabers der Galerie, Lutz Haase. »Wir sind hier.«

Hinter einer der drei Stellwände, an denen noch von der letzten Vernissage Fotoarbeiten junger Künstler der Düsseldorfer Kunstakademie hingen, führte eine Türe in die beiden Hinterzimmer der Galerie.

»Hallo, Claire!«, begrüßte sie der einzige Angestellte der Galerie, Alex Weberli. Sein langer Zopf am Hinterkopf erinnerte an die Frisur der Hare-Krishna-Jünger. Seine roten Haare und sein hellroter Schnurrbart boten einen seltsamen Kontrast zur makellos glatten Rasur des restlichen Kopfes. Wie fast immer trug er auch heute eine schwarze Hose, ein schwarzes Hemd und handgenähte schwarze mit silberfarbenem Garn bestickte Cowboystiefel aus italienischem Glattleder.

»Alex! Hallo!« Claire Haase stellte den rot-weiß karierten Einkaufskorb aus derbem Tuchstoff mit Schwung auf den kleinen Tisch in der Teeküche. »Lachsbrötchen mit Eiern und echtem Kaviar aus dem fernen Russland. Das haben wir uns verdient!«

»So könnte jeder Morgen beginnen.« Lutz Haase riss die Kühlschranktüre auf und entnahm dem kleinen Eisfach, in dem exakt zwei Flaschen Platz hatten, einen Champagner. »Ich kann es kaum abwarten, dass das Geld auf unserem Konto eingeht.«

Claire legte die Stirn in Falten, zog die Nase kraus und holte tief Luft. »Hätten wir auf Nicki gehört und hätten vor acht Jahren in Bitcoins investiert, hätten wir diese Jagd nach dem schnöden Mammon jetzt nicht nötig«, hauchte sie wie in Gedanken.

»Hätte auch alles schiefgehen können. Verluste, Mafia am Hals, Ermittler im Haus – alles, was wir nie wollten«, flüsterte Lutz noch einen Ton leiser als seine Schwester. »Und außerdem ist da unter Garantie eine üppige Bonuszahlung in der dicken Einzahlung auf unserem offiziellen Geschäftskonto für dich drin, Alex«, fügte Lutz Haase lautstark hinzu, als er begann, die Champagnerflasche zu öffnen. Er zwinkerte unter seinen buschigen dunklen Brauen mit den Augen. »Ich werde ein gutes Wort bei meiner Schwester, unserer Schatzmeisterin, für dich einlegen.«

»Kolossal! Wie rasch wir den Auftrag dieses Mal in trockenen Tüchern hatten.« Claire Haase verteilte die

Lachsbrötchen auf drei Porzellantellern, die mit abstrakten Designermotiven in Neongrün verziert waren, während Weberli die hohen Sektflöten auf den Tisch stellte. »Fast beängstigend erfolgreich. Wie ein echtes Bitcoin-Insidergeschäft. Fast mühelos verdientes Geld.«

»Zwei Modern-Art-Bilder habe ich vorgestern verkauft«, lachte Alex Weberli, als wenn er Claire Haases Dauerbedauern über die verpasste Investitionschance vor vielen Jahren überhört hätte.

Für Claire Haase war seit dem Aufstieg der Bitcoins die Investition kleinerer Beträge in alle möglichen Kryptowährungen zu einem individuellen Lottospiel geworden. Zu ihrem größten Bedauern hatte sie den Rat eines Ex-Lovers vor vielen Jahren in den Wind geschlagen, der ihr riet, 100 Euro in Bitcoins zu investieren. »Millionen sind uns entgangen«, seufzte sie wieder. »Aber wir sind nun einmal Kunstexperten und keine Finanzgenies.«

»Und zwei Besucher haben nach unserem neuen Angebot Art-Leasing gefragt. Zwei Hotelbesitzer aus Erkrath, die ihren Empfang und ihre Lounge neu gestalten wollen.« Weberli zupfte an seinem Schnurrbart. »Sie sind an einer wechselnden Präsentation abstrakter Skulpturen interessiert.«

»Eine bessere Tarnung als diese Galerie gibt es nicht. So mittendrin im Kunstgeschehen, so nah dran an den Künstlern, Sachverständigen und Sammlern, an den Möchtegern-Kennern und bildungsbeflissenen Kunstliebhabern, an den …«, begann Claire Haase zu schwärmen.

»Ankauf, Verkauf, Miete, Art-Leasing, alte Meister und neue Kunstwerke, Art Consulting für Sammler – die Galerie Haase, klein aber fein!«, beendete Lutz Haase die Begeisterung seiner Zwillingsschwester. »Hör auf!«, lachte er. »Du bist doch sonst so nüchtern nur am richtigen Geschäft interessiert. Tarnung ist Tarnung, egal wie sie aussieht. Hauptsache sie funktioniert.«

Claire Haase streifte ihr fliederfarbenes Samthaarband vom linken Handgelenk und band ihre dicken, schulterlangen rotblonden Locken zusammen. »Dir würde ich auch noch eine Metzgerei mit eigener Schlachterei inklusive Kühlraum zutrauen.«

»Warte, warte nur ein Weilchen, dann kommt Haarmann mit dem Beilchen«, alberte Lutz Haase. »Wie gut, dass wir hier nichts und niemanden verschwinden lassen können.«

»Zumindest keinen erwachsenen Menschen«, korrigierte Claire Haase ihren Bruder.

Alex Weberli kippte seinen Champagner nach dem Anstoßen in einem Zug hinunter. »Wenn ich euch nicht kennengelernt hätte, wäre mein Leben nur halb so schön.«

»Wenn überhaupt«, bestätigte Claire Haase, die es ihrem Angestellten gleichtat. Dann füllte sie die Gläser erneut. »Aber ein besseres, zuverlässigeres Alibi als dich hätten wir auch nicht finden können.«

»Ein Schritt näher zu meinem großen Traum, eine Galerie in Andalusien«, sinnierte Lutz Haase. »Oder doch vielleicht ein Antiquitätenladen in Rom?«

»Warum die Medici nie nach Rom gegriffen haben?«, fragte Claire Haase und hob ihr Glas. »Wir sollten über eine Themen-Vernissage während der kommenden Medici-Ausstellung im Kunstpalast nachdenken.«

»Weil Florenz im Mittelalter genauso wichtig war wie Rom. Zwei Päpste, mehrere Kardinäle …«, zählte Lutz Haase auf.

»Die Stadt des privaten Bankwesens«, ergänzte Weberli.

»Ohne Bella Italia keine Girokonten, kein moderner Geldverkehr.«

»Und ein unermesslicher Reichtum an Bildern, Skulpturen, Gebäuden und Grundstücken. Und alles für Florenz.« Lutz Haase fuhr sich durch sein dichtes schwarzes Haar. Bis auf das Geburtsdatum, das Sternzeichen, den Aszendenten, die Liebe zur Kunst und den Hang zum Luxus hatte er nichts mit seiner Zwillingsschwester Claire gemeinsam. Sie waren das Ergebnis einer Karnevalsliebe. Ihre Mutter war Chemikerin gewesen, ihr Vater hatte als Anwalt für Sozialrecht in Berlin gearbeitet. Aufgewachsen waren die Zwillinge bei ihren Großeltern auf dem Land in der Nähe einer berühmten bayerischen Wallfahrtskirche, deren Kunstschätze sie Sonntag für Sonntag als Kinder und Jugendliche bewundert hatten, statt der Predigt zu lauschen. Der Grundstein ihrer Karriere als Kunstkenner.

»Florenz! Wir sollten endlich wieder einmal nach Florenz fahren und ein paar Tage in den Uffizien verbringen. Frische Pasta, roter Wein und echte Kunst, wohin das Auge reicht.«

»Florenz! Eben, für Florenz, nicht für die Reise in diese Welt. Und auch nicht für die Rückkehr nach Düsseldorf.«

»Zeitweilige Rückkehr nach Düsseldorf«, warf Weberli ein. »Eine handverlesene Auswahl an Bildern der Florentiner Medici-Sammlung für eine vorübergehende Rückkehr in die Kunstmetropole Düsseldorf. An den Ort, an dem sie eigentlich für immer hätten bleiben sollen.«

»Wenn, hätte, wäre und eigentlich«, sagte Lutz Haase verächtlich. »Menschen sollten in der Realität leben, bevor das kühle Grab ruft. Im letzten Medici-Testament ist bestimmt, dass die Kunstschätze Florenz nie wieder verlassen dürfen und …«

»Das klingt ja so, als ob du an einen Fluch der Medici glauben würdest wie an einen Fluch der alten Pharaonen in Ägypten, falls deren Gräber und Pyramiden geöffnet werden würden«, unterbrach Claire und lachte laut auf.

»Unsinn!«, reagierte Lutz Haase. »Außerdem sind die Bilder wieder da und wir kassieren das Geld. Galerie Haase beschafft jedes Kunstwerk weltweit. Wir machen möglich, was die Polizei nicht schafft.«

»Das ist die beste Publicity in der Szene, die es gibt.«, rief Weberli enthusiastisch aus.

Claire Haase fischte nach ihrem Smartphone, das mit einem Donnergrollen eine eingehende WhatsApp-Nachricht ankündigte. »Das kann nicht sein!«, hauchte sie. Sie leerte auch das zweite Glas prickelnden Champagners in einem Zug.

»Und jetzt machen wir wieder auf. Komm, Alex!« Lutz Haase zwinkerte. »Schließlich haben wie die Miete für diesen Monat in den offiziellen Büchern noch nicht drin.«

»Das allerdings, denn ...« Claire Haase versagte die Stimme. Sie reichte ihrem Bruder ihr Smartphone.

»Welcher Idiot hat diese Tour vermasselt?«, schrie Lutz Haase wütend.

Die Telefonanlage im Ausstellungsraum klingelte. Alex Weberli verließ die Teeküche.

»Wir müssen hin! Jetzt sofort!« Claire Haase stand auf. »Ich will wissen, was da los ist.«

Lutz Haase zog sein Smartphone aus der Hosentasche und drückte eine Kurzwahltaste. »Haase hier!« Er hörte zwei Minuten lang zu und hielt sich den Finger an den Mund, sodass Claire Haase still blieb. »Geld auf einem Konto einer unbekannten Mafia-Organisation? Was jetzt? Malta oder Offshore?«

»Das ganze schöne Geld weg?«, flüsterte Claire Haase. Nervös fingerte sie an den breiten Sterlingsilber-Ringen an ihren Händen. Sie griff nach ihrer schwarzen Perlenkette am Hals.

»Wer hat euch denn den Streich gespielt? Ihr seid doch keine Anfänger in dem Bereich? Cybercrime, was?«

»Phishing, Hacker, Botnetze«, flüsterte Claire Haase. »Deep Web, Darknet, alles Verbrecher! Unser schönes Geld.«

»Geld weg, Bilder weg. Keine Polizei«, fasste Lutz Haase zusammen. »Geld weg«, hauchte er ein zweites Mal fassungslos, als er endgültig realisierte, was geschehen war.

Claire Haase lehnte sich im hohen weißen Lederstuhl zurück. Sie schloss die Augen. Traum geplatzt, Albtraum pur. »Träume sind Schäume«, flüsterte sie. »Nur Albträume sind immer bittere Realität.«

Lutz Haase schaute auf die Uhr. »Morgen um Viertel vor elf bei dir im Büro. Es muss einen Weg geben! Wir lassen uns doch von euch und euren Software-Dilettanten nicht lächerlich machen. Was seid ihr? Ein Start-up? Sicherheitslücke? Wir haben in der Szene einen Ruf zu verlieren. Unseren Ruf!«

4

Im Großraumbüro traf Sassner auf die Nummer vier seines Spezialteams, das des Öfteren ad hoc zum Einsatz kam. Bernd Ullrich war in einen der ungeklärten Fälle vertieft. Auf seinem Tisch stand ein Ventilator älteren Jahrgangs. Er surrte leise vor sich hin.

»Privatmaßnahme?«, fragte Sassner und stellte den Ventilator eine Stufe höher. Ein paar Blätter flatterten hoch, landeten auf dem frisch polierten Linoleumboden. Die Blätter gehörten zu einem Mordfall ohne Leiche im Sektenmilieu. Den mutmaßlichen Tatort, die Bhagwan-Disco auf der Graf-Adolf-Straße in der Nähe des Hauptbahnhofs, gab es nicht mehr im Originalzustand – Umbau 2004 in ein modernes Hotel. Spurensuche vor Ort sinnlos. Leider hatte es 1984 noch keine 3D-Kamera gegeben, die die Räumlichkeiten für die Ewigkeit hätte festhalten können. Sassner hob die leicht vergilbten Blätter auf und legte sie wieder in den verstaubten, verblichenen Aktendeckel ein.

Ullrich nickte. »Vermutlich auch gesünder als die Bakterien, die durch die Klimaanlage in den Raum gewirbelt werden.«

»Altes Schätzchen?«, fragte Sassner.

Ullrich nickte wieder. »Antiquität vom Dachboden meiner Eltern. Eigentlich für den Flohmarkt vorgesehen.«

Sassner griff in die große Bonbondose aus grünem Glas auf dem achteckigen Besprechungstisch nach ein paar sauren Gummidrops.

»Der Erkennungsdienst hat sich schon gemeldet«, sagte Ullrich. »Bei dem Toten von heute Morgen handelt es sich um Leon Winterblum, wohnhaft in der Kaiserswerther Straße, bei seinen Eltern, Informatikstudent, Uni Düsseldorf, keine Vorstrafen, kein Eintrag in Flensburg.«

»Sinnlos frühes Ende.« Sassner griff wieder in die Bonbondose. »Wir müssen die Eltern noch benachrichtigen.«

»Piltz und Kobalt bei Befragungen im Umfeld des Leichenfundortes?« Ullrich drückte die Tastenkombination für den Sperrbildschirm.

Sassner nickte. »Teambesprechung gegen 16 Uhr.«

»Dann mal los zu den Eltern«, sagte Ullrich. Er zog einen Autoschlüssel aus der Schreibtischschublade. Sassners Blick fiel in der offenen Lade auf eine Börsenzeitung mit dem Titel »Bitcoin-Crash«.

»Du bist auch im Krypto-Goldrausch? Ich dachte das große Geschäft ist längst gelaufen.«

»Fast. Aber ein bisschen Thrill muss sein. Andere spekulieren an der Börse, indem sie meiner Meinung nach unseriös Wetten auf fallende oder steigende Aktienkurse abschließen. Ich beteilige mich an einer Bitcoin-Mine.«

»Mine?«

»Beim Mining werden hoch komplizierte Rechenaufgaben gelöst, die mit Bitcoins belohnt werden. Das ist wegen der Blockchain eine todsichere Sache. Und so addiert sich mit der Zeit ein Bitcoin zum anderen.«

»Verschon mich mit weiteren Ausführungen und lass uns fahren. Denn derzeit ist nur eines sicher: Leon Winterblum ist seit über zwölf Stunden tot.«

Sassner fuhr mit Bernd Ullrich zu dessen Eltern in die Kaiserswerther Straße.

»Verschlafen heute Morgen?«, fragte Sassner. Er lehnte sich auf dem Beifahrersitz weit zurück.

»Einmal im Jahr«, verteidigte sich Ullrich, während er in einen Parkplatz rangierte.

Sassner hatte es aufgegeben, sich über die ständig wechselnden Freundinnen seines 42-jährigen Kollegen zu mokieren. Seit seine Frau vor ein paar Wochen nach 30 Jahren Ehe die Scheidung eingereicht hatte, sah die Welt für ihn anders aus. Bislang wusste im Präsidium niemand etwas von der Trennung. Er machte sich vage Hoffnungen, dass der Brief des Scheidungsanwalts ein Irrtum war.

Sassner und Ullrich schauten an der Fassade in der Kaiserswerther Straße hoch. Gutbürgerliche Wohnverhältnisse, ordentliches Haus, weiße Gardinen, frischer Anstrich, die Sicherheitshaustüre mit Metallbeschlägen versehen, oberste Etage umlaufende Dachterrasse.

Ullrich drückte auf den Klingelknopf »Familie Winterblum«.

»Wer ist da bitte?«, erklang eine dunkle Stimme aus der Gegensprechanlage, die mit einer Kamera ausgestattet war.

Sassner und Kobalt hielten ihre Dienstausweise vor den Kamerakopf. Der Türsummer dröhnte, Kobalt drückte die schwere Türe auf. Die beiden Beamten betraten einen kühlen Hausflur.

Kacheln mit Sonnenblumen und Booten an den Wänden sorgten für ein mediterranes Ambiente. Sie fuhren mit einem modernen mit Touch-Control und funktionierender Klimaanlage ausgestatteten Lift in die fünfte Etage.

»Dachterrasse«, sagte Ullrich. »Nicht schlecht.«

In der offenen Wohnungstüre standen Leon Winterblums Eltern, ein Ehepaar mittleren Alters, beide vollschlank. Herbert Winterblum bot trotz der Hitze mit einem weißen gestärkten Hemd und einer grauen langen Stoffhose den korrekten Auftritt eines Bankers. Frau Winterblum passte mit ihrem grauen Kostüm perfekt zu ihrem Mann. Außerdem glichen ihre Gesichtszüge denen ihres toten Sohnes – in femininer Ausführung. Eine junge Frau mit langen blonden Haaren in kurzen Jeans und rotem T-Shirt war im Hintergrund zu sehen, ebenfalls vollschlank.

Noch einmal zeigten Sassner und Kobalt ihre Dienstausweise vor.

»Hat er etwas angestellt?«, fragte Leon Winterblums Vater. »In was hat er sich verstricken lassen? Unrecht Gut gedeiht nicht! Diese Wahrheit habe ich ihm schon als er klein war immer und immer wieder gepredigt.« Mit missmutiger Miene zuckte er mit den Schultern. »Was hat er denn getan? Hat er in diesem Darknet illegal spekuliert oder wie man das nennt? Diese ganze digitale Blase wird platzen.«

»Wir müssen Ihnen leider mitteilen, dass wir Ihren Sohn heute Vormittag leblos im Kaiserteich aufgefunden haben«, begann Sassner kurz und knapp.

»Tot?«, schrie Leon Winterblums Mutter auf. Ihre Knie gaben nach. Sie wankte, hielt sich am Türrahmen fest.

Die junge Frau im Hintergrund sank zu Boden. Sie blieb dort auf dem dunkelblauen flauschigen Teppich sitzen. Wie abwesend starrte sie mit glasigem Blick durch die anderen hindurch, schlang ihre Arme um ihre Knie.

»Wie ist es passiert?«, fragte Herbert Winterblum.

»Können wir reinkommen?«, fragte Sassner.

Herbert Winterblum trat zur Seite. »Wie?«

Sassner folgte den schockierten Eltern in das große Wohnzimmer mit der breiten Fensterfront zur belebten Kaiserswerther Straße hin.

Ullrich beugte sich zu der weinenden jungen Frau hinunter. Beruhigend redete er auf sie ein.

»Wie?«, fragte Leons Vater und deutete mit der Hand auf das braune Ledersofa und den Samtpolstersessel. »Bitte setzen Sie sich.« Seine Hände begannen zu zittern. »Woher wissen Sie, dass es Leon ist? Vielleicht irren Sie sich?«

»Unsere Taucher haben seinen Ausweis im Kaiserteich gefunden.« Sassner zog sein Smartphone aus seiner Hosentasche. Er rief das Foto des Toten auf.

Herbert Winterblum schossen Tränen in die Augen. Er schnappte nach Luft.

»Er hatte eine Kopfverletzung.«

»Wer hat das getan?« Herbert Winterblums Stimme klang gebrochen wie die Stimme eines COPD-kranken Rauchers.

»Wissen Sie, wo er gestern Abend war? Gestern Nacht?«

»Kaiserteich?«, fragte Leons Mutter leise. »Leon war Nichtschwimmer.«

Sassner zuckte zusammen. Piltz war für ihr Alter hin und wieder schusselig, ignorierte gerne die rasante Entwicklung der digitalen Welt und die neusten modernen Möglichkeiten der Ermittlungstechnik, hatte aber fast immer den richtigen Instinkt – eine geborene Kriminalermittlerin. »Es muss gegen Mitternacht gewesen sein.«

Ullrich betrat mit der jungen Frau den Raum.

»Ich habe ihm sooft gesagt, dass diese Hackertypen nicht seine Welt sind«, sagte sie gepresst. »Warum nur? Warum? Das ist alles so sinnlos, so sinnlos wie diese Typen und ihre Hackerei in irgendwelchen militärischen Sicherheitssystemen. Diese Typen sind wie kleine Jungs, die das Spielen mit der Realität verwechseln.«

»Sie sind seine Freundin?«, fragte Sassner.

Sie deutete ein Nicken an. »Caro Bender.«

»Wie kommen Sie auf Hacker?«, fragte Ullrich.

Caro Bender schüttelte ein kurzer heftiger Heulkrampf.

»Wir haben ein paar Tüten Legal Highs in seiner Jackentasche gefunden«, sagte Sassner. »Im Labor wird der Inhalt der Tütchen noch auf Cannabinoide und einige andere gefährliche Substanzen untersucht.« Seitdem endlich ganze Stoffgruppen an synthetischen Cannabinoiden statt nur einzelner Stoffe verboten werden konnten, war auch die Strafverfolgung des Besitzes der immer wieder neu angemischten Designerdrogen einfacher, ging es Sassner durch den Kopf, während er auf die tränenüberströmte Mimik von Caro Bender achtete.

»Das können Sie vergessen.« Die junge Frau lachte hysterisch auf. »Leon hat weder getrunken noch geraucht. Die waren von einem dieser irren Hackertypen. Diese IT-Freaks sind zu allem fähig. Die haben ihm die Tütchen untergeschoben.«

»Auch nicht gedealt?«, fragte Ullrich.

»Nie und nimmer«, entrüstete sich Leons Mutter, die vulkanartig aus ihrer Starre aufwachte. »Nicht unser Sohn! Er war noch so naiv, sich mit diesen Leuten, diesen kriminellen Typen einzulassen.«

Herbert Winterblum stand auf. »Ich verstehe das alles nicht. Wollen Sie sein Zimmer sehen?« Eine Träne rollte über seine linke Wange.

Falsches Krokodil, dachte Sassner. Und wieso fokussierten sich sowohl der Vater als auch Caro Bender auf die Themen Darknet und Hacker? War Leon Winterblum ein IT-Freak gewesen?

»Leon hat sich mit so profanen Dingen wie Drogen nicht abgegeben«, hauchte Caro Bender.

Diese Frau wechselte von einer Sekunde auf die andere ihren Gemütszustand. Sie war Sassner suspekt.

»Seine Zeit und seine Energie hat er für die Entwicklung irgendeines wichtigen PC-Programmes gebraucht. Streng geheim. Es sollte eine Überraschung werden.«

»Sie finden die Täter?« Winterblum raufte sich die Haare. Sein ganzer Körper schüttelte sich. »Wegen dieser kranken Typen wird mein Sohn nie wiederkommen. Nie!«

Sassner nickte. Er hatte selten eine derart aufgelöste Familie nach der Überbringung einer Todesnachricht erlebt. Er schaute sich im Raum um. Keine Bar im Wandschrank, kein Servierwagen mit Flaschen, kein Alkohol. Religiöse Gruppierung, dachte er bereits. Dann entdeckte er Longdrinkglaser in einer Glasvitrine, dahinter eine Flasche irischen Whiskeys. Er folgte Herbert Winterblum.

In Leon Winterblums Zimmer standen nur wenige Dinge. Alles war penibel aufgeräumt. Auf einem riesigen Hochglanzposterdruck war Caro Bender im knappen roten Bikini an irgendeinem Sandstrand vor blauem Himmel und weißer Gischt zu erkennen. Auf dem Schreibtisch standen ein Notebook und ein kleiner Turm mit großem Flachbildschirm. Der Ausdruck eines Börsendiagramms für eine brandneue Kryptowährung namens »Panda Coin« lag auf der Tastatur. Auf dem Ausdruck war das Datum von vorgestern zu lesen. Ullrich schaute sich in den Schränken und Schubladen um. An einer Wand klebten noch Fußballsticker aus Panini-Sammelalben. Alles wirkte akkurat und aufgeräumt, kein Staub. In einer Schublade lagen unter weißen T-Shirts rote Damendessous. Er machte Fotos von den Etiketten. Auf dem Boden stapelten sich BWL-, Informatik- und Börsen-Bücher.

In einem hohen Regal standen CDs, DVDs, Blu-rays in Reih und Glied. Die Titel waren fast alle dem Science-Fiction-Genre zuzuordnen. Auf einem Brett lagen faustgroße Steine in verschiedenen Erdtönen, die farbige DIN-A4-Zettel beschwerten. Auf einem solchen Zettel war das Börsendiagramm ausgedruckt.

»Seine Unitasche fehlt«, sagte Leons Vater leise. »So eine dunkelbraune schmale Aktenledertasche mit Trageriemen. Mit einer eingebrannten Gravur. Ein Kreuz. Ein Kreuzritter-Kreuz.«

Sassner wählte die Nummer der Spurensicherung. Für einen Geheimbund war ihm der Täter eindeutig zu jung. Vielleicht irgendein Symbol seiner Clique? Er gab die Beschreibung der Tasche durch. »Vielleicht liegt sie noch irgendwo in einem der vielen Gebüsche rund um die beiden Doppelteiche oder im K21-Garten am Kinderspielplatz.« Sassner zog die Augenbrauen hoch. »Sucht noch einmal alles ab.«

»Wir nehmen Laptop und Turm mit«, sagte Ullrich.

»Sein Tablet hatte er immer dabei«, sagte Herbert Winterblum. »Das muss in seiner Tasche sein.«

»Der Täter könnte es mitgenommen haben«, dachte Sassner laut.

»Kennen Sie die Passwörter Ihres Sohnes? Hat er irgendwo einen Zettel deponiert?«, fragte Ullrich.

Herbert Winterblum zuckte mit den Schultern. »Leon war Informatiker. Sein Traum, seit er mit zehn seinen ersten Computer zu Weihnachten von uns geschenkt bekommen hat. Er war ein Informatikgenie, lebte in seiner eigenen Welt. Seine Passwörter hat er sicher nur in seinem Kopf abgespeichert.«

»So ganz ohne doppeltes Netz in der Softwarewelt

unterwegs?«, fragte Ullrich zweifelnd. »Vielleicht seine Freundin?«

»Sie können jederzeit wiederkommen«, sagte Herbert Winterblum kopfschüttelnd. »Meine Frau, ich, wir…« Er rang mit den Worten.

»Diese Hacker«, fragte Ullrich. »Waren das Studienfreunde Ihres Sohnes?«

Leons Vater nickte. »Caro übertreibt die ganze Geschichte. Sie ist eifersüchtig auf seine Freunde gewesen. Das Übliche.«

Sassners Blick schweifte durch das Zimmer. Er schaute von den Fußballstickern auf das sexy Bild von Caro Bender. Wie hatte die Welt von Leon Winterblum ausgesehen? Hatte er Feinde gehabt, die zu einem Mord fähig waren? War es am Teich zum Streit gekommen? Mit wem hatte er sich gestritten?

»Sie können uns jederzeit anrufen, wenn Ihnen noch etwas einfällt«, erklärte Ullrich. »Sie waren gestern Nacht mit Ihrer Frau hier in der Wohnung?«

Herbert Winterblum nickte. »Caro auch.«

»Und Sie haben Ihren Sohn nicht vermisst?«, fragte Ullrich.

»Das kommt …«, Leons Vater stockte, »kam öfters vor. Lange Hackernacht mit Freunden und am Morgen direkt in die Uni!«

»Keine Nachricht in diesen Fällen? Kein Anruf? Irgendein Messenger-Dienst?«

»Caro und Leon hatten sich gestern Abend gestritten.«

»Warum?« Sassner hob fragend die Augenbrauen.

»Urlaubspläne. Caro war sehr wütend«, erklärte Herbert Winterblum leise. »Sie hatte sich auf eine Woche am Meer gefreut. Aber Leon wollte lieber einen Kurztrip ins

Silicon Valley.« Er holte tief Luft. »Wir vermuten, er wollte sich dort schon einmal umschauen. Sie wissen schon, Jobsuche nach dem Studium.«

»Teurer Spaß«, bemerkte Ullrich. »Hatte Ihr Sohn einen lukrativen Nebenjob? Vielleicht doch Drogen?«

»Hören Sie mit dem Unfug auf«, sagte Herbert Winterblum unwirsch. »Rucksack, Backpacker, Hostel. Sind Sie nie jung gewesen? Leon wollte sich den Wind um die Nase wehen lassen. Nichts verpassen.«

»Flugtickets in die USA«, führte Sassner die Aufzählung fort.

»Wir haben ihn unterstützt«, erklärte Leons Vater. »Machen Sie das nicht so? Lassen Sie Ihre Kinder bei anderen mit langem Hals zugucken? Haben Sie Kinder?«

Sassner dachte an den Brief des Scheidungsanwaltes seiner Frau. Kinderlose Ehe. Vielleicht hätte er Vicki den Wunsch nach einem Hund nicht ausreden sollen? Wo sie jetzt wohl gerade war? Bei einer dieser Freundinnen, die er nicht leiden konnte? Sassner fand den Gedanken an einen anderen Mann unerträglich.

»Und Caro?«, fragte Ullrich.

»Die wollten wir einladen, aber …«

»Haben Sie die Namen und die Adressen von Leons Freunden?«

Herbert Winterblum suchte nach Block und Stift. Er schrieb drei Namen auf. »Die vier sind seit Studienbeginn fast unzertrennlich gewesen. Da fällt mir ein, das Kreuz war ihr Symbol für die vier Musketiere. Ihr erstes Start-up sollte als Logo ein Kreuz mit den vier Anfangsbuchstaben der Musketiere haben. Sie träumten von einem Start-up in der Software-Branche.«

Zu viel Symbolik, dachte Sassner.

»Jeden Morgen vor der ersten Vorlesung haben sie sich in einem Café in der Nähe der Uni getroffen. Sie wissen schon, diese Café-Ketten. Mir fällt der Name gerade nicht ein. Aber Caro weiß das bestimmt.«

»Sie müssten Ihren Sohn noch identifizieren«, sagte Sassner. »Haben Sie morgen Zeit?«

»Morgen?« Herbert Winterblum nickte. »Ja. Jeden Morgen für Leon!« Seine graue Gesichtshaut passte mittlerweile perfekt zu seiner grauen Stoffhose. »Ich weiß nicht, wie unser Leben jetzt weitergehen soll.«

Sassner schaute beim Abschied in das Gesicht eines Mannes, der innerhalb von einer Stunde um Jahre gealtert war. War sein Sohn wirklich für ihn nur ein Opfer? Vermutete er einen Zusammenhang mit irgendeiner Hacker-Attacke? Kannte er wirklich die Passwörtern Leons nicht?

»Ihre Aussagen wirken so abgesprochen«, sagte Ullrich auf der Fahrt im Lift in das Erdgeschoss, als wollte er die Gedanken Sassners bekräftigen. »Im Einzelverhör sind die unter Garantie gesprächiger.«

5

»Eine wunderbare Frau!«, rief Dr. Franz Freitag aus. Er hielt sein Altbierglas hoch. »Auf die Schönheit und die Kunst!«

»Nur schade, dass sie schon so lange tot ist«, entgegnete Dr. Gerd Abendroth mit einem sarkastischen Unterton. »Diese Schwärmerei grenzt fast schon an Totenkult.«

»Unfug!«, wehrte sich Dr. Freitag. »Anna Maria Medici war nicht nur zu Lebzeiten eine Schönheit. Mit ihrem Liebreiz begeistert sie heute noch auf jedem ihrer Porträts. Makelloser Teint, wunderschöne schwarze Locken und die Figur eines modernen Models des 21. Jahrhunderts. Tausendmal schöner als jedes dieser modernen Magermodels auf diesen lächerlichen Zeitschriftencovern und diese vermeintlichen Popstars. Unsere Kurfürstin von der Pfalz strahlt mit einer Grandezza …«

»Die nächste Runde geht auf mich«, unterbrach Dr. Erik Goldmann seinen Stammtischbruder. »Da wird einem ja ganz heiß bei dieser Schwärmerei.«

Der Köbes des Brauhauses stellte eine weitere Runde Altbier auf den runden Stammtisch in der hinteren Ecke neben dem großen blank geputzten Messingkessel. Wie immer waren die Mitglieder des Stammtischs auch an diesem heißen Julitag korrekt gekleidet: leichte Sommeranzüge, polierte Schuhe und statt der Krawatte legere Tücher lässig umgebunden. Der Köbes zog den kurzen Bleistift hervor, der hinter seinem Ohr klemmte. Eine der mit glänzender Pomade streng frisierten Haarsträhnen löste sich, fiel in seine Stirn.

Dr. Goldmann, der passend zum Halstuch ein Einstecktuch aus Seide in der oberen Jacketttasche trug, hielt dem Köbes mit der derben blauen Schürze seinen Bierdeckel hin. »Hier, die Runde geht auf meinen Deckel.«

»Auf jeden Fall kann ich mit meiner Art:card während der Medici-Sonderausstellung so oft ich will unsere Kurfürstin auf zahlreichen Porträts bewundern«, fügte Dr. Marcel Pfeiffer mit leichtem Lispeln hinzu. »Außerdem steht im Grünen Saal im Museum Kunstpalast eine Porträtbüste aus der Werkstatt Gabriel Grupellos für die Ewigkeit von ihr. Die läuft unserem guten Freund Freitag nicht davon.«

»Eine wunderbare Arbeit«, schwärmte Dr. Freitag erneut. »Aber derzeit nicht mit den farbigen Porträts aus Meisterhand im Museum Kunstpalast zu vergleichen. Eine Traumfrau in Farben. Sie wirkt so lebendig, als wollte sie gleich wieder hoch zu Ross durch ihr Düsseldorf reiten.«

Genervt verdrehte Dr. Pfeiffer die Augen. »Die Meister der alten Schule waren im Vergleich zu vielen zeitgenössischen Künstlern wahre Genies.«

»Auch im K21 gibt es Genies zu entdecken«, verteidigte Dr. Jörg Spangenberg in nasalem Tonfall. »Wer nicht mit der Zeit geht, der wird selbst zur Vergangenheit.«

»Außerdem war deine geliebte Anna Maria eine der fortschrittlichsten Sammlerinnen ihrer Zeit. Ein unermesslicher Reichtum der damaligen zeitgenössischen Kunst aus den Niederlanden, aus Flandern, Italien und Frankreich«, versuchte Dr. Abendroth zu vermitteln. »Machen wir uns alle von der Kurfürstin ein Bild.

Dann werden wir sehen, wer ihren Reizen nicht widerstehen kann und ihr verfällt.«

»Abgemacht. Unser nächster Umtrunk findet anstatt im Brauhaus im Museum statt«, stellte Dr. Pfeiffer fest. »Aber der Vergleich der zeitgenössischen Kunst zu Zeiten Jan Wellems und heute ist Ketzerei für echte Kunstliebhaber.«

»Das eine schließt das andere nicht aus«, korrigierte Dr. Goldmann. »Aber für heute ist erst einmal Schicht.« Er zog einen Zwanzigeuroschein aus einer kleinen Scheinbörse aus grünem Leder.

»Wie das?«, rief Dr. Abendroth erstaunt aus.

»Mündliche Abiturprüfung nächste Woche. Mir wird kein Fehler entgehen«, sagte Dr. Goldmann süffisant. »Die jungen Leute bilden sich heute viel zu oft ein, reif für die Uni zu sein, und dann scheitern sie kläglich. Da helfe ich gerne von Anfang an auf die Sprünge.«

»Ich schließe mich an«, erklärte Dr. Pfeiffer. Er legte ebenfalls einen Zwanzigeuroschein auf den runden Holztisch neben die Figurine mit dem Stammtischnamen »Dottores«.

Jetzt klopften alle Stammtischbrüder, deren erlauchter Kreis nur aus Herren mit Doktorwürde bestand, mit den Knöcheln zum Abschied auf den Tisch.

»Mir sind die Lebenden lieber als die Toten«, sagte Dr. Spangenberg. Er hatte vor wenigen Wochen den zweiten Frühling entdeckt.

»Wir werden sehen«, sagte Dr. Freitag zum Abschied mit einem verklärt wissenden Lächeln auf den Lippen. »Nicht nur das blühende Leben weiß zu verzaubern. Auch das Abbild kann das Herz erwärmen.«

»Hoffnungsloser Fall«, grinste Dr. Goldmann. »Da sind

mir nachprüfbare naturwissenschaftliche Sachverhalte lieber. So entscheidet sich Handfest die Frage, was ist wahr und was ist falsch.«

»Dieser Ansicht schließe ich mich an, werter Kollege. Ich für meinen Teil bevorzuge das Original und nicht die Fälschung«, pflichtete ihm Dr. Pfeiffer mit ernster Miene bei.

»Auf jeden Fall können wir uns im Museum Kunstpalast auf eine große Auswahl einzigartiger *echter* Werke freuen. Ich habe den Ausstellungskatalog bereits auf meinem Schreibtisch liegen.« Dr. Freitag sprach immer noch mit einer überschwänglichen Begeisterung in der Stimme. »Meine Herren, lassen Sie sich überraschen!«

6

Sassner hatte die gerade reparierte Klimaanlage im Raum auf die höchste Stufe gedreht. Ullrichs Ventilator wirkte so nutzlos wie ein Ausstellungsstück im Museum. Kara Piltz und Mike Kobalt mussten jeden Moment hier sein. Hoffentlich hatten sie ein paar brauchbare Hinweise erhalten.

Bernd Ullrich saß wie geistesabwesend vor dem beschlagnahmten Notebook des Toten.

»Und? Knackst du es?«, fragte Sassner.

Ullrich zuckte mit den Schultern. »Unser Mordopfer hat Informatik studiert. Der hat alles doppelt und dreifach gesichert. Aber Kobalt hat da etwas von einer neuen Software …«

»Illegal?«

»Und wenn?« Ullrich grinste. »Wo kein Kläger, da kein Richter.«

»Was sagen denn die Spezialisten vom LKA dazu?«

Ullrich zuckte mit den Schultern. »Die von der Abteilung Cybercrime haben was anderes zu tun. Ganz großer internationaler Stil. Die halten wir mit diesem Kleinkram hier gar nicht erst auf. Das bindet doch nur kostbare Kapazitäten.« Ullrich zwinkerte mit den Augen.

Die Tür ging auf. Piltz und Kobalt betraten den Raum.

»Vollzählig!« Sassner nahm am Kopf des Oktagon-Besprechungstischs mit der neuen Multifunktionswand im Rücken Platz. In der Mitte des Whiteboards hing das Bild des Toten. »Es kann losgehen!«

»Kaffee, Wasser, Kekse«, zählte Kobalt auf. Er ging auf die kleine Kaffeetheke des Großraumbüros zu. »Nervennahrung.« Dann entdeckte er das Notebook.

Sassner verdrehte genervt die Augen. »Für uns auch. Die ganze Kanne!«

Kara Piltz stellte sich hinter Ullrich. »Und?«

»Ich überlasse unserem Spezialisten das Feld.« Ullrich stand auf und setzte sich an den Besprechungstisch.

Sassner stellte sich an das Whiteboard und nahm einen Marker in die linke Hand. »Leute, hier!« Er schrieb rund um das mit zwei hellgrünen Magneten befestigte Foto des

Toten die Worte »Eltern«, »Freundin«, »soziales Umfeld Uni« und ein großes Fragezeichen. »Außer ein paar Legal Highs aus Tschechien und diesen Leuten haben wir keine Anhaltspunkte.«

»Die bösen Hacker, ständig auf der illegalen Suche nach Sicherheitslücken«, grinste Ullrich. »Keine Drogen, keine Probleme, nur die frechen Freunde kiffen. Wenn diese Caro Bender nicht im Raum gewesen wäre, hätten die Winterblums unter Garantie auch gegen sie einen Verdacht gehabt. Eifersuchtsdrama oder so in der Kategorie.«

Piltz setzte sich mit ihrem Kaffeebecher an den Tisch.

Auch Sassner nippte an seinem dampfenden Kaffee. »Schwarz und gut. An dir ist ein Barista verloren gegangen.«

»Bei der Polizei ist es auch schön«, grinste Kobalt.

»Wie üblich, die Eltern wollen nur die guten Seiten ihres kleinen Prinzen kennen«, fasste auch Kara Piltz die bisherigen spärlichen Erkenntnisse zusammen. »Nur einer der Leute, die wir befragt haben, hat eine brauchbare Beobachtung gemacht.«

»Und?«, fragte Sassner ungeduldig, dabei schaute er in Richtung Kobalt, der mit einem Keks im Mund hektisch auf der Tastatur des Laptops herumhaute.

»Rechtsanwalt Gereon Schuster hat gegen Mitternacht noch Unterlagen aus seinem Büro geholt. Er meint sich zu erinnern, dass er im Park am Kaiserteich die Silhouetten von drei Männern gesehen hat, als er das Bürogebäude betrat.«

»Drei Männer im Dunkeln?« Sassner legte den Kopf schief. Wo war Piltz mit ihren Gedanken? Bei einem Judo-Wurf? Noch ein oder zwei solche lächerlichen Bemerkungen wie heute am Tatort in Sachen Identitätsfeststellung oder jetzt in diesem Moment und er musste ein Vieraugengespräch ansetzen. Ernsthafte private Probleme, anders konnte er sich das nicht erklären. Oder ihr war der Leistungsdruck vor den anstehenden Judo-Meisterschaften zu hoch. Sollte sie sich doch entscheiden, Mord oder Sport. Zwei Jahre Freistellung vom Dienst und sie konnte sich in aller Ruhe auf Wettbewerbe konzentrieren. Ihm fiel seine eigene Situation ein. Scheidung nach 30 Jahren. C'est la vie!, dachte er. »Was ist an dieser Beobachtung brauchbar? Die Zahl Drei?« Sassner ärgerte sich bereits vor dem Beenden des Satzes über seinen Zynismus. Er schaute Piltz an und dachte an seine Frau Vicki. Sie waren sich ein bisschen ähnlich.

»Als er das Haus mit den Akten unter dem Arm wieder verlassen hat, hat er zwei der Männer in Anzügen in Richtung der neuen U-Bahn-Station Graf-Adolf-Platz weglaufen sehen.«

»Silhouetten?«, hakte Sassner nach. »Mehr hat er nicht erkannt?«

Kobalt schrie laut auf. »Geknackt!«

Automatisch waren alle vom Besprechungstisch aufgesprungen.

Kobalt schaute triumphierend in die Runde. »Und ihr ahnt es nicht, was ich bei dem jungen netten Mann entdeckt habe!«

MITTWOCH

7

Bäng! Bäng! Bäng! … Die letzten Glockenschläge einer nahen Kirchturmuhr waren um Mitternacht kaum in der klaren Sommernacht verklungen, da spürte Anna Marias Seele wieder die leeren Flecken an der Wand in den Sälen der Uffizien. Schnell wie nie entfloh sie in einem Bruchteil einer Sekunden nach 0 Uhr ihrem Sarg. Ein leises Geräusch, das wie das Stöhnen einer toten Seele im Raum hing, ließ sie kurz hoffen, nicht allein zu sein. Enttäuschung pur. Nicht einmal ein Mäuschen huschte durch die Krypta. Sie schien die einzige erwachte Medici in Raum und Zeit zu sein. Medici – allein der Name hatte zu ihren Lebzeiten Furcht eingeflößt. Wie machtlos waren sie im Angesicht des Todes geworden? Warum nur waren ihren Brüdern und ihr keine männlichen Nachkommen vergönnt gewesen? Mit ihrem Urahn Giovanni di Bicci de' Medici hatte der unaufhaltsame Aufstieg der Familie Ende des 14. Jahrhunderts begonnen. Nach der Gründung einer eigenen Bank waren die Medicis dank intelligenter Heiratspolitik, einem einzigartigen Finanzgeschick und der Liebe zur Kirche zu einer der einflussreichsten italienischen Familien in ganz Europa geworden. Ihr eigener leiblicher Vater, Cosimo III., war nach dem Sohn des legendären Giovanni benannt, obwohl ihre Linie der Familie vom Bruder Cosimos des Älteren, Lorenzo dem Älteren, entstammte. Aber das Blut der Medici floss in allen Adern der Familie – mal mit mehr, mal mit weniger Stolz und Begabung. Beide Linien der Medici hatten dem französischen Herrscherhaus eine Königin beschert, Catherina und Maria. Warum nur hatte es ausgerechnet sie als die Letzte der Medici in dieses kleine Provinznest Düsseldorf am Rhein verschlagen? Aber sie wollte nicht klagen über ihr geliebtes Düsseldorf, in dem sie so viele lebenslustige Jahre voller Freude mit ihrem Ehemann Kurfürst Johann Wilhelm von Pfalz-Neuburg verbracht hatte. Sie hatte sich der Heiratspolitik ihres Vaters gebeugt und war Teil des Karussells der europäischen Herrscherhäuser geworden. Düsseldorf, eine kleine Stadt ohne feste Straßen, ohne Straßenbeleuchtung und mit einem Stadtschloss direkt am Rheinufer, das sich mitten im Umbau befand, als sie, die Tochter der Großherzöge der Toskana, dort eintraf. Das Heidelberger Schloss des Kurfürstentums der Pfalz war kurz vor ihrer Eheschließung zerstört worden. Die 8.500-Seelen-Gemeinde Düsseldorf bot nicht das Flair ihrer Geburtsstadt Florenz mit 90.000 Einwohnern oder gar Paris mit einer halben Million Bewohnern. Doch sie konnte sich über das Schicksal ihrer Düsseldorfer Jahre nicht beschweren. Der Kurfürst Johann Wilhelm hatte sich, nachdem er bereits vor dem Tod seines Vaters im Herzogtum Jülich-Berg regiert hatte, nach der Zerstörung des Heidelberger Schlosses 1693 endgültig für Düsseldorf am Rhein als Regierungssitz der Kurpfalz entschieden. Er liebte wie sie Pferde, das Vergnügen im Theater, die Kunst und das Leben. Sie hatte bei der Gestaltung von Hof und Oper oft freie Hand gehabt und mit ihrem italienischen Feinsinn für Kunst der Residenzstadt Düsseldorf ihren Stempel aufgesetzt. Ihr Medici-Talent für das internationale Parkett der Politik und für Diplomatie hatte sie während der Abwesenheit ihres geliebten Mannes 1702 im Spanischen Erbfolgekrieg bewiesen. Sie hatte den Angriff der Franzosen und die Eroberung ihrer kleinen Stadt am Rhein erfolgreich ohne Blutvergießen verhindert.

Bei der Gestaltung der Kunstmetropole Düsseldorf schöpfte sie wie eine französische Königin aus dem Vollen, denn ihre Mitgift war eine der größten ihrer Zeit. Doch ihr Vater, der Großherzog der Toskana, der in fünfter Generation über das Herzogtum herrschte, hatte mit seinem scharfen Verstand für Finanzen eine clevere Klausel in den Ehevertrag geschrieben: Sollte ihre Ehe kinderlos bleiben, so fiel die gesamte Mitgift an die Familie Medici, die Großherzöge der Toskana, zurück. Da auch die erste Ehe des Kurfürsten von der Pfalz kinderlos geblieben war, hatte Cosimo III. sicherlich eine vage Vorahnung gehabt. Mit dem exzellenten Geschick eines begabten Bankiers hatte er dem Hause Medici ein Vermögen gesichert, das nach dem Tode des Kurfürsten Gemälde für Gemälde, Rate für Rate zurückgezahlt werden musste.

In Düsseldorf hatte kurz nach ihrer Abreise als Witwe selbst das Geld für das Öl in den neuen Straßenlaternen gefehlt und der Glanz, den sie dem europäischen Kunstzentrum am Rhein verliehen hatte, war erloschen. Wie mochte es heute sein, das kleine Städtchen am Niederrhein? Ob es Düsseldorf noch gab? Oder waren nur Schloss und Kirchen übrig geblieben? Ein Stützpunkt der kurfürstlichen Truppen? Jan Wellems Nachfolger, sein Bruder Kurfürst Carl Phillip, hatte Düsseldorf als Residenzstadt nichts abgewinnen können. Er hatte den Düsseldorfern in Richtung Heidelberg, dem Stammhaus der Pfalz, den Rücken gekehrt.

Annas einzige Schwangerschaft war in Düsseldorf mit einer Fehlgeburt geendet. Zu schade, dass auch ihre Brüder Ferdinando und Gian Gastone keine männlichen Erben gezeugt hatten – zumindest keine, die als offizielle Erbfolger bekannt waren. Die eine oder andere Linie der Familie der Medici war ebenfalls kinderlos geblieben. Doch diese Linien hatten fast ausnahmslos einen krönenden Abschluss mit einem Kardinalshut oder der Papsttiara erfahren und hatten so den Ruhm des Hauses Medici glanzvoll vermehrt. Macht, Politik und Geld waren die Werte, die den Platz der Medici in den Geschichtsbüchern der Menschheit gesichert hatten. Der glanzlose Untergang des Bankiershauses Mitte des 18. Jahrhunderts, nach dessen Herrschaftsgebiet des Großherzogtums Toskana das Haus Lothringen so gierig gegriffen hatte, würde aber für immer von dem Glanz der Reichtümer an Bildern, Gemälden, Kunstwerken und Kirchen, Villen und Parks überstrahlt werden. Florenz und die Familie der Medici waren dank ihrem Testament untrennbar miteinander verbunden. In alle Welt sollte der Ruf vom Reichtum und vom Kunstverstand ihrer Familie erklingen.

Wieder ergriff sie eine Art menschlichen Entsetzens, als sie die leeren Stellen an der Wand in den Uffizien entdeckte. Eilig strich sie von Raum zu Raum, von Kunstwerk zu Kunstwerk durch den Vasarikorridor von den Uffizien zum Palazzo Pitti. Hoffentlich gab es nicht noch mehr kahle Stellen. Sie musste den Verbleib ihrer Porträts erkunden, um ihre Ruhe wiederzufinden. Was hatten ihre Florentiner gewagt? Hatten die Habsburg-Lothringer ihre Bilder fortgeschafft? Wo nur waren die Cosimos, die Ferdinandos, die Giovannis, die Francescos, die Carlos, die Giulios und die Lorenzos ihrer Familie? Aber nicht ihre Ahnen – nur sie allein hatte zugunsten der Stadt Florenz letztwillig unterschrieben!

8

Mit Leichenbittermiene biss Claire Haase in ein staubtrockenes Stück Knäckebrot. Wütend stocherte sie mit einem kleinen scharfen Messer in einem Stück Salami herum. Ihre Locken hatte sie zu einem strengen Zopf bis in den Nacken geflochten.

»Lass die Wurst in Ruhe!«, fuhr Lutz Haase seine Schwester an. »Das ändert nichts.«

»Soll ich meine Wut an dir auslassen?«

»Spar dir deine Energie für nachher auf«, versuchte Lutz Haase sachlich zu bleiben.

Alex Weberli betrat mit zwei Tageszeitungen das Hinterzimmer der Galerie. »Hier! Für euch! Keine einzige Meldung.«

»Online auch nichts. Claire schaut jede halbe Stunde in alle möglichen Newsportale inklusive Presseportal der Düsseldorfer Polizei. Nichts! Aber in ein paar Stunden wissen wir alles«, sagte Lutz Haase.

Die melodiöse Türklingel ließ Claire Haase zusammenzucken. »Ich hasse dieses Geräusch.«

»Ich gehe«, sagte Lutz Haase. Seine Schwester hatte seit fast 24 Stunden keinen vernünftigen Satz mehr gesprochen.

Claire Haase war in eine für sie völlig ungewohnte Lethargie verfallen, die nur noch von leichten Wutanfällen unterbrochen wurde.

Aber auch Lutz Haase selbst war über das geplatzte Geschäft mehr als erbost. Sein Traum von einem exquisiten Antiquitätenladen in Rom war in unerreichbare Ferne gerückt. Wenn sich erst einmal herumsprach, dass die Geschwister Haase sich an der Nase hatten herumführen lassen, dann … Lutz Haase hatte nicht den Mut, diesen Gedanken bis zu Ende zu denken. Er musste diese Blamage unter allen Umständen verhindern. Jetzt galt es schnell zu handeln, um Schaden von ihrem Ruf als Kunstagenten abzuwenden. Sobald er alle wichtigen Details in Erfahrung gebracht hatte, würde er die passenden Gerüchte in der Szene streuen. Er wollte alle Register ziehen: von befreundeten Kunstsammlern über Kollegen in Übersee bis zu Dealern im Darknet. Diese waren für ihn perfekte Multiplikatoren in Richtung der weltweit organisierten Mafia. Die Drahtzieher des Kunstraubes konnten überall sitzen. Lutz Haase hasste diese Trivia-Dilettanten. Wenn nur seine Schwester endlich aus ihrem Aschermittwoch-Katerfeeling mit Endzeittaumel aufwachen würde. Claire hätte längst ihre Kontakte im Darknet spielen lassen müssen, um zu erfahren, wer das Geld in einem verflucht dunklen Kanal hatte verschwinden lassen.

»Das ist wunderschön!« Die Stimme eines jungen Mannes im Business-Anzug riss Lutz Haase aus seinen Gedanken. Er stand vor einem zwei Meter mal zwei Meter großen Modern-Art-Bild, auf dessen gelben Hintergrund ein Regenbogen zu sehen war, der sich in Tausenden von Farbsprenkeln zu den Seiten auflöste. »2020 Farben in der Sonne« hieß das Bild, das Claire Haase von einer noch völlig unbekannten Kunst-Studentin der Düsseldorfer Akademie angekauft hatte, weil sie deren Mutter einen Gefallen geschuldet hatte.

»Guten Morgen! Haase, Lutz Haase«, stellte er sich vor. »Sie haben einen sehr guten Geschmack. Es ist eines unserer farbenfrohen Objekte, die im Handumdrehen für gute Laune in jedem Raum sorgen.«

»Ich bin sehr spontan, was Kunst angeht«, erklärte der junge Mann. »Baumann, Knut Baumann. Freut mich, Sie persönlich kennenzulernen. Ich investiere schon lange in Kunstobjekte, die mir gefallen. Natürlich in der Hoffnung, dass sie eines Tages vielleicht sehr viel wert sein werden.«

»Die richtige Einstellung für den Beginn einer großen Karriere als Kunstkenner«, kommentierte Lutz Haase. »Kaufen Sie, womit Sie sich wohlfühlen. Das ist immer ein guter Weg.«

»Könnten Sie mir dieses Bild auch für ein paar Tage reservieren?«, fragte Knut Baumann. »Ich mache ein Foto und werde es meiner Großmutter zeigen. Wissen Sie, die alte Dame möchte zu ihren Lebzeiten wissen, was ihre Enkel mit ihrem Geld machen. Sie stellt mir jedes Jahr ein paar Hundert Euro zur Verfügung. Aber statt in Aktien investiere ich lieber in Kunst.«

»Kein Problem«, bot ihm Lutz Haase an. »Wir reservieren Ihnen das Objekt gerne für einige Tage. Sie können es auch besuchen, wenn Sie möchten. Lassen Sie es auf sich wirken, morgens, mittags und abends. Je nach Lichtverhältnissen, Stimmung und Wetter strahlen die ›Farben in der Sonne‹ immer etwas anderes aus.«

Alex Weberli kam hinter einer der Stellwände hervor. »Guten Tag«, begrüßte er Knut Baumann.

»Das trifft sich gut«, erklärte Lutz Haase. »Unser Experte für Moderne Kunst, Herr Weberli, wird Sie gerne noch weiter beraten. Ich habe einen dringenden Termin.«

9

»Warum wohnt ein Informatikstudent, auf dessen Konto zehn Millionen schlummern, noch bei seinen Eltern?«, überlegte Piltz laut.

Ullrich betrat den Raum. Er stand im Türrahmen, begrüßte auf dem Gang den für den neusten Mordfall Düsseldorfs zuständigen Staatsanwalt Dr. Gantenbein.

»Das Geld ist nie und nimmer auf legalem Weg auf diesem Nummernkonto gelandet«, erklärte Kobalt. Er hatte die ganze Nacht im Büro mit dem Laptop und dem Turm des Toten verbracht. »Ich komme noch nicht an die Quelle dieses hübschen Sümmchens. Aber …«

»Wie wäre es mit einer Dusche zu Hause?«, fragte Piltz provozierend, die frisch geduscht nach Veilchen und Orangen riechend direkt vom morgendlichen Judo-Training ins Büro gekommen war. »Es ist jetzt 9:15 Uhr. Dienstbeginn nach Nachtschicht 10 Uhr. Du hast jede Menge Zeit!«

»Ich knack das Ding komplett und dann könnt ihr loslegen«, giftetet Kobalt zurück. Nach der stundenlangen Sitzung vor den Bildschirmen vertrug er keinen Vorschlag. »Schließlich geht es nicht um virtuelle Bitcoins, die jederzeit crashen können, sondern um harte Euros und extra harte Franken. Staatlich kontrollierte Währungen.«

Sassner stellte sich hinter seinen Cyberspezialisten und schaute fasziniert auf den Bildschirm. Ein Online-Kontoauszug einer Züricher Bank war zu sehen. »Was noch? Vielleicht ein Hinweis?«

»Die Schweizer sind nur ihrem Bankgeheimnis verpflichtet. Immer so anonym wie möglich. Auch im Netz: Nummern, Nummern, Nummern. Nur ein paar rekonstruierte Mails haben mir den Weg in die Schweiz verraten.«

»Und davor?«, fragte Sassner.

»So wie es aussieht, hat er nur bei den Schweizern seine echten Daten angegeben.«

»Das heißt was?«

»Die Quelle des Geldes kann anonym ein unter einer falschen Identität eröffnetes Offshore-Konto sein.«

»Verwirrung pur«, sinnierte Sassner. »Seit es keine Möglichkeit mehr gibt, ein Konto komplett anonym online zu eröffnen, greifen die Leute auf falsche Identitäten zurück.«

»Immerhin können wir die polnischen Prepaid-Kreditkarten ausschließen«, warf Piltz ein. »Die sind auf einen relativ geringen Höchstbetrag limitiert.«

»Bleiben noch Georgien, die Cayman Islands, Malta, die Seychellen und Hongkong sowie der Rest der coolen Gang«, kommentierte Ullrich.

»Sobald du den Namen hast, unter dem das Konto eröffnet wurde, müssen wir die Quelle der falschen Ausweispapiere ausfindig machen. Keine Spur kann so gut verwischt sein, als dass wir sie nicht finden«, unterbrach Sassner die wilden Vermutungen. »Für die vom LKA wird es relativ einfach sein, den Verkäufer zu finden, wenn er die Papiere im Darknet gewerbsmäßig angeboten hat. Die arbeiten da gerade an der Offenlegung von riesigen Netzstrukturen. Komplizierter als jedes Schienensystem der Bahn.«

»Bin dabei in alle Richtungen zu ermitteln«, grinste Kobalt.

»Der Rest des digitalen Lebens? Gameplayer in Hongkong?«, fragte Piltz.

»Ein paar Softpornos, eine Handvoll Passwörter in einer verschlüsselten Datei, die vermutlich mal für militärische Sicherheitsanlagen verwendet wurden. Zwei Versuche in das städtische Versorgungswerk durch eine Sicherheitslücke einzudringen. Und eine Flut von Mailverkehr mit den Schadensabteilungen von Versicherungen«, sagte Kobalt. »Das ist ein dickes Ding. Das hat mit den anderen Vorgängen auf diesem Laptop nichts zu tun.«

»Sonst kein Hinweis?«

Kobalt schüttelte den Kopf. »Der wusste, wie weit er gehen kann.«

»Hackerangriffe auf MAD und Stadtwerke gehen die nicht weit genug?«, fragte Sassner mit Stirnrunzeln. »Kann er die erpresst haben?«

»Diese Versicherungen?«, fragte Piltz. »War der Tote der Versicherungsnehmer?«

»Motorrad-Kasko, Unfallversicherung, Krankenversicherung, Haftpflichtversicherung …«, begann Kobalt.

»Aber keine Versicherungssumme über zehn Millionen?«

»Auf wen könnte er denn eine Lebensversicherung abgeschlossen haben?«, fragte Sassner. »Versicherungsbetrug vom Feinsten.«

»Lotto«, sagte Kobalt leise. »Würde ich auch keinem anvertrauen.«

»Nur dem Mörder?«, fragte Ullrich, der die Türe hinter sich geschlossen hatte. »Dr. Gantenbein schaut heute Nachmittag zur Teambesprechung rein. Er hofft auf rasche Klärung. Da kommen noch mehr unaufgeklärte Fälle.« Ullrich öffnete die zugeschlagenen Fenster. »Luft steht schon draußen wie drinnen.«

»Wir kriegen sie alle«, sagte Sassner leise. »Das sind wir den Opfern schuldig.«

»Seit wann hat er das Geld?«, fragte Piltz.

»Ich bin noch dran«, erklärte Kobalt. »Ich muss vorsichtig sein.«

»Das heißt, du schaust dir illegal Daten an und verletzt damit den Datenschutz?«

»Richtig. Daher ist der Beweiswert vor Gericht so gut wie null. Aber ohne meine – nennen wir sie – Spionage im grauen Bereich, wären wir jetzt da.« Kobalt deutete auf das Whiteboard mit dem Foto des Toten.

»Duschen, warmes Frühstück, eine Stunde Schlaf«, ordnete Sassner an. »Das ist ein Befehl. Wir brauchen dich hier hellwach.«

Kobalt gähnte herzhaft. »Rührei mit einer extra Portion Schinken, kalte Dusche, Hängematte im Schatten! Wer weckt mich?«

Sassner lachte. »Ich ruf dich gegen 11 Uhr an. Reicht das?«

»Bis zur Besprechung mit Dr. Gantenbein werde ich den beiden Winterblum-Black-Boxen noch ein paar Geheimnisse entlocken. Wir müssen ja nicht gleich mit der Tür ins Haus fallen bei unserem Staatsanwalt.«

»Je mehr du findest, desto mehr Anhaltspunkte haben wir für die Befragungen«, sagte Sassner. »Zehn Millionen. Silicon Valley statt Pauschalurlaub am Meer. Start in eine neue Existenz. Vielleicht auch ohne Freundin. Ahnungslose Eltern, Streit mit der Freundin. Bin gespannt, was für ein Bild uns die Freunde an der Uni bieten.«

»Wer fährt?«, fragte Kara Piltz.

»Ullrich und ich«, sagte Sassner. »Du musst nachher zur Team-Abstimmung. Die Aufteilung der restlichen ungeklärten Fälle ist noch offen. Das Übliche im Jour fixe.«

Piltz stöhnte genervt auf. »Warum ich?«

»Darum!«

»Und anschließend schaust du dir mit dem ausgeschlafenen Kollegen die Freundin noch einmal genauer an.«

»Ist diese Flaschenpost schon geöffnet worden?«, fragte Piltz. »Da lagen doch so viele bunte Zettel in Winterblums Zimmer. Könnte nicht …?«

»Der Bericht der KTU soll gegen Mittag hier sein«, unterbrach sie Sassner und schrieb mit dem Marker »Nummernkonto Schweiz 10« an die Tafel.

Ullrich parkte den Dienstwagen auf dem großen Parkplatz des Unicampus der Heinrich-Heine-Universität neben der Zentralbibliothek.

»Hat auch schon einige Jahre auf dem Buckel, das alte Betongebäude«, bemerkte Sassner.

»Sieht aber immer noch futuristisch aus.«

»In den letzten Jahrzehnten sind auf dem Campus viele neue Gebäude errichtet worden.«

»Vielleicht sitze ich auch eines Tages im Juridicum. Jura war schon immer mein Traum«, sagte Ullrich.

»Kommt nicht infrage, Freistellung gibt es keine.« Sassner dachte an Piltz, die er im Gegensatz zu Ullrich gerne für einige Zeit freistellen würde.

»Im vorderen Bereich der Bibliothek muss ein Café sein. Da sollen sich Leons Freunde heute Morgen zum Lernen verabredet haben. Hat Caro Bender behauptet.«

Sassner nickte. »Bin gespannt, ob die ihn schon vermissen.«

Sassner und Ullrich waren die Treppe zwischen der Ebene des Parkplatzes und der Zentralbibliothek hinaufgegangen. Sie nahmen den Nebeneingang, gingen vorbei an den Schließfächern und am Eingangsbereich der Bibliothek. In einem der hohen Fenster hingen Plakate des AStA, auf denen für eine Semester-Abschlussfete und die kommende AStA-Wahl, in der es wieder einmal um alles und den Weltfrieden ging, geworben wurde. Sie betraten das Studentencafé.

Drei junge Männer in Leon Winterblums Alter saßen mit Kaffeebechern und Brötchen um ein Tablet. Ein Koordinatenkreuz und der Tabellentitel NYSE waren zu erkennen. Fragend schauten die drei auf, als Sassner und Ullrich an ihren Tisch traten.

»Neue Kommilitonen?«, feixte der Eigentümer des Tablets. Er packte es in eine silberfarbene Metallschutzhülle und wischte mit der Hand Croissantkrümel vom Tisch. »Wir können Sie gerne mitnehmen in den Hörsaal.«

»In den Semesterferien?«, fragte Kobalt.

Sassner zeigte seinen Dienstausweis vor. »Wir haben nur ein paar kurze Fragen an Sie.«

»Die Polizei, dein Freund und Helfer. Dann geben wir uns doch gerne hilfsbereit«, grinste der Tablet-Eigentümer.

»Wir können Sie auch gerne mitnehmen und einen Drogentest anordnen«, sagte Kobalt.

»Ohne Anfangsverdacht?«, fragte der Kleinste der Studenten, der seine roten Haare zu einer Stoppelfrisur geschnitten trug.

»Wir finden schon etwas«, sagte Sassner leise. »Zum Beispiel tschechische mit Kokain verstrichene Legal Highs?«

»Ich muss passen«, sagte der Rothaarige. »Ich bin Diabetiker und damit raus aus dem Spiel.«

»Wie kommen Sie denn auf die Idee?«, fragte der Tablet-Eigentümer. »Sehen wir so aus, als hätten wir Drogen nötig?«

»Fehlt in Ihrer Runde nicht jemand?«, fragte Sassner.

Der Student mit dem kurzen Zopf und der bleichen Haut, der bislang geschwiegen hatte, pfiff laut. »Unser kleiner Prinz hat seine Urlaubskasse aufgebessert.«

»Idiot!«, zischte der Rothaarige und trat unter dem Tisch mit seinen schwarzen Sneaker gegen das Schienbein des Bleichgesichts.

»So, meine Herren. Schluss jetzt«, sagte Sassner mit scharfem Ton. »Namen, Adressen und ein offenes Gespräch. Oder wir führen unsere Unterhaltung im Vernehmungsraum im Präsidium weiter.«

»Wo ist er überhaupt?«, fragte der Tablet-Eigentümer.

»Muss ich ironisch werden?«, fragte Sassner mit einem süffisanten Grinsen. »Oder haben Sie nicht alle drei bereits versucht, Leon Winterblum zu erreichen? Wir lesen Ihnen gerne Ihre Nachrichten an ihn vor!«

»Vorstellungsrunde überfällig, schätze ich?«, fragte der Rothaarige.

»Hochintelligent, der junge Herr«, spottete Ullrich.

»Ich bin Gereon Dresen, das sind Nicolaus Kunze und Elmo Bernd«, stellte der Tablet-Eigentümer sich vor. »Wir sind Informatikstudenten.«

»Und?«, fragte Sassner. »Weiter!«

»Na ja«, erklärte Bernd. »Stress mit Caro. Vermutlich große Versöhnungsszene. Da halten wir uns zurück.« Er lachte anzüglich.

»Hat er Ihnen von jedem Streit erzählt?«, fragte Ullrich.

»Mann, das ist so bei uns. Stress, Job, Urlaub«, führte Bernd weiter aus.

»Richtig«, sagte Sassner. »Stichwort Urlaub.«

»Hat einer von Ihnen eine kleine lukrative Nebeneinnahme mit verstrichenen Legal Highs?«, fragte Ullrich. »Gegen Kooperation lassen wir auch mit uns dealen.«

»Profan, völlig profan«, erklärte Dresen. »Wir spielen auf einer anderen Ebene. Ich mache mir doch nicht die Finger schmutzig.«

»Spielen?«, hakte Sassner nach. »Was spielen Sie denn so? Mikado? Poker? Lottogemeinschaft? Oder hacken Sie lieber militärische Accounts?«

»Ich habe euch gleich gesagt, die Wette geht schief!«, fauchte Kunze.

Wieder traf ihn der Schuh des Rothaarigen unter dem Tisch.

Mittlerweile war es an den umliegenden Tischen still geworden. Alle Anwesenden schauten mehr oder weniger verstohlen zu dem Tisch, an dem Sassner und Ullrich vor den drei jungen Studenten standen.

»Sie haben gewettet?«, fragte Sassner. »Um welche Beträge?«

»Sie stellen hier einfach so Fragen, so ganz informell?«, versuchte es der rothaarige Bernd mit einer Gegenfrage. »Meine Freundin ist schon im Referendariat. Was wird das?«

»Wir können uns gerne im Präsidium weiterunterhalten«, schlug Ullrich vor. »Hier finde ich es ohnehin nicht so gemütlich. Krümel und Flecken auf den Tischen und dieser Lärmpegel.«

»Ich finde es gerade jetzt extrem still. Gespenstisch still«, sagte Bernd.

Kunze schaute auf die Uhr. »Vorlesung der Summer University. Thema Web 4.0.«

»Morgen Früh 10 Uhr, 10:30 Uhr und 11 Uhr. Sollten Sie nicht erscheinen, können wir Sie gerne vorführen lassen.«

»Mit Sicherheit kein Wort ohne Anwalt«, feixte der Rothaarige frech.

»Wenn Sie sich bereits wegen Mordes verdächtigt sehen, gerne auch mit Ihrem Anwalt«, erklärte Sassner. »Oder wollen Sie ernsthaft behaupten, dass Sie noch nichts von seinem Tod wissen?« Seine Frage klang wie eine Drohung.

»Wir hören das Gras wachsen«, grinste Dresen.

»Wie die Indianer im Silicon Valley?«, fragte Ullrich. »Wo waren Sie denn gestern Nacht? In den ewigen Jagdgründen?«

»Wenn Sie schon alles wissen, sollten Sie einfach den Mörder verhaften und uns in Ruhe studieren lassen.« Kunze stand auf und griff nach seiner Tasche. »Wir haben ein Programm für die Uni geschrieben. Projektarbeit für das Wintersemester. Eigentlich gehört auch Leon dazu.«

»Name des Professors?«, fragte Ullrich.

»Professor Dr. Wallis, Lehrstuhl für angewandte Informatik«, sagte Dresen.

»Sonst kein Tipp für uns?«, fragte Sassner. »Warum war Leon Winterblum nicht bei Ihrem Treff?«

Schweigend und grußlos gingen die drei Informatikstudenten an den Ermittlern vorbei.

»Kaffee?«, fragte Ullrich.

»Im Büro!«

Als Sassner und Ullrich das Büro betraten, saß Kobalt mit einem strahlenden Grinsen vor dem Laptop des Toten.

»Und?«, fragte Sassner.

»Ich habe die Überweisung zurückverfolgen können!«

»Wer?«, Sassner zog seinen Chefsessel an Kobalts Schreibtisch. Er schaute auf eine einzige Kolonne an Zahlen.

Ullrich suchte im kleinen Schrank über der Bürokochnische nach Kaffeepulver.

»Das Geld sollte von der Trivia Versicherung ursprünglich auf ein Konto in Malta überwiesen werden. Winterblum hat über Monate mit verschiedenen Anfragen die Kontaktdaten der Buchhaltung der Mitarbeiter der Trivia International Insurances ausspioniert. Social Engineering für ganz Böse. Ich habe hier eine gefakte Mail, mit der Winterblum dann eine Mitarbeiterin manipuliert hat. Unter dem Code ›Urlaubsmangel historische Kulturreise‹ sollte ein Schaden reguliert werden. Vermutlich war er selbst überrascht, dass der kleine Mangel gleich mit zehn Millionen reguliert werden musste. Dann hat er …« Kobalt nahm den gefüllten Kaffeebecher von Ullrich entgegen. »Schaut hier: Er hat einen kühlen Kopf bewiesen und das Geld auf ein Schweizer Nummernkonto transferiert. Das geht heute alles per Mail und Telefon. Immerhin war er so nett, alle Abläufe über dieses Laptop laufen zu lassen. Unser wichtigstes Beweisstück bisher.«

»Seit wann hat er das Geld gehabt?«, fragte Sassner.

»Wenn er die Daten nicht auch noch manipuliert hat, dann stammt die Überweisung nach Malta vom Donnerstag, und das Nummernkonto in der Schweiz hat er am Samstag eröffnet. Das geht heute mit der passenden Legitimation ganz schnell. Viel wird da nicht gefragt bei diesen Summen in der Schweiz. Nur wenige Bankmitarbeiter erfahren je von der Identität der Kontoinhaber.«

»Wenn Piltz aus der Besprechung kommt, fahre ich mit ihr zur Trivia. Ihr beide könnt dieser Caro Bender einen Besuch abstatten. Vielleicht haben die beiden nicht über den Urlaub, sondern über das Geld gestritten.« Sassner wollte die Fahrt für ein ernstes Gespräch mit Piltz nutzen.

»Was hat eine Düsseldorfer Versicherung in Malta versichert?«, fragte Ullrich. »Urlaubsmangel? Zehn Millionen für einen Hotelbrand? Entschädigung für einen Veranstalter, der Ausweichquartiere anmieten musste? Oder ein Wasserschaden in einem Casino?« Er zuckte mit den Schultern. »Wilde Spekulation.«

»Investitionen für einen Versicherungsbau aus Marmor, schwarze Portokasse für Bestechungsgelder, Regulierung eines illegal verursachten Umweltschadens«, überlegte Sassner. »Die Trivia ist ein internationaler Versicherungskonzern. Die Düsseldorfer können diese seltsame Zahlung auch für jedes andere Tochterunternehmen im Ausland getätigt haben.«

»Aber der Code auf der Überweisung«, sagte Kobalt. »›Urlaubsmangel historische Kulturreise‹ … Irgendetwas muss es doch bedeuten.«

»Bist du aus Versehen in ein fremdes Netz geraten?«, grinste Ullrich.

Kobalt zuckte mit den Schultern. »Wie oft werden gehackte Daten online gestellt und können von Hinz und Kunz gelesen und genutzt werden? Es vergeht keine Woche ohne einen neuen Datenskandal. Mal sind es drei Millionen Nutzer eines E-Mail-Anbieters. Mal sind es zehn Millionen Accounts aus dem Social-Media-Bereich.«

»Mit ein paar suggestiven Fragen können wir die passenden Antworten bekommen, ohne unsere Quelle nennen zu müssen. Punkt«, sagte Sassner. »Die nutzen jedes moderne Kommunikationsmittel. Wir haben noch nicht einmal die passenden Strafparagrafen und da sollen wir einfach so zuschauen?«

»Kurz und gut: Er hat das Geld einer Versicherung mit illegalen Mitteln im Internet abgefischt, die Versicherung hat vielleicht auch eine illegale Zahlung geleistet und wird sich bei uns nicht melden«, fasste Kobalt zusammen.

»Insbesondere, wenn es eine Schutzgeldzahlung an die Mafia sein sollte«, warf Ullrich ein. »Schutzgeld für den Aufbau eines Netzes von Versicherungsagenturen im Ausland – Kolumbien, Mexiko oder irgendein anderes Land voller Korruption und organisierter Kriminalität.«

»Vage Vermutung. Aber durchaus möglich«, kommentierte Sassner.

»Auf jeden Fall schrecken Mafiosi selten vor Mord zurück, wenn sie etwas erreichen möchten«, sagte Ullrich.

»Vermutlich sind für die Trivia zehn Millionen in Malta ein Kollateralschaden, den sie genauso gut bei Kursschwankungen am Devisenmarkt hätten erleiden können. Aber jetzt geht es um Mord. Keine Legal Highs, kein Beziehungsdrama, sondern höchstwahrscheinlich ist Geld das Motiv der Mörder. Woher auch immer die gekommen sind. Solche Typen lassen sich nichts wegnehmen. Sie haben Leon Winterblum gefunden. Nur das Geld ist noch auf dem Konto in der Schweiz«, sagte Sassner. »Und die, die sich für die Eigentümer des Geldes halten, werden es aus der Schweiz wieder rausholen wollen.« Er nahm den Marker zur Hand und stellte sich an das Whiteboard.

»Damit sind auch alle anderen, die von den zehn Millionen gewusst haben, in Gefahr«, sagte Ullrich. »Caro Bender, die drei Studenten, vielleicht auch die Eltern, im Extremfall sogar der eine oder andere Mitarbeiter der Trivia.«

»Nehmen wir – abgesehen vom sozialen Umfeld – eine mafiöse Organisation an. Die müssen irgendwie Kontakt zu ihm aufgenommen haben«, überlegte Sassner. Er setzte den Stift an und schrieb die Namen der Studenten an die Tafel und setzte hinter »Mafia« ein Fragezeichen. »Oder die Mafia ist erst auf dem Weg nach Düsseldorf.«

»Die haben doch hier ihre Leute«, sagte Kobalt.

»Nicht jeder Clan«, sagte Sassner. »Die schießen wie Pilze aus dem Boden.«

»Wir haben immer noch die Zeugenaussage dieses Rechtsanwalts, dass zwei Männer in Anzügen aus dem Park weggelaufen sind«, überlegte Ullrich.

»Die Paten dieser Mafia-Organisation werden kaum selbst am Kaiserteich nach ihren zehn Millionen gesucht haben«, grinste Piltz, die leise den Raum betreten hatte.

»Teambesprechung zu Ende«, sagte Sassner. »Dann fahren wir jetzt zur Trivia Versicherung.«

»Die haben vor ein paar Tagen wegen eines Bestechungsskandals in der Zeitung gestanden«, sagte Piltz. »Ich kann mich an den Zusammenhang nicht genau erinnern.«

»Das kannst du recherchieren, wenn wir wieder zurück sind.« Sassner griff nach den Schlüsseln zum Dienstwagen. »Vermutlich sind die zehn Mille aus Malta nicht die Bestechungsgelder. Oder werden die noch gesucht?« Sassner beschloss, das ernste Gespräch auf später zu verschieben. Irgendwie tat ihm Piltz' Anwesenheit heute gut. Der anstehende Rosenkrieg mit Vicki barg genug Auseinandersetzungspotenzial. Vielleicht sollte er Piltz, die immer wieder einen außergewöhnlichen Ermittlerinstinkt bewies, mehr Freiraum bei der Arbeit lassen. Auch wenn ihn der eine oder andere laxe Kommentar seiner jungen Kollegin ärgerte.

Piltz zuckte mit den Schultern und griff nach ihrem Smartphone. »Mal schauen, ob ich den Artikel online finde.«

»Jetzt komm! Einsatz!«

10

»Prost!«, rief Dr. Abendroth. »Auf unsere fleißigen Stammtischbrüder, die heute arbeiten müssen.«

»Prost!« erwiderte Dr. Spangenberg, der sich ebenso wie Dr. Freitag und Dr. Abendroth über die zufällige Begegnung in den Düsseldorfer Altstadtgassen gefreut hatte. »Auf das Leben, die Liebe und die Kunst.«

»Oh!«, rief Dr. Abendroth erschrocken aus. Fast hätte er mit dem Lesestock der aktuellen Tageszeitung das Altbierglas von Dr. Spangenberg vom Tisch gefegt.

»Kennt ihr die neuen Werbeanzeigen für die Medici-Ausstellung schon?«, fragte Dr. Freitag. »Hier! Jahrhundertausstellung – Das Erbe der Anna Maria de' Medici wieder in Düsseldorf. Verlängerte Einlasszeiten im Kunstpalast bis 22 Uhr im Juli. Und dieses feingeistige Antlitz. Ein Traum von einer Frau«, schwärmte er.

»Eben ein Traum und nicht mehr«, stellte Dr. Spangenberg mit nasaler Stimme klar und nahm Dr. Freitag die Tageszeitung aus der Hand.

»Da!«, sagte Dr. Abendroth.

Beim Umdrehen der Tageszeitung war die Schlagzeile »Wasserleiche im Kaiserteich« sichtbar geworden. Unter einer Luftaufnahme des Kaiserteichs und des Ständehauses stand ein langer Artikel über den neusten Mordfall in Düsseldorf.

»Kein Stehvermögen mehr. Die jungen Leute!« Dr. Abendroth schüttelte den Kopf.

»Nichtschimmer«, bekräftigte auch Dr. Freitag. »Völlig

verweichlichte Jugend. Was lernen die noch in der Schule? Nichts. Sonst würden die nicht so kläglich gleich im ersten Semester an der Uni versagen«, beantwortete er selbst seine Frage. »Also nachhelfen und im Abitur durchfallen lassen, meine Devise.« Er zog einen Fingerspinner aus seiner Jacketttasche und hob ihn in die Höhe. »Das Ding habe ich von einem Oberstufenschüler im Unterricht an meinem letzten Tag in der Schule konfisziert.«

»Kleine Abkühlung bei den Temperaturen«, kommentierte Dr. Spangenberg mit einem süffisanten Lächeln. »Da ist mir doch mein gepflegtes kühles Alt lieber als diese öffentlichen Teichanlagen mit Grünzeug drin.«

»Der hatte die Hitze! Abkühlung, um die Hormone in den Griff zu kriegen«, lachte Dr. Abendroth. »Kein Stehvermögen! Immer zur falschen Zeit am falschen Ort. So was gehört in der Tat nicht an die Uni.«

Dr. Spangenberg faltete die Tageszeitung mit der Schlagzeile über die Wasserleiche zusammen und zwinkerte nervös mit den Augen. »Schade um das junge Menschenleben.« Er schaute in die Runde und erntete beifälliges Nicken.

11

»Vielleicht ist alles nur ein Irrtum, ein kleiner Buchungsfehler, ein Zahlendreher«, versuchte Lutz Haase mehr sich selbst, als seine Schwester zu beruhigen.

»Spielen werden die nicht mit uns. Das trete ich in der ganzen Szene breit«, sagte Claire Haase mit einer unterdrückten Wut in der Stimme. »Wenn die die Bilder haben und nicht zahlen wollen. Wenn das nur eine plumpe Ausrede sein sollte, dann …«

Die Aufzugtüren gingen auf. Die Geschwister Haase traten auf den kühlen Gang, dessen Boden und Wände mit weißem Marmor verkleidet waren. An den Wänden rankten echte Weinreben, die in beleuchteten Hydrokulturtöpfen gepflanzt waren. Am Ende des Ganges standen ein paar Olivenbäume in großen Kübeln aus schwarzem Marmor. In Wänden und Decke waren Spots eingelassen, die das natürliche Sonnenlicht simulieren sollten. Exklusive Stimmung in einer der Führungsetagen des Versicherungskonzerns der Trivia International Insurances. Auf der Ebene mit den Olivenbäumen saßen die Leiter der wichtigsten Versicherungssparten. Ganz oben auf der Geschäftsführerebene standen Zitrus- und Orangenbäume. Hinter einigen der breiten zweiflügeligen Türen aus dunkelblauem Rauchglas war gedämpftes, nicht verständliches Stimmengewirr zu vernehmen. Die vorletzten Flügeltüren am Ende des Ganges öffneten sich. Kevin Merle, der Assistent des Abteilungsleiters Trivia Kunst, Frank Kaiser, schien die Geschwister Haase bereits zu erwarten.

»Ich begrüße Sie im Namen von Herrn Kaiser. Er wird in wenigen Minuten kommen. Sein letzter Termin hat sich ein wenig verzögert.«

»Guten Tag!«, sagte Claire Haase gepresst leise, fast flüsternd. Sie schaute auf den ovalen Besprechungstisch, der in dem großen Raum gegenüber der gläsernen Schiebetüre zum separierten Chef-Büro Kaisers stand. Die Schiebetüren standen offen. Der Schreibtisch war wie immer penibel aufgeräumt, als wenn es keine Arbeit gäbe. Der Platz des Assistenten war wie die kleine Teeküche in einem Nebenraum arrangiert. Beide Türen zu den Nebenräumen waren mit der Wand bündig cremefarben tapeziert. Sie standen ebenfalls offen.

»Saft? Orangensaft? Mangosaft? Apfelsaft? Kaffee?«, fragte Kevin Merle.

»Am allerliebsten das Honorar«, giftete Claire Haase.

Ihr Bruder Lutz bediente sich bereits selbst am Saft, der in kleinen Flaschen mit verschiedenen Sorten auf dem Tisch stand.

»Guten Tag«, ertönte die Stimme Kaisers. »Wie gut, dass ihr schon hier seid.«

»Ja, hervorragend! Finde ich auch«, begann Claire. Ihre Augen funkelten böse unter ihren rotblonden Locken hervor. »Was ist passiert? Was?« Sie biss sich auf ihre mit blauem Lipgloss geschminkten Lippen.

Frank Kaisers Augen zuckten nervös. »Wir haben eine eigene Task Force zusammengestellt. Das Geld ist auf dem Lösegeldkonto nicht angekommen.«

»Nicht angekommen?«, echote Lutz Haase genervt. »Soll das eine schlechter Witz sein? Dann ist der Deal mit den Erpressern geplatzt. Wir sind in der Szene ruiniert. Unser Ruf … Du hast unsere Existenz zerstört.«

»Ruhig jetzt! Noch ist nicht klar, was passiert ist.«

»Nicht klar? Das Geld ist weg. Damit sind die Bilder weg, weil es nie wieder zu einer Übergabe kommen wird. Und laut Vertrag mit euch kriegen wir unser Honorar nicht. Nur im Erfolgsfall, wenn die Bilder wieder da sind.« Claire Haase trommelte mit zwei Trivia-Kugelschreibern auf der Tischplatte. »Für wie dumm haltet ihr die Erpresser? Das sind keine Anfänger. Das sind Profis, vielleicht sogar die Mafia. Die fackeln jetzt nicht mehr!«

»Ihr seid weiter drin im Fall. Spesenpauschale wird erhöht.«

»Und alle bisherigen Spesen werden wir euch auch voll als Pauschale in Rechnung stellen«, schrie Claire. »Ihr seid Dilettanten, die von irgendwelchen Idioten um zehn Millionen erleichtert worden sind, und wir gehen auch leer aus.« Sie schlug mit der flachen Hand auf die Tischplatte, sodass ihre breiten Sterlingsilberringe einen metallischen Laut von sich gaben.

»Frank, überleg dir was! Das kann Wochen dauern, bis wir wieder Kontakte ins Milieu finden. Die Szene wird unruhig, wenn mal eben so zehn Mille verschwinden«, bestätigte Lutz Haase die Ansichten seiner Schwester. »Außerdem ist eigentlich Schadensersatz fällig. Ihr seid schuld an dem geplatzten Deal.«

»Selbst bei erfolgreicher Zahlung hätte die Übergabe platzen können. Kein Schadensersatz in keinem Fall. Das steht so im Vertrag.« Kaiser zupfte sichtlich nervös an seiner weiß-grün karierten Krawatte herum. »Honorar nur bei Erfolg. Unsere Vertragsbedingungen.«

»Wie wäre es mit Schmerzensgeld für uns für eure abgrundtiefe Dummheit? Ich werde nie verstehen, wie ein so großer international aufgestellter Konzern sich einen so groben Schnitzer leisten kann? Wenn ihr das Geld so gerne zum Fenster rauswerft, wie wäre es dann mit einer Schmerzensgeldzulage?«, fragte Claire Haase in einem ironischen Ton.

»Diese Erpresser werden sich auf jeden Fall eher bei euch als bei uns melden. Solange wir die Polizei aus dem Spiel halten, ist unsere Chance am größten.«

»Irgendwann stehen ein paar Kunstexperten vor zwei schlechten Fälschungen im Museum Kunstpalast und es wird ein Riesenskandal geben. Oder wollt ihr zwei Stellen an der Wand leer lassen wegen Restaurationsarbeiten?«, flüsterte Claire Haase. »Sind die Verantwortlichen in Florenz überhaupt schon benachrichtigt? Oder wolltet ihr erst einmal mit unserer Hilfe auf dem kleinen Dienstweg die Wahrheit vertuschen?«

Frank Kaiser zuckte mit den Schultern. »Das entscheiden die da oben.«

»Die Übergabe war für heute geplant.«

»Wir haben ein neues Angebot für euch«, erklärte Frank Kaiser. »Außerdem«, er schaute Claire Haase in die Augen, »die Hälfte jetzt als Garantiehonorar und den Rest bei Erfolg. Wir legen auch noch zehn Prozent drauf.«

»Und die erhöhten Spesen«, forderte Lutz Haase.

»Express-Anweisung«, versprach Kaiser.

»Wir arbeiten, sobald das erste Geld auf unserem Konto eingegangen ist.« Lutz Haase griff nach einer Flasche Mangosaft.

»Ihr meldet euch, sobald ihr etwas hört.« Frank Kaiser setzte sich an den Besprechungstisch. »Nur bei mir.« Kaiser legte seine hohe Stirn unter dem schütteren grauen Haar in dicke Falten. Er verzog den Mund. »Lasst euch direkt von Merle zu mir durchstellen. Die Kommunikation läuft nur noch über uns drei am Telefon. Keine Mails, keine SMS, keine Chats.«

»Nach zehn Mille Verlust würde ich auch eine digitale Kommunikationsphobie bekommen.« Lutz Haase wusste nicht, ob er weinen oder lachen sollte.

Claire Haase stand auf. »Den Vertrag morgen per Boten in die Galerie. Und die Geldanweisung in Kopie ebenfalls. Dann bleiben wir dran. Bis dahin muss ich diese dummen Eseleien erst einmal verdauen.« Ihre Hände stützte sie auf den Tisch auf. Sie beugte sich nach vorn in Richtung Frank Kaiser. »Wie habt ihr euch das vorgestellt? Die fühlen sich verraten, die werden abtauchen, um uns als Agenten einen Bogen machen.«

»Geld oder wir werden nur noch unseren Ruf in der Szene retten – ohne Rücksicht auf euch«, fügte Lutz Haase hinzu. »Schade um die Bilder, aber …«

»Solange wir nicht wissen, welche Organisation das Geld auf ihr Konto umgeleitet hat, können wir gar nichts sagen. Dummerweise ist auch das Konto, auf das wir überweisen sollten, gelöscht worden. Riesiges schwarzes Loch. Alles Fehlanzeige!«

»Wir bleiben dran. Ich werde mir ein Gerücht ausdenken und in der Szene von St. Petersburg bis Südamerika streuen. Vielleicht melden sich ein paar mutige Unterhändler. Geld stinkt nicht«, überlegte Lutz Haase.

»Wir erhöhen das Lösegeld um jeden Betrag. Diese Sache muss vom Tisch, bevor die Florentiner die Presse und damit die Polizei ins Spiel bringen können. Wir müssen diesen Skandal verhindern.«

»Ist der Transport nicht von Museumsmitarbeitern aus Italien oder von Sachverständigen begleitet worden?«, dachte Lutz Haase laut.

»Bislang ist das Fehlen der beiden Exponate nicht aufgefallen. Bislang.«

»Ich muss hier raus. Wie kann man solchen Dilettanten die Versicherung so wertvoller Bilder anvertrauen?« Claire Haase raufte sich gespielt die Haare, ohne ihre Frisur zu zerstören.

Lutz Haase gab Frank Kaiser hinter dem Rücken seiner Schwester ein Zeichen, ruhig zu bleiben.

»Wir suchen exklusiv für euch«, sagte Lutz Haase. »Keine weiteren Verwirrungen ab jetzt. Sonst tingeln die schönen Bilder demnächst als unverkäufliches Unterpfand bei Waffen- und Drogenhändlern rund um die Welt. Dann tauchen sie erst in 20 oder 30 Jahren wieder auf. Heiße Ware!«

»Oder irgendein chinesischer superreicher Investor schlägt zu. Der hat unter Garantie mehr Geld als die Trivia International Insurances. Irgendwo in China verschwinden die Bilder dann für immer in einem Bunker tief unter der Erde«, sagte Claire Haase in einem drohenden Unterton. »Und nach China werde ich unter Garantie nicht reisen.«

12

Kevin Merle begleitete die Geschwister Haase schweigend vorbei an den duftenden Weinreben zu den Aufzügen. Sowohl die Türen des rechten als auch des linken Lifts öffneten sich gleichzeitig. Doch Claire Haase hatte keinen Blick für Manfred Sassner und Kara Piltz, die aus dem rechten Aufzug ausstiegen. Nur Lutz Haase deutete ein leichtes, höfliches Nicken an. Dann fuhren sie im linken Lift in Richtung Erdgeschoss. Eine neue Herausforderung wartete auf die beiden leidenschaftlichen Kunstagenten.

»Kann ich Ihnen helfen?«, fragte Kevin Merle die beiden Ermittler.

»Wir sind angemeldet«, erklärte Manfred Sassner und zog seinen Dienstausweis hervor.

»Richtig!«, sagte Kaisers Assistent leise. »Die Geschäftsleitung hat vor wenigen Minuten angerufen. Herr Kaiser hat jetzt Zeit für Sie. Folgen Sie mir bitte.«

Sassner überlegte beim Anblick der Weinreben und Olivenbäume einen Moment, ob er in dieser luxuriösen Atmosphäre als Privatermittler auf dem internationalen Kunstmarkt glücklich werden könnte. Aber mit Schaudern dachte er an die modernen Exponate im K21. Das war nichts für ihn. Überhaupt nichts. Das Morddezernat war seine Welt. Menschenleben und nicht schnöder Mammon hatten in seinem Metier den obersten Stellenwert. Auch wenn seine Ehe daran scheitern sollte. Zum ersten Mal hatte er in diesem Moment den Mut an Vickis Gründe zu denken. Warum wollte sie die Scheidung? Warum hatte er keine Anzeichen für ihren Trennungswunsch bemerkt?

Erstaunt schaute Frank Kaiser auf die Dienstausweise der Ermittler. »Was kann ich für Sie tun?«

Die oberste Trivia-Ebene hatte ihren Abteilungsleiter Kunst vom Besuch der Kriminalpolizei noch nicht informiert. Kevin Merle hatte keine Gelegenheit gehabt, seinen Vorgesetzten in Kenntnis zu setzen, ohne dass Haases mitgehört hätten.

»Sie können uns einige Fragen beantworten«, sagte Kara Piltz, die sich in dem großen Raum umschaute. Wie komfortabel im Vergleich zum Präsidium und zum alten Innenministerium. Dagegen war ihr Großraumbüro mit den vier Schreibtischen und dem nach Ansicht des arbeitsmedizinischen Dienstes teambildenden Oktagon-Besprechungstisch eine Hütte. Außerdem gefiel ihr der Blick von der großen Glasfront aus auf die Rheinbögen und die Brücken, die den Fluss an mehreren Stellen überquerten. Piltz schaute von der Rheinkniebrücke und den Hafenanlagen zur Oberkasseler Brücke bis zur Theodor-Heuss-Brücke, hinter der der Fluss in Richtung holländischer Nordsee floss. Wie Spielzeug wirkten die großen Lastkähne und Ausflugsboote auf dem breiten Strom. Strahlend blauer Himmel ohne eine einzige Wolke. Piltz beschloss in diesem Moment, sich eine Wohnung in einem Hochhaus am Rhein zu suchen. Dieser Überblick von hier oben war ein Traum. Besser als jedes Fernsehprogramm.

»Wo waren Sie gestern um Mitternacht?«, fragte Sassner.

»Im Bett bei meiner Frau«, grinste Kaiser. »Worum geht es denn überhaupt?«

»Um Mord!« Sassner beobachtete die Gesichtszüge des

Abteilungsleiters Kunst. Keine einzige Regung. Aber auch für ihn mussten zehn Millionen eine Versuchung sein.

»Mord?«, fragte Kaiser. »Wir sind für die Versicherung von kostbaren Gemälden in großen Museen auf herausragenden Ausstellungen wie der Art Basel und bei internationalen Transporten wertvoller Skulpturen zuständig. Die alten Meister sind in aller Regel schon tot. Wer ist denn ermordet worden?« Kaiser lachte selbstgefällig.

»Ein Informatikstudent«, sagte Piltz. »Vielleicht fällt Ihnen jetzt mehr ein?«

Kaiser schüttelte den Kopf. »Wir haben einige Werkstudenten und Trainees, ein paar Bachelor-Studenten aus der Informatik-Fakultät in der Trivia-IT, aber Mord?« Er lockerte den Knoten seiner mitternachtsblauen Seidenkrawatte. »Hier und da lässt einer unserer Studenten einen Datenträger mitgehen. Auch unerlaubtes privates Surfen am Arbeitsplatz kommt vor. Da reicht eine mündliche Ermahnung völlig aus.« Kaiser verschränkte die Arme vor der Brust. »Sie werden hier nicht die kleinste Spur eines Verbrechens finden. Mord? Das ist lächerlich!«

»Fehlen Ihnen vielleicht gerade zehn Millionen Euro?«, fragte Sassner. »Oder kommen solche Beträge bei Ihnen öfters abhanden?«

Kaiser schrie leise auf, seine Knie sackten ein wenig ein. Er setzte sich auf einen der Lederstühle am Besprechungstisch. »Bitte! Nehmen Sie doch Platz!« Er gab Merle ein Zeichen, frische Gläser zu bringen. »Kaffee oder Tee?«

Piltz schüttelte den Kopf. »Bei der Hitze draußen?«

Manfred Sassner setze den Abteilungsleiter mit wenigen Sätzen über die nötigsten Informationen ins Bild. »Das Geld bleibt eingefroren. Entscheidung der Staatsanwaltschaft. Bis die ganze Sache geklärt ist.«

»Hauptsache das Geld ist wieder da, aber …«

»Was aber?«, fragte Kara Piltz.

»Warum haben Sie zehn Millionen auf ein anonymes Konto in Malta irgendeiner mit Sicherheit nicht existierenden Firma ohne Absicherung bei der dortigen Bank überwiesen?« Sassner war ungeduldig. »Und was bedeutet dieser Code ›Urlaubsmangel historische Kulturreise‹? Was hat diese Reise mit Bildern und Skulpturen zu tun?«

»Eins nach dem anderen«, begann Kaiser. »Ich werde Ihnen alles erklären.«

Kara Piltz unterdrückte ein Grinsen. Hatte dieser Mann nicht gerade noch so etwas wie »nicht die kleinste Spur eines Verbrechens« gesagt? Sie war gespannt auf die kommenden Ausführungen. Mit Sicherheit würde die Überprüfung seiner Aussage viele weitere Fragen und Lücken im Sachverhalt aufwerfen.

»Die zehn Millionen waren als Lösegeldzahlung für zwei entführte Bilder gedacht. Wir haben uns auf die Bedingungen der Erpresser eingelassen, weil wir hofften, die ganze Angelegenheit ohne öffentliches Aufsehen abwickeln zu können. Das Verschwinden des Geldes hat jetzt zu völlig unvorhergesehenen Komplikationen geführt.« Kaiser lockerte seine Seidenkrawatte noch weiter und öffnete die beiden oberen Knöpfe seines weißen Oberhemdes. »Die Kommunikation mit den Mittelmeerländern ist nie einfach. Außerdem haben auch die Malteser ein Bankengeheimnis.«

»Welche Bilder?«, fragte Sassner genervt. Warum war es so schwierig für diesen Mann, entscheidende Informationen in kurze Sätze zu fassen?

»Es handelt sich um zwei Porträts aus Florenz. Beide stellen Anna Maria Luisa de' Medici dar. Gemälde aus der Sammlung der Medici«, führte Kaiser aus. »Beide Bilder hingen zu Zeiten der Regentschaft des Kurfürsten Jan Wellem in Düsseldorf. Seine Witwe hat diese Werke wie so viele andere nach Florenz mitgenommen. Die gesamte Mitgift fiel damals an das Haus Medici zurück, weil die Ehe kinderlos blieb.«

Kara Piltz unterdrückte ein Gähnen. Fehlten nur noch ein paar Geschichtszahlen, dachte sie. Konnte dieser Kaiser nicht beim Wesentlichen bleiben? Warum nannte er nicht den Namen des Kontoinhabers?

Sassner fielen die Werbeplakate am K21 ein.

»Malta. Mittendrin in Europa. Aber …«, begann Kaiser.

»Und selbst mit Schmiergeld haben Sie keine Auskunft über die Konteninhaber erhalten? Weder über die Erpresser noch über Leon Winterblum?«, unterbrach Piltz die ihr hinlänglich bekannten Erklärungen über die Verhältnisse in Malta.

»Die Erpresser haben für eine einzige Transaktion ein anonymes Konto eröffnet. Das sind ideale Bedingungen für die Mafia. Unsere IT-Experten suchen seit Tagen in unserem System nach den Fehlern. Auch wir versuchen, alle Wege im Netz zurückzuverfolgen.«

»Und dabei haben Sie vermutlich bereits alle wichtigen Spuren verwischt und die Täter vorgewarnt.« Sassner schüttelte den Kopf. »Es gibt im LKA-NRW eine Sondereinheit Cybercrime. Warum überlassen Sie den Kampf gegen die internationale Kriminalität nicht den Profis? Warum haben Sie die Erpressung nicht angezeigt? Haben Sie den Namen des Kontoinhabers?«

»Das müssen Sie mit der obersten Führungsebene diskutieren«, sagte Kaiser sachlich kühl. »Außerdem kennen Sie doch die typische Bedingungen der kriminellen Erpresser dieser Welt: ›Keine Polizei!‹ Ich habe gerade unseren beiden Top-Agenten versichert, dass wir die Polizei nach wie vor aus der Sache raushalten. Die erste Bedingung der Erpresser.«

»Die beiden, die in den Aufzug gestiegen sind?«, fragte Piltz.

Kaiser nickte. »Ja. Mein Assistent hat sie zum Lift begleitet.«

»Die Geschäftsführung hat bereits so eine Andeutung gemacht«, sagte Sassner.

»Haben Sie ein paar Fotos der Bilder?«, fragte Sassner.

»Ich kann Ihnen Kopien zukommen lassen. Haben Sie eine Mail-Adresse?«

»Steht hier drauf.« Sassner reichte seine Visitenkarte. »Ich hoffe, Sie haben keine Trojaner in Ihren Anhängen versteckt.«

Kaiser zuckte mit den Schultern. »Jede Eingangs- und jede Ausgangsmail unterziehen wir einem Sicherheitscheck.«

»Deswegen sind vermutlich auch die zehn Millionen weg«, kommentierte Piltz sarkastisch und nahm ein zweites Glas Orangensaft. »Möchten Sie nicht wissen, wer Leon Winterblum war?«

»Sie müssen entschuldigen! Alles so viel Aufregung. Zehn Millionen. Diese Panne, dann die Haases, jetzt Sie. Ist Leon Winterblum der Tote?«

»Der Tote, auf dessen Schweizer Nummernkonto zehn Millionen der Trivia liegen«, erklärte Piltz. »Deshalb sind wir hier.«

Kaisers Schultern sackten nach vorn. »Mord«, sagte er leise. »Mord.«

»Wie haben die Erpresser zu Ihnen Kontakt aufgenommen?«, fragte Sassner.

»Per Post, ganz klassisch mit der Hand geschrieben. Das Schriftstück liegt bei der Geschäftsleitung im Safe. Der Rest der Kommunikation ist über die Galerie Haase gelaufen. Das sind unsere Profis für heikle Fälle. Kunstdiebstahl ist in diesen Tagen ein lukratives Geschäft. Wir zahlen lieber Lösegeld als die Versicherungssumme. Unsere Geschäftsführung weiß kulturelle Werte zu schätzen. Unersetzlich für die gesamte Menschheit.«

»Vom Kunstraub bis zum ersten Mord ist nur ein kleiner Schritt«, sagte Sassner. »Ein gefährliches Arbeitsumfeld.«

»Sie vermuten den oder die Mörder im Milieu der Kunsträuber?«

»Mit hoher Wahrscheinlichkeit, ja«, sagte Sassner. »Aber es gibt auch noch ein paar andere Motive. Bei zehn Millionen geraten viele Menschen in Versuchung. Ein Cybercrime-Täter wie Leon Winterblum macht sich leicht erpressbar. Finden Sie nicht?«

13

»Hier! Doppelter Cappuccino! Nur für dich!« Alex Weberli versuchte mit einer lustigen Grimasse Claire Haases Blick vom Bildschirm abzulenken.

Die letzten Stunden hatte sie vor ihrem Laptop verbracht. Sie hatte mit profanen Anfragen in den öffentlich zugänglichen Suchmaschinen nach möglichen Hinweisen der Erpresser für sie oder für die Trivia gesucht.

»Was soll das werden?«, hatte ihr Bruder sie gefragt. »Hast du die Nerven jetzt völlig verloren, dass du blind und sinnlos im Netz herumsuchst?«

Triumphierend hatte Claire Haase ihn angeschaut. »Altbewährte Methode. Früher wurden geheime Hinweise in der Tageszeitung zwischen den Inseraten gedruckt. Heute könnte in einem Kunst-Forum eine Nachricht zu finden sein. Wir leben im digitalen Informationszeitalter.«

Für einen Moment hatte Lutz Haase das Gefühl, seine Schwester wäre verrückt. Dann klappte auch er sein Laptop auf und begann mit der Suche nach Hinweisen im Deep Web. Er versuchte es zunächst auf mehr oder weniger legalen Wegen mithilfe der Suchmaschine OAlster von der Universität in Michigan. Dort hatte er Zugriff auf unzählige wissenschaftliche Daten und auf kunsthistorische Datenbanken der ganzen Welt. Wenn sie einen versteckten Hinweis finden wollten, dann musste er irgendwo im Thema versteckt sein. Doch auch auf der Museumsseite des Louvre mit ihren zahlreichen Sonderinformationen zu den Ausstellungen und auf den Homepages der Florentiner Museen sowie der Alten Pinakothek in München fand Lutz Haase nichts. Foren und Fanpages ergaben ebenfalls kein Ergebnis. Seine Schwester hatte die falsche Idee gehabt. »Darknet«, dachte er laut.

»Ja! Das ist vorerst unsere letzte Hoffnung«, sagte Claire Haase und lächelte Weberli dankend für den Cappuccino an. »Auch in den History-Foren mit den Stichworten ›Medici‹, ›Florenz‹ und ›Kurpfalz‹ geht nichts!« Sie nippte am großen Pappbecher mit der Werbeaufschrift einer neuen französischen Café-Kette. Dann trank sie in gierigen Zügen den Becher leer. »Ich habe Angst«, sagte sie leise.

»Angst, dass der Deal geplatzt ist?«, fragte Weberli. »Aber das Garantiehonorar ist doch jetzt sicher.«

»Ich habe Angst, unsere Kontakte zu nutzen. Ich habe noch nicht eine einzige E-Mail nach Paris, London oder Rom geschickt. Unsere Freunde aus der Kunstszene müssen uns doch für komplette Idioten halten. Wir verkommen zur Lachnummer.« Sie stand auf. »Wie professionell haben wir uns um die Wiedergabe bemüht? Und jetzt scheitert alles an ein paar Deppen, die ihr System nicht ausreichend geschützt haben? Wo leben diese Leute? Es gibt so viele dunkle Kanäle, die die Polizei nie ans Licht der Öffentlichkeit bringen wird. Diese Laien können doch nicht ernsthaft eine einfache Überweisung auf irgendein maltesisches Konto getätigt haben so ohne Netz und doppelten Boden?« Claire Haase ließ ihrer Wut in einer erneuten Hasstirade an Worten freien Lauf. »Ich drehe eine kurze Runde zu Fuß durch die Altstadt. Vielleicht pustet das Flair meinen Kopf frei. Drei Kugeln Eis oder eine Eisschokolade mit Schuss. Vielleicht habe ich dann mehr Mut.« Sie klappte ihr Laptop zu. »Vermutlich wissen sie ohnehin schon alle, was passiert ist. Die Erpresser werden die Bilder mit Sicherheit bereits wieder irgendwo und irgendwem angeboten haben. Nur wir wissen noch nichts davon. Game over. Wir sind raus aus dem Spiel.«

»Okay!« Lutz Haase war einverstanden. Bevor seine Schwester nicht wieder klar denken konnte, war sie bei der Kontaktaufnahme in die Szene ohnehin keine Hilfe. »Alex macht den Monatsabschluss für die Galerie und ich werde sehen, was das Darknet uns zu bieten hat.« Die Zwillingsgeschwister Haase hatten für ihre elektronische Korrespondenz mit der halbseidenen Unterwelt auf einem Tablet den Tor-Browser installiert.

»Anonym dank Onion-Routing. So viel Polizei kann es gar nicht geben, dass das Chaos an verschlüsselter Bäumchen-wechsel-dich-Technik verfolgt werden kann«, hatte Claire Haases Freund Nicki, der Bitcoin-Experte, ihr erklärt, als sie vor einigen Jahren zum ersten Mal ein wertvolles Gemälde auf dem Schwarzmarkt gesucht hatte. »Nur nicht in regelmäßige Aktivitäten verstricken lassen«, waren seine Warnung gewesen. »Dann ist das Darknet das perfekte und todsichere Spielfeld für euch.«

Nach dem gelungenen Coup hatten die Geschwister Haase ihren neuen Ruf in der Kunstszene genutzt und die kleine Galerie Haase als Tarnung für ihre Agententätigkeit aufgebaut. Seit dieser Zeit arbeitete auch Alex Weberli für die Haases, der die beiden bei allen Abwesenheiten mit seinem Kunstsachverstand vertrat.

»Denk an uns«, sagte Lutz Haase. »Zwei große Eisbecher mit Sahne.«

Während seine Schwester in Richtung Ausgangstüre ging und Weberli das Buchhaltungsprogramm für die monatliche Abrechnung öffnete, griff Lutz Haase bereits zu seinem Smartphone. Voller Hoffnung suchte er in seinen Kontakten die Nummer eines Studienfreundes, der in Rom eine Galerie besaß und über beste private Kontakte nach Florenz verfügte.

14

Manfred Sassner stand am Whiteboard. Staatsanwalt Dr. Gantenbein hatte gerade am Besprechungstisch Platz genommen. Piltz, Kobalt und Ullrich schwiegen, blätterten in den Akten des Falles. Ullrich stellte sein Smartphone auf lautlos.

Die Klimaanlage begann, ein surrendes Geräusch von sich zu geben.

»Spätestens morgen Früh muss eine neue Presseerklärung rausgehen«, sagte der Staatsanwalt. »Dann wird die gesamte Öffentlichkeit auf den Täter lauern.«

»Wir sind dran«, erwiderte Sassner.

»Wie immer«, bestätigte Dr. Gantenbein. »Ich verlasse mich voll und ganz auf Ihr Team. Welche heißen Spuren wollen Sie verfolgen?«

»Wir haben bislang die ersten informellen Gespräche geführt. Wir wissen woher das Geld kommt, können aber die Erpresser, für die das Geld bestimmt war, noch nicht lokalisieren. Unser Ermittlungsschwerpunkt liegt derzeit im Bereich organisierte Kriminalität.«

»Das Bankwesen in Malta ist ganz speziell«, kommentierte Dr. Gantenbein. »Wozu gibt es die Amtshilfe?«

»Es geht um anonyme Konten«, erklärte Sassner. »Deckname immer noch unbekannt.«

»Trotzdem. Vielleicht erinnert sich ein Bankmitarbeiter. Lassen Sie nichts unversucht. Die Schweizer Steuer-CDs sind doch der beste Beweis für den Mut zur Lücke. Dann müssen wir halt das Spesenbudget für den Fall erhöhen.«

»Der Abteilungsleiter Kunst der Trivia Versicherung hat uns die beiden von der Versicherung auf den Fall angesetzten Agenten genannt. Diese ›Top-Agenten‹, wie der Abteilungsleiter sie genannt hat, hatten den geplatzten Deal ausgehandelt. Die Geschwister Haase führen eine kleine als Galerie getarnte Kunstagentur in der Düsseldorfer Altstadt in der Nähe des alten Hafens.«

»Kenne ich. Da habe ich auch schon einige Kunstobjekte gekauft. Die Haases sind sympathische Galeristen mit viel Sachverstand. Aber die Geschichte mit der Agentur ist mir neu. Kolossal!«

»Morgen Früh werden Piltz und ich dort den Kontakt für eine mögliche Zusammenarbeit sondieren.«

»Grüßen Sie die beiden von mir.«

»Ullrich und Kobalt werden morgen die drei Freunde des Toten hier im Präsidium vernehmen. Seltsamerweise will einer der drei seinen Anwalt mitbringen.«

»Oberschlaue wird es immer geben«, sagte Dr. Gantenbein süffisant.

»Die Eltern haben vordergründig kein Motiv. Doch solange wir nicht wissen, wer von dem Nummernkonto in der Schweiz gewusst hat, kann sich jeder als Täter entpuppen.«

»Caro Bender hat auch kein Motiv. Ihre Eltern haben Leon Winterblum sogar das Startkapital für sein IT-Start-up in den USA schenken wollen, wenn er ihre Tochter zur Hälfte als Gesellschafterin aufgenommen hätte«, ergänzte Ullrich. »Außerdem geben sich die Eltern und Caro Bender gegenseitig Alibis.«

»Gut, gut«, sagte Dr. Gantenbein. »Die offensichtlichen Spuren zuerst. Haben diese Erpresser sich schon wieder gemeldet?«

»Leider nein«, erklärte Sassner. »Der Abteilungsleiter der Trivia sagt, die Haases befürchten, dass sie Szene und damit auch die Erpresser sich erst einmal bedeckt halten werden, bis die Sache mit dem verschwundenen Geld geklärt ist.«

»Wer ist schon so dreist und hackt eine Lösegeldüberweisung an die Mafia?«

»Wir vermuten, dass Leon Winterblum nicht mit zehn Millionen gerechnet hat. Hinter dem Code ›Urlaubsmangel historische Kulturreise‹ hat er wahrscheinlich nicht mehr als fünf- oder sechstausend Euro gewittert. Genug für eine Woche Silicon Valley mit Freundin. Zumindest als Backpacker«, erklärte Sassner.

»Kobalt! Sie haben exzellente Arbeit geleistet. Aber demnächst immer in Kooperation mit unseren Leuten vom LKA.«

Kobalt versuchte es mit einer Unschuldsmiene.

»Es musste schnell gehen«, erklärte Sassner, der wie immer voll und ganz hinter seinem Team stand. »Es war ein Zufallsfund. Damit war nicht zu rechnen.«

»Bei einer gehackten Zehn-Millionen-Überweisung nach Malta müssen bei Ihnen die Alarmanlagen schrillen. Phishing, Scamming und die ganze Chose im großen Stil. Das ist immer ein Fall für das LKA. Auch wenn es um einen in Düsseldorf ermordeten Studenten geht.« Dr. Gantenbein stand auf. »Ich hoffe, wir haben uns verstanden.«

»Sie können sich auf uns verlassen«, sagte Sassner. »Dienst nach Vorschrift.« Bei dem letzten Satz setzte er ein feines Lächeln auf, das Dr. Gantenbein erwiderte.

Überfallartig ergoss sich strömender Regen vor den Fenstern des Büros. Begleitet von gleißendem Sonnenlicht des späten Nachmittags. Ein schmaler Regenbogen war wie aus dem Nichts am Himmel erschienen und zauberte in das Großraumbüro der Mordkommission »Kaiserteichleiche« eine lockere Atmosphäre der Unschuld.

»Ich lasse Ihnen vorerst freie Hand«, erklärte Dr. Gantenbein. »Übermorgen bin ich wieder hier. Falls etwas Unvorhergesehenes passiert, informieren Sie mich umgehend. Ich bin jederzeit erreichbar für Sie. Guten Tag!«

DONNERSTAG

15

Wenn Sie doch nur wie früher ihren Hofstaat mit Aufgaben hätte betrauen können. Selbst während ihres 25-jährigen Aufenthalts in Düsseldorf hatten ihr 80 Florentiner stets zur Seite gestanden und ihr alle Handgriffe des Alltags abgenommen. Mit all ihrer Energie hatte sie sich auf das Leben an der Seite ihres geliebten Mannes konzentrieren können. Sie hatte Maler, Goldschmiede und Tischler mit der Ausstattung des Schlosses in Düsseldorf beauftragt. Auch die Anwesen in Bensberg, Benrath und Jülich gestaltete sie mit ihrem exklusiven italienischen Geschmack. Sie liebte wie der Kurfürst die Werke von Rubens, Rembrandt und die zeitgenössischen Bilder weiterer holländischer und flämischer Maler. Die kurfürstliche Düsseldorfer Sammlung war eine der schönsten und glanzvollsten zu Beginn des 18. Jahrhunderts in Europa.

Sie wählte feinstes Porzellan und erlesenes Mobiliar für ihre kurfürstlichen Gemächer. Anna Maria Luisa de' Medici genoss ihr Leben an der Seite ihres Ehemannes dank einer sehr gut gefüllten Schatulle in vollen Zügen. Auch ihr Vater verwöhnte sie von Florenz aus weiterhin mit vielen Geschenken, sodass es der heimlichen Regentin am Rhein an nichts fehlte. Kostbare Gemälde von Raffael hielten die Erinnerungen an ihre Heimat lebendig. Und auch die italienischen Delikatessen, die regelmäßig über die Alpen den Weg an den Niederrhein fanden, ließen Anna Maria das Leben in der kleinen Regentenstadt zum Traum inmitten der rheinischen Wildnis werden. Musiker und Schauspieler folgten ihrem Ruf und sorgten für die Unterhaltung des Kurfürsten, den sie mit all ihrem Mut unterstützte. Doch nie, nie hatte sie es selbst nötig gehabt, irgendetwas zu suchen. Sei es ein Diadem, eine Kette oder ein Pferd für den Ausritt durch das Land. Immer war ihr ein Vertrauter ihres Hofstaates behilflich. Sie musste nur ihre Wünsche äußern. Wem nur hätte sie jetzt ihren sehnlichsten Wunsch nach der Auskunft über den Verbleib der Bilder kundtun können? War ihre Heirat in den kühlen Norden, die lange Reise über die Alpen doch ein fataler Fehler in der langen Kette der erfolgreichen Heiratspolitik der Medici gewesen? Wäre sie doch besser die Frau des Sohnes Ludwigs XIV. geworden? Hätte Sie ihm die Kinder geboren, die den französischen Thron hätte besteigen können? Hätte sie als Dritte der Medici-Prinzessinnen das französische Herrscherhaus mit ihrem Charme und ihrem politischen Geschick erobern sollen? Aber diese Ehe hatte ihre eigene Mutter, Marguerite Louise de Bourbon-Orléans, mit ihrem raffinierten Intrigenspiel zu verhindern gewusst. Ihre Mutter, die sie in Florenz schon in jungen Jahren nach ihrer Geburt und der Geburt ihrer Brüder im Stich gelassen hatte, um am französischen Hof leben zu können, hatte ihr den Titel der Königin von Frankreich nicht gegönnt. Anna Maria Luisa de' Medici wäre ohne das Ränkespiel am Hof in Paris die dritte französische Königin aus dem Hause Medici geworden. Doch ihre florentinische Frohnatur hatte sie über die mutterlosen Jahre in Florenz nie verbittern lassen. War sie doch statt der Obhut der Mutter ihrem Vater und ihrer Großmutter anvertraut worden. Großherzogin Vittoria hatte ihr die Liebe gegeben, die sie für das erfolgreiche Bestehen der Stürme ihres

Lebens benötigt hatte. Sie, die Großfürstin der Toskana, hatte nicht einen einzigen Kampf in ihrem Leben verloren. Immer hatte sie den Weg der Siegerin eingeschlagen. Darauf war sie so stolz, wie nur eine Medici stolz sein konnte. Gott allein wusste, warum ihre Ehe in Düsseldorf kinderlos geblieben war und sie nach dem Tod ihres Ehemannes ein Leben in ihrer geliebten Heimatstadt Florenz beschieden war. Anna Maria konnte in jeder Hinsicht auf das gelebte Leben einer Königin zurückblicken, wenngleich ihr dieser Titel nie offiziell zugestanden hatte. Sie war von Kindesbeinen an mit königlichem Reichtum aufgewachsen, den sie bis zur letzten Sekunde ihres Lebens zu repräsentieren gewusst hatte. Aber jetzt, im Angesicht ihrer Machtlosigkeit in der Ewigkeit, bangte sie um ihre Porträts, die sie der Stadt Florenz mit der Maßgabe vermacht hatte, dass keines dieser Bilder die Stadtgrenzen je verlassen durfte. Wo mochten die Porträts sein? Ob der gierige Wiener Hof erneut begonnen hatte, nach den Schätzen der Medici zu greifen? Wenn Sie doch nur eine einzige Menschenseele gehabt hätte, die ihr bei der Suche und der Wiederbeschaffung der Bilder hätte behilflich sein können.

16

Sassner hatte den Dienstwagen in einem unterirdisch angelegten Parkhaus in der Altstadt geparkt. Kobalt öffnete die Ausgangstüre der Parkgarage, die direkt in das Gewirr der Altstadtgassen führte. Bis zu ihrem Ziel, der Galerie Haase, waren es nur wenige Minuten zu Fuß.

Die Geschwister Haase erwarteten Sie gegen 10 Uhr.

Sassner und Kobalt gingen langsam am Filmmuseum, am Maxhaus, dessen Keller eine Ausstellung vom Bau des alten Franziskaner-Klosters beherbergte, und an der spätbarocken Maxkirche vorbei. Von hier aus konnten sie gerade noch einen Blick auf den modernen bronzenen Heimatbrunnen aus dem Jahr 1982 erhaschen, der in fünf Bildern die wesentlichen Ereignisse der Stadtgeschichte von der Verleihung der Stadtrechte 1288 durch den Grafen von Berg über die Planung des Ausbaus der Stadt 1710 durch Kurfürst Jan Wellem bis zum Neubeginn nach dem Zweiten Weltkrieg erzählte.

»Schau mal«, sagte Kobalt. »Kurze Strecke bis zum Kaiserteich.«

Direkt hinter der Brunnenanlage führte der Weg vorbei an der Mariensäule aus dem Jahr 1873 und dem Rosengarten mit den Resten der Bastionsmauer am Spee'schen Graben über die Poststraße bis zu deren Querstraße, der Haroldstraße. Von dort war es nicht weit zum Fundort der »Kaiserteichleiche«.

Aus der Bevölkerung waren trotz des mehrfachen Aufrufs in Presse und Rundfunk keine Hinweise rund um das nächtliche Mordgeschehen eingegangen. Es gab in Düsseldorf selbst in unmittelbarer Nähe des provisorischen Polizeipräsidiums stille unbeobachtete Plätze, an denen Kriminelle ungestört morden konnten.

Plötzlich einsetzendes lautes Sirenengeheul eines Notarztwagens ließ die Fußgänger, die an diesem frühen Morgen in den Altstadtgassen unterwegs waren, zur Seite eilen.

Kobalt hielt sich die Ohren zu.

Sie bogen links in Richtung der Galerie Haase ab.

»Kühles Altbier vom Fass oder Eiscafé mit Schuss?«, fragte Kobalt. »Ich könnte jetzt auf den Schreck ein zweites Frühstück brauchen.«

»Maximal zwei Kugeln im Hörnchen«, scherzte Sassner.

»Aber auf dem Carlsplatz machen wir nachher Mittagspause.«

»Eine Runde frische Reibekuchen mit Apfelmus. Einverstanden.«

»Oder Currywurst extra scharf«, schlug Kobalt vor.

»Wenn wir anders herumgegangen wären, wären wir schneller gewesen«, stellte Sassner fest.

»Stimmt«, bestätigte Kobalt. »Wir sind im Kreis gegangen. Spazierrunde durch die Altstadt.«

»Immerhin Gegend sondiert. Kein Schritt umsonst.«

»Gefühl wie früher im Streifendienst in der Grundausbildung«, lachte Kobalt. »Kann halt keiner raus aus seiner Haut. Augen und Ohren immer offen. Oder hast du die beiden Junkies übersehen?«

»Immerhin waren die nicht auf Turkey. Druck hatten die keinen. Eher eine Spur extra high, aber ungefährlich«, beurteilte Sassner die Situation. »Frisch gespritzt.«

»Nur weil die hier mit ihren stumpfen Blicken nicht in

das malerische Bild der historischen Altstadt passen, kein Grund sie zu vertreiben.«

»Vermutlich haben die sich eh im Rausch von der Ratinger hierher verirrt.«

»Da sind wir«, stellte Sassner fest. »Galerie Haase«, las er die gelb-weiße Neonreklame über der Eingangstüre vor.

Leiser als üblich erklang die Melodie der Türglocke der Galerie. Claire Haase hatte den Gong eigenhändig um einige Nuancen nach unten gedreht.

Sassner und Kobalt ließen ihre Blicke durch den Raum schweifen. Nichts Auffälliges, nichts Außergewöhnliches für eine Galerie war zu bemerken.

Aber vielleicht war diese Unauffälligkeit das Auffällige, dachte Sassner. Das ganze Bild wirkte zu glatt, viel zu glatt, aalglatt. Genauso glatt wie sein tägliches Eheleben, bis der Scheidungsantrag ihn wie eine erste Tsunamiwelle erreicht hatte. Sassner erschrak über seine eigenen theatralischen Gedanken. Er musste dringend sein Privatleben regeln, wenn seine Arbeit nicht in Mitleidenschaft gezogen werden sollte.

Lutz Haase kam hinter leeren Stellwänden hervor. »Willkommen in unserer bescheidenen Kunstgalerie«, begrüßte er die beiden Kriminalbeamten.

»Sassner«, stellte sich Kriminaloberrat Sassner vor und zeigte Haase seinen Dienstausweis vor. »Das ist mein Kollege Kobalt.«

»Bitte!« Lutz Haase wies mit der linken Hand in eine Lücke zwischen den Stellwänden. »Unsere privaten Räume sind dort hinten.«

Am Tisch im Hinterzimmer saßen Claire Haase und Alex Weberli.

Nach der kurzen Vorstellungsrunde verließ Weberli den Raum, um die Stellwände neu zu bestücken.

Lutz Haase schloss die Tür. »Wir machen während der Medici-Ausstellung eine thematische Vernissage. Herr Weberli kann zu unserem delikaten gemeinsamen Problem ohnehin keine Auskunft geben. Wenn Sie ihn aber befragen möchten, er dekoriert jetzt unsere Stellwände mit Kunstdrucken neu. Motive der Medici-Welt von den Anfängen bis zum sagenumwobenen Untergang.«

Sassner blickte in Claire Haases grüne Augen, die ihn an einen Ozean erinnerten, dessen Fluten sich jederzeit als Tränen über ihre blassen Wangen ergießen konnten. Sassner hatte einen Blick für Augen, denen zum Heulen zumute war. Auch Claire Haases Stimme passte perfekt zu ihren den Tränen nahen Augen.

»Sie denken ernsthaft, dass eine Zusammenarbeit mit uns Sinn macht?«, fragte sie in einem leidenden Ton, als müsste sie sisyphusartig einem Esel mehr als die Laute »I« und »A« beibringen. »Was soll's!« Sie atmete tief durch, als Sassner und Kobalt sich an den Tisch setzten. »Die Erpresser werden sich ohnehin nicht mehr melden«, erklärte sie. »So dumm kann auch der geldgierigste Mafiosi nicht sein, als dass er hinter der geplatzten Geldanweisung keine fehlgeschlagene Falle sehen würde.«

»Immerhin hatten sie Kontakt zu den Erpressern«, sagte Kobalt. »Ihr Kontakt war so erfolgreich, dass die Bilder zur Eröffnung der Ausstellung um Haaresbreite an ihrem vorgesehenen Platz gehangen hätten.«

»Hätte, wenn, wäre, aber, trotzdem!«, rief Claire Haase verbittert aus. »Können Sie sich vorstellen, dass diese absolute Oberdummheit der Trivia unsere Existenz als Agenten ruiniert hat? Glauben Sie ernsthaft, dass wir vom Verkauf dieser grauenhaften Exponate da draußen unseren Lebensunterhalt bestreiten können?«

Kobalt konnte ein Grinsen nicht mehr unterdrücken. Vermutlich gab es mehr kunstbeflissenen Sammler, die auf den Ausstellungsraum der Galerie hereinfielen als gedacht. Wie gern ließen sich Menschen doch blenden. Ladenmieten in dieser exponierten Lage und Lebensstil der Haases, das Gehalt von Weberli fraßen wahrscheinlich den gesamten Umsatz auf.

»Was haben Sie getan, als die Trivia Ihnen dieses Schreiben der Erpresser gezeigt hat?«, fragte Sassner. »Gab es einen Hinweis für die Kontaktaufnahme?«

»Sie glauben nicht ernsthaft, dass wir Ihnen unsere Arbeitsmethoden offenlegen werden«, sagte Claire Haase.

»Wir können gerne auch mit einem Durchsuchungsbefehl wiederkommen. Ich vermute ohne Laptop werden sie relativ schnell lahmgelegt sein.« Sassner versuchte, ruhig zu bleiben. Diese rotblonde Frau mit den blauen Lippen nervte ihn mit ihrer egozentrischen Art. »Es geht um Mord. Nicht um irgendeinen Diebstahl.«

»Irgendein Diebstahl«, äffte Claire Haase. »Es geht um unersetzlich kostbare Werke aus dem 18. Jahrhundert. Außerdem«, sie lachte laut auf, »glauben Sie ernsthaft, dass ich nicht genügend Geld habe, um mir im nächsten Elektronikmarkt ein neues Tablet für den Besuch im Darknet zu leisten?«

»So kommen wir nie weiter«, sagte Lutz Haase. Er wippte nervös mit den Zehen. »Wir geben Ihnen die Informationen, die sie benötigen. Wir brauchen hier keinen Polizeieinsatz. Das wäre der Todesstoß für unsere Agentur. Danach könnten wir gleich untertauchen und unter anderem Namen neu anfangen. Also eine Hand wäscht die andere.«

»Dann fangen Sie an«, forderte Sassner ihn auf. »Wie haben Sie Kontakt aufgenommen?«

»Normalerweise machen wir das in einem ersten Schritt auf dem altbewährten Weg. Ein verschlüsseltes Inserat in der Zeitung reicht oft aus, um den richtigen Kontakt zu finden. Kunstkenner legen Wert auf Stil und Atmosphäre. Die Spielregeln müssen stimmen. Das ist wie mit Büchern und E-Books – für manche Menschen eine Frage von Tag und Nacht.«

Kobalt unterdrückte ein Gähnen. »Das bedeutet in der Praxis?«

»In diesem Fall hat die Trivia auf ihrer Homepage einen gefakten Artikel veröffentlicht. Thema: Versicherung von wertvollem antiquarischem Hausrat. In diesem Artikel war eine E-Mail-Adresse für weitere Anfragen genannt. Die oder vielleicht auch nur der Erpresser haben schnell reagiert. Nach der ersten Kontaktaufnahme haben wir dann mit wechselnden E-Mail-Adressen korrespondiert.«

»Und? Haben die IT-Experten der Trivia nie versucht, den Ursprung der Adressen zu finden?«

»Nach jeder Mail wurde eine Adresse gelöscht. Die Mails kamen alle über ausländische Server bei uns an. Ukraine, Schweden, Ghana, Litauen. Einige der Mails waren sogar mit Trojanern infiziert. Aber unser Internet-Security-Programm hat sie alle erwischt.«

»Und dann?«

»Dann haben wir die Übergabe auf dem Postweg vereinbart. Expressversand.«

»Erst das Geld, dann die Lieferung. Ohne Netz und doppelten Boden?«, fragte Kobalt.

»Ein bisschen Risiko ist immer«, sagte Claire Haase zynisch. »Aber in der kurzen Zeit auf diesem Kommunikationsweg konnten nur die echten Täter in Kontakt mit uns stehen. Außerdem sehen Sie doch wie schnell bei einer Versicherung zehn Millionen ganz nebenbei verschwinden können. Haben Sie eigentlich schon einmal überlegt, ob Ihr Todesopfer und diese International Insurances-Experten nicht unter einer Decke stecken?«

»Claire!«, ermahnte Lutz Haase seine Schwester.

»Das Naheliegende wird zuletzt geprüft. Ist doch immer so«, sagte sie wütend. »Korruption. Die macht doch nicht mehr an der Landesgrenze halt. Das ist doch heute überall an der Tagesordnung.«

»Kaum mit dem zu vergleichen, was in anderen Ländern passiert«, sagte Kobalt kühl.

»Blablaba. In welcher Welt leben Sie?«, fragte Claire Haase. »Im Musterland der Kriminalpolizei? Der Mensch funktioniert nicht nach Ihren Planspielen. Wir sind international verflochten und wenn irgendein Osteuropäer Schmiergeld anbietet, dann ist auch in diesem Land die Gefahr groß, dass es angenommen wird. So schnell geht das mit der Veränderung der Kultur und dem Handaufhalten.«

»Wenn wir uns jetzt auf den Austausch der wesentlichen Informationen beschränken, können wir wieder an die Arbeit gehen«, schlug Lutz Haase vor. Er war mindestens so wütend wie seine Schwester, hatte seine Emotionen jedoch im Griff.

»Gut!«, sagte Sassner. »Wir brauchen den gesamten bisherigen Mail-Verkehr.« Konnte Leon Winterblum als Werkstudent für die Trivia-IT gearbeitet haben?, überlegte er. Diese Claire Haase war frech, aber ihre Gedankengänge waren nicht dumm.

»Wollten die Erpresser ein Postpaket an das Museum Kunstpalast schicken?«, fragte Kobalt.

Lutz Haase nickte. »Alles auf dem einfachsten Weg, ohne Komplikationen. Je reibungsloser die Abwicklung, desto schneller hätten die Täter spurlos verschwinden können. Nahezu ohne Verbindungspunkte.«

»Das sind sie jetzt auch«, flüsterte Claire Haase vor sich hin. »Vielleicht hängen die Bilder irgendwo in einem dieser spießigen Schrebergärten zwischen einem Weingott und einem Kupferstich der Alpen, und alle Welt hält sie für verstaubten Kitsch.«

»Claire. Es reicht!« Lutz Haase unterdrückte ein Grinsen. »Schrebergärten haben eine lange Tradition und sind für viele Menschen ein Stück Natur inmitten einer grauen Welt voller Häuserschluchten. Auch hier in unserer Stadt sind sie Teil unserer grünen Lunge.«

»Haben Sie eine Ahnung, wie viel Kunstgegenstände, wie viel Raubkunst in Kellern, privaten Bunkern, Abstellkammern und in Freihäfen lagern? Da liegen jahrzehntelang wertvolle Gemälde zwischen ägyptischen Sarkophagen und chinesischen Vasen aus der Ming-Dynastie. Bis Zoll- und Erbschaftsangelegenheiten in einzelnen Fällen geklärt sind, sind die Kunstgegenstände in Vergessenheit geraten, gelten als verschollen. Einige Länder verbieten die Ausfuhr von Kunst gesetzlich. Da können Sie demnächst vielleicht mit den Franzosen streiten, ob die beiden Gemälde Frankreich wieder verlassen dürfen. Vielleicht finden die Franzosen einen alten Kauf- oder Schenkungsvertrag aus dem 17. oder 18. Jahrhundert, der beweist, dass die Medici die beiden Bilder dem französischen Hof übereignet haben?«

Lutz Haase gab Sassner hinter dem Rücken seiner Schwester ein Zeichen. Aber weder Sassner noch Kobalt hatten nach dieser Tirade an Erklärungen Lust auf eine weitere Diskussion mit Claire Haase.

»Kurz gefasst: Das Geld ist bei den Erpressern nicht angekommen. Die Bilder sind dem Museum Kunstpalast nicht als Paket zugestellt worden. Der Kontakt ist abgebrochen.« Lutz Haase biss sich auf die Lippen.

»Und das Konto, auf dem die zehn Millionen nie angekommen sind, ist gelöscht worden«, ergänzte Kobalt. »Keine weitere Spur.« Er stand auf. Trotz der angenehmen Kühle im Raum, die die Klimaanlage bot, sehnte er sich nach frischer Luft. Mit dieser als Galeristin getarnten Kunst-Agentin hielt er es keine Sekunde länger aus. Obwohl ihm Claire Hasse auf den ersten Blick sehr gut gefallen hatte. Sie war nicht nur attraktiv, sondern auch intelligent. Aber selbst für den in vieler Hinsicht abgebrühten Kriminalbeamten war dieser theatralische Auftritt ohne Sinn zu viel. Oder hatte sie ihnen irgendwelche versteckte Hinweise geben wollen?

»Ich begleite Sie hinaus«, sagte Lutz Haase. »Sie können den Stick mit den Mails heute Abend abholen lassen.«

»Haben Sie Lust auf ein kühles Alt heute Abend?«, fragte Kobalt.

Haase nickte. »Gerne. Wenn Sie ein paar nette Infos für mich haben.«

»Gegen sieben?«

»Gegen sieben!«

»Die Frau ist nicht fähig, einen einzigen Satz in einem normalen Zusammenhang zu sprechen«, dachte Sassner laut, als er das Parkticket bezahlte.

»Die lebt in ihrem eigenen Kosmos«, sagte Kobalt. »Aber immerhin muss sie fit in der digitalen Welt unterwegs sein. Vielleicht spielt sie uns allen auch nur die exaltierte Kunstagentin vor.«

»Du meinst, sie könnte die Bilder haben?«

»Möglich ist alles. Wie hat mein Großvater immer gesagt? ›Ich habe schon Pferde vor der Apotheke kotzen sehen!‹ Wir sollten mit diesem Weberli ein Gespräch über die beiden Haases führen, wenn sich weitere Ungereimtheiten ergeben.«

17

»Wunderbar. Dieses Bauliche Ensemble«, schwärmte Dr. Freitag. »Hier hätte unsere Kurfürstin sicherlich gerne entlangflaniert.« Begeistert schaute er auf die blühenden Blumenrabatten im Ehrenhof, die zu beiden Seiten des breit angelegten Gehwegs mitten auf den Rasenflächen arrangiert waren. Blumen und Zierkohl in verschiedenen Längen und intensiven Farben boten einen abwechslungsreichen Anblick wie auf einem mittelalterlichen Ackerrain, auf dem wilde Feldblumen ohne Unkrautvernichtungsmittel ungezügelt wachsen konnten.

»Abwegiger Gedanke. Das Ehrenhof-Ensemble mit der heutigen Tonhalle stammt aus den 20er-Jahren. Eigentlich fast schade, dass wir kein Planetarium mehr haben«, unterbrach Dr. Spangenberg die Begeisterung seines Stammtischbruders. »Aber in wenigen Minuten werden wir unsere Anna Maria in vielfacher Ausfertigung sehen. Als junges Mädchen, als Braut, als Regentin.«

Verzückt warf Dr. Freitag einen Blick in Richtung Eingangsportal des Museum Kunstpalast, von dem sie noch etwa 100 Meter entfernt waren. Nur die Inselstraße, der Übergang zwischen dem NRW-Forum und dem Museum Kunstpalast im Ehrenhof, trennte die drei Dottores von ihrem Ziel.

»Und?«, fragte Dr. Pfeiffer und deutete mit seinem rechten Arm in Richtung Inselstraße, in der sich das Düsseldorfer Standesamt befand. »Wird es dort bald ein Stelldichein für uns geben?«

Doch mehr als ein hintergründiges Lächeln war auf den Lippen Dr. Spangenbergs nicht zu entdecken.

Die drei Dottores gingen im Ehrenhof an wehenden Fahnen mit dem Werbeaufdruck für die Medici-Ausstellung vorbei. Der laue Sommerwind ließ sich die Banner mit den Konterfeis der Medicis immer wieder voll entfalten, sodass neben dem Kurfürstenpaar von Düsseldorf auch Giovanni Di Bicci, Papst Leo X., Caterina von Frankreich und viele andere Medicis zu erkennen waren.

Jetzt sahen sie auch die lange Schlange vor dem Eingangsbereich des Museums zur rechten Seite des Gebäudekomplexes.

»Wie gut, dass ich unsere Eintrittskarten für die Sonderausstellung bereits im Internet gekauft und ausgedruckt habe. Wir werden gleich genussvoll an dieser Schlange vorbei bevorzugt Einlass erhalten«, erklärte Dr. Pfeiffer mit leichtem Lispeln. Als Einziger der Runde gönnte er sich jedes Jahr eine Art:card und besaß daher kein Einzelticket. Dennoch hatte er für alle anderen den Kartenkauf arrangiert.

Von der anderen Seite des Häuser-Ensembles kamen Dr. Goldmann und Dr. Abendroth durch den hohen Torbogen des Museum Kunstpalast. Im Hintergrund sahen sie auf das neobarocke Gebäude der Bezirksregierung mit dem Preußischen Adler auf dem Dach, das an ein Stadtschloss erinnerte.

»Vom Rheinufer aus betrachtet bieten das alte Oberlandesgericht, die Bezirksregierung, Museum Kunstpalast und der restliche Ehrenhof mit der Tonhalle ein harmonisches städtebauliches Bild, das an die guten alten Zeiten erinnert«, sagte Dr. Freitag. »Wir sollten wieder einmal mit dem Ausflugsschiff von der Altstadt aus nach Kaiserwerth fahren und diesen einzigartigen Anblick genießen. Von den guten alten Zeiten kann man doch heute nie genug kriegen.«

»Wie stumme Zeitzeugen grüßen uns diese Gebäude«, pflichtete Dr. Pfeiffer ihm bei. »Und der an den Ehrenhof anschließenden Hofgarten mit seinen Liegewiesen und Kinderspielplätzen lädt uns nur wenige Meter weiter zum Entspannen ein. Düsseldorf hat doch wahrlich ein paar schöne Flecken zu bieten.«

Wenn sich die Dottores in einem einig waren, dann war es ihre Liebe zu ihrer Heimatstadt.

»Kein Wunder, dass Anna Maria diese Stadt am Rheinbogen so geliebt hat.« Dr. Pfeiffers Blick verklärte sich.

»Wie gut, dass die Zeit an der einen oder anderen Stelle der Stadt für immer still zu stehen scheint«, sinnierte Dr. Freitag.

»Ein Spaziergang im Hofgarten ist die beste Auszeit vom Alltag«, erklärte Dr. Pfeiffer wie schon so oft zum Vergnügen seiner Stammtischbrüder. »Das ist besser als jeder Aufenthalt am Sandstrand. Meine Runde durch den Hofgarten erinnert mich immer an meine Kindheit an der Hand meines Kindermädchens.«

Als Dr. Goldmann und Dr. Abendroth am großen Wasserspiel in der Mitte des Innenhofes des Museum Kunstpalast eintrafen, waren ihre drei Stammtischbrüder gerade auf der Höhe der Nashorn-Skulptur angelangt. Das Nashorn aus Bronze war wie immer die Selfie-Attraktion für Jung und Alt. Auch die Liegestühle, die die Mitarbeiter des Museum Kunstpalast rund um die flache Brunnenanlage aufgestellt hatten, waren alle belegt. Junge und ältere Sonnenanbeter und Museumsbesucher hatten es sich gemütlich gemacht.

»Auf geht's!«, forderte Dr. Pfeiffer seine Freunde nach der Begrüßung auf. »Lassen wir unsere Kurfürstin nicht warten!«

Dr. Freitag drängte an den anderen vorbei zur Treppe, die durch das hohe Eingangsportal in das Innere des Museum Kunstpalasts führte. Er sah die vielen Besucher, die sich bereits auf den zu beiden Seiten im Inneren des Gebäudes befindlichen Treppen bis in die oberste Etage drängten. Vor den beiden Aufzügen bildeten sich Warteschlangen. »Da!«, rief er aus und deutete mit der rechten Hand in die erste Etage, in der sich das Museumscafé befand, das einen offenen Blick in den überdachten Innenbereich bot.

»Erdbeerschnitten mit Baiser«, frohlockte Dr. Spangenberg. »Das ist das perfekte süße Intermezzo für unseren langen Aufenthalt in der Sonderausstellung. Da ertrage ich auch diese seltsame Installation, die da von der Decke herabhängt.«

»Diese Verästelung an Zweigen, Wurzeln und Drähten mit den vielen bunten Elementen ist für mich die perfekte künstlerische Darstellung des vegetativen Nervensystems«, erklärte Dr. Abendroth.

Dr. Spangenberg verdrehte die Augen.

»Und nachher auf ein kühles Alt in den Biergarten hinter den Rheinterrassen«, schlug Dr. Pfeiffer vor. Er überhörte die besserwisserische Erklärung seines Stammtischbruders.

Wie immer begannen die Dottores ihren gemeinsamen Rundgang im Kunstpalast im Rubenssaal, in dem die Werke »Venus und Adonis«, »Die Himmelfahrt Mariä«, die beiden Grupello-Büsten des Kurfürsten und der Kurfürstin sowie viele andere einzigartige Werken ausgestellt waren. Anschließend schlenderten die Dottores von Raum zu Raum in der Medici-Sonderausstellung. Überall herrschte schummriges Licht. Viele der empfindlichen Exponate konnten nur im Halbdunkeln gezeigt werden. Andere Bilder verfügten über eine eigens für sie kreierte Lichtinstallation, die sie in Szene setzte.

»Da!«, rief Dr. Freitag aus. »Da!«

Noch bevor er etwas erklären konnte, sahen auch die anderen Dottores, dass in einem der kleinen abgedunkelten Nebenräume zwei leere Stellen an der Wand waren.

»Katalog Nummer 312 und 7906«, sagte Dr. Pfeiffer.

»Sind deine Augen noch so gut, dass du das in dieser Dunkelheit lesen kannst?«, fragte Dr. Freitag erstaunt.

»Ja, kann ich«, bekräftigte Dr. Pfeiffer. »Ich trage eine Gleitsichtbrille. Da geht vieles.«

»Da!«, bestätigte nun auch Dr. Spangenberg, der seine kleine Leselupe aus der Sakkotasche gezogen und an die beiden Schilder neben den leeren Stellen gehalten hatte. »Nummer 312 und 7906. Zwei Porträts der Kurfürstin.«

»Vielleicht sind die beim Transport beschädigt worden«, überlegte Dr. Goldmann. »Oder die Italiener haben vergessen, sie mitzuschicken. Die hängen bestimmt noch in Florenz.«

Nach einer kurzen Pause im Museumscafé bei Kaffee und Kuchen, trennten sich die Wege der Dottores. Jeder wollte bis zum Wiedersehen im Biergarten auf eigene Faust den Weg durch die Sonderausstellung gehen, denn jeder der fünf Stammtischbrüder hatte eigene Vorlieben für die Maler der Renaissance, des Barock und einen Plan für die kommenden zwei Stunden.

»Prost!«, erklang es fünffach aus durstigen Kehlen an einem Biertisch. Die Dottores hatten direkt unter den riesigen alten Bäumen mit einem Schatten spendenden Blätterdach Platz genommen. Die Wellen des Rheins glitzerten im Sonnenlicht. Und alle waren sich schon beim kurzen Fußweg von der Ausstellung zum Biergarten einig gewesen, dass die Kurfürstin eine Schönheit war.

»Derselbe Rhein wie zu Anna Marias Zeiten«, schwärmte Dr. Freitag wie sonst nur ältere Herren rheinaufwärts in den Weinregionen an Mosel und Mittelrhein von ihren Studienzeiten schwärmen konnten.

»Ich bin mir sicher, dass wir Nummer 312 und 7906 bis zum Ende der Sonderausstellung noch sehen werden«, sagte Dr. Abendroth.

»Ich denke auch, dass die Bilder spätestens zur Verlängerung der Ausstellung aus Florenz ihren Weg an den Rhein finden werden«, bestätigte Dr. Pfeiffer. »Die Italiener lassen sich doch die Gelegenheit nicht entgehen, uns ihren unermesslichen kulturellen Reichtum zu präsentieren. Düsseldorf wäre doch ohne den Glanz der Medicis heute nicht mehr als eine mittlere Kleinstadt mit den Überresten der Kaiserpfalz Barbarossas im Norden und ein paar alten Römerfunden im Süden. Vielleicht sogar nur eine gut besuchte Ausflugsstätte mit Grillplätzen und Museum wie im Neandertal bei den Wisenten?«

»Das ist eine nicht belegbare Vermutung«, widersprach Dr. Goldmann. Er fächelte sich mit seinem Einstecktuch aus Seide Luft zu. »Das alte Fischerdorf ist so schön am Rhein gelegen, dass wir mit Sicherheit spätestens in den 70er-Jahren von Immobilienhaien als Bauplatz für Luxus-Hochhäuser mit Exklusivblick auf den Rhein entdeckt worden wären. Eine luxuriöse Wohnenklave für Reiche.«

»Hätte in der Realität auch mancher Makler gerne«, sagte Dr. Spangenberg mit nasaler Stimme. »Nur dass es hier sehr viele Menschen schön finden.«

»Wäre, hätte, wenn und so weiter und so fort«, lachte Dr. Freitag. »Ohne Anna Maria und ihre Leidenschaft für die Kunst wäre Düsseldorf heute nicht Düsseldorf. Sie hat hier auf jeden Fall ein echtes Heimspiel. Auf *unsere* Kurfürstin. Zum Wohl.«

18

»Deine Schwester steht kurz vor einer Verzweiflungstat«, kommentierte Weberli das dauernde Tippen auf der Laptop-Tastatur. Er wedelte mit ein paar Straußenfedern am langen Holzstiel über die Lichtkästen der Galerie, in denen kleine LEDs hinter buntem Glas ab der Dämmerung für geheimnisvolle Lichtspiele sorgten. »Diese Dinger waren ein guter Griff. Ich habe in den letzten beiden Tagen schon vier Bestellungen in Sondergrößen für die beiden Künstlerinnen angenommen. Die werden sich freuen.« Die frisch gezwirbelten Enden seines Schnurrbartes glänzten im Licht.

»Wie soll die Tat denn aussehen?«, fragte Lutz Haase grinsend. »Mit etwas mehr Gelassenheit wären wir vermutlich schon den entscheidenden Schritt weiter. Immerhin scheint die ganze Szene bereits Bescheid zu wissen.«

»Was zu erwarten war«, stellte Weberli fest. »Gibt es denn gar keinen Hinweis?«

»Mehr als einen. Alle wollen Zaster sehen.«

»Claire hat doch mehr als eine digitale Währung zu bieten.«

»Wenn wir jeden Tipp kaufen würden, wären wir innerhalb von einer Stunde digital pleite.« Lutz Haase öffnete die Tür zum Hinterzimmer vorsichtig einen Spaltbreit. Er erhaschte einen Blick auf seine Schwester, die mit den Fingerspitzen ihren Kopf massierte. Er öffnete die Türe langsam Zentimeter um Zentimeter.

»Du brauchst dich nicht anzuschleichen wie ein Indianer, großer Bruder.«

»Wie geht es dir? Alex macht sich Sorgen.«

»So?« Claire Haase stand auf, sodass der Blick auf den Bildschirm des Laptops frei wurde. Sie öffnete die Hängeschranktür und griff nach der Packung mit den Zitronenteebeuteln.

Lutz Haase erkannte einen offenen Chat in einem Darknet-Forum für Kunstinteressierte.

»Untersteh dich, dich an meinen Platz zu setzen«, sagte Claire Haase.

»Ich trinke einen mit.« Lutz Haase nahm aus dem offenen Küchenregal zwei Teebecher.

»In der Ruhe liegt die Kraft«, flüsterte seine Schwester geheimnisvoll. »Mit ein klein wenig Glück haben wir eines der Bilder schon heute Nacht zurück.«

»Wie?«

»Ein Kunstfreund hat sich bei mir gemeldet. Anonym.«

»Wie ernst nimmst du diesen Kontakt?«

»Sehr ernst. Er kennt sich bestens in der Szene aus und weiß so gut wie alles über die Bilder.«

»Alles?«

Claire Haase nickte.

»Wir müssen die Spielregeln einhalten«, sagte Lutz Haase in einem vorsichtigen Ton. »Rufst du diesen Sassner an oder soll ich?«

»Du denkst wirklich, die kriegen das hin? Bildübergabe und Festnahme?«, fragte Claire Haase.

»Ja! Außerdem geht das Risiko ab Zugriff auf die Polizei über. Ist das Bild am vereinbarten Ort, muss die Trivia zahlen.«

»Ein Versuch ist es wert«, sagte Claire Haase leise. »Bevor dieser Irre das Bild woanders anbietet.«

»Was verlangt er denn?«

»Die Hälfte. Das zweite Bild kann er vielleicht auch organisieren.«

»Aber er ist im Besitz eines Bildes?«

»So sieht es aus. Er kennt sogar einige Details der Leinwandstruktur, von denen nur jemand Kenntnis haben kann, der das Bild in neuerer Zeit gesehen hat.«

»Dass er eine neuere Kunstexpertise für eine geplante Restaurierung in den Händen hatte, ist ausgeschlossen?«, fragte Lutz Haase. »Wir sollten ganz sichergehen.«

»Wie lange willst du ihn testen? Bis er Angst hat, dass wir die Polizei einschalten? Oder bis er es sich anders überlegt und das Bild über sein Bett hängt?«

»Okay, okay! Ein Versuch ist es wert. Wie du gesagt hast. Aber ohne Sassner zu informieren, ziehen wir das nicht durch. Vielleicht finden wir das zweite Bild bei ihm im Kohlenkeller.«

»Kohlenkeller?«

»War ein Scherz.«

Claire Haase verdrehte genervt die Augen. »Scherze kannst du machen, wenn das Geld endlich auf unserem Konto ist.«

»Auf den Schnellschuss bin ich gespannt«, sagte Lutz Haase leise. »Wer geht solch ein Risiko ein? Der muss doch wissen, dass er auch im Darknet gefunden werden kann. Dass er von allen Seiten beobachtet wird bei der Übergabe.«

»Wenn es unmöglich wäre, gäbe es weniger Versuche auf diesem Weg ans große Geld zu kommen.«

»Kriminelle haben alle diesen irren Charakterzug. Für die ist das ein Spiel, an das große Geld zu kommen. Die gehen immer ein Risiko ein. Nur die Schwelle zur Dummheit, die bemerken dann die wenigsten.«

»Oh, Lutz!« Zum ersten Mal seit über 24 Stunden musste Claire Haase lachen. Richtig lachen. »An dir ist ein Kriminalbeamter verloren gegangen. Du solltest diesem Sassner von deiner Theorie erzählen.«

19

»Das ist irre!«, erklärte Piltz ihren Kollegen am Besprechungstisch. »Stellt euch vor. Nach 27 Jahren wird diese Frau überführt. Die hat es geschafft, 27 Jahre an der Seite des Witwers zu leben.«

»Der hat das unter Garantie gewusst«, warf Kobalt ein. »Killer clown cold case – 27 years later«, las er laut vor. Er hatte sich hinter Piltz gestellt und schaute auf ihr privates Tablet. »Dann schaffen wir unsere Fälle auch alle«, erklärte er. »Die DNA als Wunderwaffe. Die Fälle lösen sich sozusagen über Nacht von allein, während wir vorher fünf Jahre lang Spur für Spur mühsam für die Beweisführung vor Gericht zusammentragen mussten. Demnächst können wir die Asservatenkammern verkleinern. Dann wird es zu jedem Fall eine DNA-Datei geben, die weltweit auf Übereinstimmungen überprüft werden kann und …«

»Und wir werden zum Superman-Kommissariat«, vollendete Sassner den letzten Satz. »Wie wäre es mit weniger Zukunftsmusik und mehr Realitätssinn?« Er verteilte Aktendeckel an sein Team.

»Die Flaschenpost«, rief Piltz aus. Dann grinste sie. »Oje, ein Brandbrief an eine verflossene Liebe. Schriftprobenvergleich seiner Freunde negativ.«

»So negativ wie die Befragung der drei Freunde«, fügte Ullrich hinzu. »Die geben sich gegenseitig Alibis. Und haben sich bislang auch nicht wegen des Schweizer Nummernkontos verplappert. Auch von einer Wette ist nicht mehr die Rede. Aber die Front bröckelt. Ich rechne fest mit einem Anruf von einem der drei oder von einem ihrer Anwälte in den kommenden Tagen. Jeder hat jetzt seinen eigenen Anwalt. Die halten nie und nimmer auf Dauer zusammen.«

»Oder sie sind wirklich unschuldig«, sagte Piltz. »Dann kommen sie hoffentlich nicht auf die Idee, auf eigene Faust den Mörder ihres Freundes zu suchen.«

Sassner zuckte mit den Schultern. Irre, die sich selbst auf die Suche nach Tätern machten, gab es immer wieder. Er griff nach einem Marker und tippte an der Tafel auf das Fragezeichen. »Wir wissen immer noch nicht, wem das Lösegeldkonto gehört hat. Die vom LKA vermuten, dass es sich um eine Firma aus Deutschland handelt. Vielleicht sogar aus Düsseldorf. So viel zur offiziellen Amtshilfe aus Malta. Express Fremdwort.«

»Auch bei uns kann jeder eine Briefkastenfirma gründen. Co-Working-Space-Anbieter stellen sogar Briefkästen zum Anmieten zur Verfügung. Die gibt es im ganzen

Stadtgebiet vom Medienhafen bis zur KÖ. Diese Scheinfirmen haben nicht einmal Geschäftsräume. Mehr als Papier steckt da nicht dahinter. Zustelladresse und die Abzocke kann im großen Stil beginnen.«

»Darum reicht auch ein Briefkasten beim Freund. Der kriegt 50 Euro und weiß nichts«, sagte Sassner.

»Klingt nach Mafia extrem. Organisation bis in die kleinsten Tentakel in Deutschland«, fügte Ullrich hinzu.

»Aber selbst in Malta muss ein existierender Mensch hinter einem Konto stecken«, ergänzte Piltz.

»Sicher, dass das immer so ist? Vielleicht reicht auch ein bisschen Schmiergeld und rasch ist ein Geäst an Scheinfirmen aufgebaut, deren Ursprung keiner nachvollziehen kann. Wirkt aber so, als stecke eine oder mehrere Personen dahinter«, erklärte Ullrich. »Da wird eine GmbH gegründet und innerhalb von Tagen gibt es die passenden Co. KGs. Nicht zu vergessen die englischen Limiteds. Da wird eine GmbH zum Kommanditisten und schon ist das Verwirrspiel perfekt. So ein Geschäftsführer ist auch schnell bei der Hand. Der ist genauso schnell wieder entlassen und …«

»Das kann uns unser für Gesellschaftsrecht zuständiger Jurist als Gutachten erläutern«, sagte Sassner. »Ullrich. Klemm dich dahinter. Vielleicht gehört das Konto wirklich einer leeren Blase. Aber irgendwer muss mit Malta kommuniziert haben. Eine Mail, ein Anruf, irgendein Name. Selbst wenn die Identität falsch war.«

Das Telefon auf Sassners Schreibtisch klingelte. Er warf einen Blick quer durch den Raum. Das Display war vom Board zu weit weg, um die Nummer zu erkennen.

Kobalt stand auf und schaute nach. »Düsseldorf«, sagte er. Dann hob er ab. »Apparat Sassner. Hier Kobalt!« In demselben Moment schaltete er am modernen Chef-Apparat den rückkopplungsfreien Lautsprecher ein. Einwandfreie Sprachqualität.

»Immerhin könnte ein Bild schon bald im Museum Kunstpalast hängen. Die Übergabe soll im Grafenberger Wald erfolgen. Heute Nacht.« Lutz Haases Stimme erklang aus dem Lautsprecher.

Eine halbe Stunde später saßen Sassner und Kobalt im Hinterzimmer der Galerie Haase und schauten sich den Verlauf des Chat-Protokolls an.

»Bis die vom LKA den Typen gefunden haben, ist in Grafenberg schon alles über die Bühne gegangen. Wir arbeiten mit Beamten in Zivil. So können wir das Gelände weiträumig sichern«, fasste Sassner zusammen.

»Am Staufenplatz gastiert derzeit ein Wanderzirkus. Die ›Herzinis – Zirkus der Herzen‹. Berühmt für seine Raubtiernummern«, sagte Kobalt.

»Die Übergabe des Bildes wird vermutlich während einer laufenden Vorstellung stattfinden. Die Zeiten müssen wir klären. Die Vorstellung muss so reibungslos wie möglich ablaufen, sonst bleibt uns der Täter weg«, erklärte Sassner. »Das wird ein Großeinsatz.«

»Ein paar Beamte in Zivil im Zuschauerraum«, warf Kobalt ein.

»Wie will er denn das Bild am Jan-Wellem-Brunnen deponieren? Mit einem ahnungslosen Boten, einer Drohne oder wie?«, überlegte Sassner. »Nur wenige Hundert Meter entfernt liegen das Übungsgelände einer Hundeschule und der Polizei-Sport-Verein gegenüber einem zum Teil sehr steilen Waldhang.«

Claire Haase zuckte mit den Schultern. »Ich habe mit

ihm nur vereinbart: Übergabe Bild am Brunnen. Passt übrigens auch thematisch. Der Erpresser will das Bild an der alten kurfürstlichen Brunnenanlage zurückgeben. Die Übergabe des Geldes soll aber in einem Papierkorb an der Segelflugwiese am Aaper Wald erfolgen. Luftlinie ungefähr 2,5 Kilometer vom Brunnen entfernt. Natürlich große Scheine. Vielleicht will er sich damit ins Ausland absetzen.«

»Von der Quelle aus wurde das Wasser zu Zeiten der Kurfürstenfamilie täglich auf Wunsch Jan Wellems ins Schloss gefahren«, ergänzte Lutz Haase. »Heilwasser aus dem Grafenberger Wald statt Wasser aus dem Rhein in den kurfürstlichen Gemächern. Vielleicht will der Erpresser uns mit diesem Übergabeort irgendetwas sagen.«

»Du meinst, das ist eine Finte und wir werden am Brunnen nur ein Hinweis auf den endgültigen Fundort des Bildes entdecken?« Claire Haase schüttelte den Kopf. »Was soll das werden? Ein Spiel? Das Spiel eines Irren? Warum sollte er Risiko um Risiko eingehen?«

»Der Jan-Wellem-Brunnen ist von einer oktogonalen Ringmauer fast völlig umgeben. Da gibt es keinen Fluchtweg. Persönlich wird der auf jeden Fall nicht vor Ort sein«, wiederholte Sassner seine Ansichten über die Übergabe.

»Grafenberg«, sagte Kobalt, der den Chat-Verlauf auf einen Stick zog. »Entweder wir haben es mit echten Profis zu tun, die uns ein paar Bauernopfer bieten werden. Oder …«

»Oder?«, fragte Lutz Haase.

»Oder jemand möchte uns in Grafenberg mit Absicht zum Narren halten, um Zeit zu gewinnen. In Grafenberg ist doch das Landeskrankenhaus? Ich meine natürlich das

Klinikum des Landschaftsverbandes Rheinland?«, stellte Kobalt mit einer rhetorischen Frage fest.

»Das wäre ein selten dämlicher Scherz. Den würden sich ebenfalls nur echte Profis leisten«, sagte Sassner. »Aber ein Versuch ist es wert.« Er schaute sich in der Küche um. Für einen Moment überlegte er, ob die Haases die Bilder selbst schon in Besitz hatten. Waren sie in seiner unmittelbaren Umgebung deponiert? Waren es die Haases, die die Welt narrten? »Könnten Sie trotzdem weiter nach Kontakten suchen?«, bat er Claire Haase freundlich. »Das zweite Bild muss doch noch im Umlauf sein.«

»Wir warten momentan auf neue Nachrichten. Unsere vielen Anfragen haben schon für mehr als Unruhe gesorgt«, sagte Lutz Haase. »So ein Bild kann ganz rasch auch für immer verschwinden. Das ist die ideale Währung für Waffenhändler, die global in den nächsten Jahrzehnten planen. Sicherer als jede Bitcoin-Blase.«

»Jaja«, winkte Sassner ab. »Die Seite der Geschichte kennen wir schon.«

Erstaunt hob Claire Haase ihre Augenbrauen. »Haben Sie so wenig Geduld?«

»Viel Zeit bleibt uns nicht mehr, unsere Leute rund um die Brunnenanlage auf der Ernst-Poensgen-Allee, auf der Ludenberger Straße, der Vautierstraße, der Torfbruchstraße und der Grafenberger Allee unauffällig zu postieren. Vielleicht beobachtet der Täter die Brunnenanlage und das Waldstück darüber bereits aus einem der Häuser.«

»Ich tippe auf Drohne am Brunnen und einen Kurier auf der Segelflugwiese«, sagte Lutz Haase.

»Vielleicht wartet er auch im Zirkus in aller Ruhe ab und …«

Sassner unterbrach Kobalt. »Zu viele Spekulationen.

Wie Frau Haase gesagt hat. Der Erpresser hat zwei Übergabeorte genannt und wir werden ihn gebührend empfangen.«

Nur eine halbe Stunde später hatten sich Polizeibeamte in Cafés und Hauseingängen, im Wald oberhalb des Brunnens und auch auf dem Staufenplatz zwischen den Zirkuszelten und Wohnwagen für den direkten Zugriff bei Übergabe des Bildes versteckt. Das gutbürgerliche Grafenberg rund um den Staufenplatz zwischen Ostpark und den ersten Hügeln des Stadtwalds, die für Spaziergänger zum Wildpark und zur Rennbahn hinaufführten, wurde zum Schauplatz eines Kriminalfalles. Bis zum Einbruch der Dämmerung erhöhte sich die Zahl der Polizisten in Zivil, die sich als Spaziergänger wie selbstverständlich in der Nähe des Einsatzortes aufhielten. Das Lösegeld war in einem Kinderrucksack mit Weltraummotiven verpackt und lag in einem Einsatzwagen bereit. Wo exakt der Kinderrucksack deponiert werden sollte, würde der Erpresser kurz vor der Übergabe im Chat mitteilen. Sassner ging daher von mindestens einem Komplizen aus.

Während unzählige Augen ihre Blicke mit gespannter Aufmerksamkeit durch die Gegend schweifen ließen, bekam Claire Haase in der Altstadt-Galerie eine neue Nachricht im Darknet-Chat.

»Habe Polizei an der Segelflugwiese gesehen. Übergabe Geld findet nicht statt. Überweisen Sie 200 Bitcoins auf das folgende Wallet …«

Claire Haase schrie laut auf.

Mit einem Schritt standen ihr Bruder und Kobalt neben ihr.

»Hier«, flüsterte sie. »Er gibt uns ein anonymes mit

Passwort geschütztes Wallet an. Wir brauchen 200 Bitcoins.«

»Übergabe Bild wie vereinbart am Brunnen. Wenn das Geld nicht eingeht, vernichte ich das zweite Bild«, meldete sich der Erpresser erneut.

Kobalt schrie leise auf. »So einfach und doch so genial gerissen dieser Typ.« Er benachrichtigte Sassner.

»Zugriff«, hörte Kobalt in der Leitung.

Dann heulten Sirenen am Grafenberger Wald auf. Grelle Starklampen erleuchteten die Szenerie rund um den Brunnen. Im Zirkuszelt erklärte der Zirkusdirektor Herzini seinen Gästen persönlich die Situation. Die Zuschauer bewiesen starke Nerven. Alle blieben ruhig auf ihren Plätzen sitzen. Jongleure in blau-gelb gestreiften Kostümen mit Zipfelmützen sorgten für kurzweilige Unterhaltung, um die Aufregung zu minimieren. Die Zufahrtsstraßen rund um den Jan-Wellem-Brunnen waren innerhalb von Sekunden abgeriegelt. Im Wald oberhalb der Brunnenanlage kamen Polizeibeamte zum Vorschein.

Nur fünf Minuten nachdem Sassner das Wort »Zugriff« ausgesprochen hatte, sah er in zwei hellbraune Augen in einem weißen, fast blutleeren Gesicht. Der junge Mann mit den braunen ungepflegten Haaren hatte sich widerstandslos festnehmen lassen. In der dicken Papprolle, die er unter dem Arm getragen hatte, hatten die Einsatzkräfte die Farbkopie eines Anna-Maria-Medici-Porträts entdeckt.

»Eine Kopie aus einem Kunstbildband«, vermutete Sassner.

Dann wurde die Seitenzahl 73 auf der DIN-A2-Kopie entdeckt. Es war eine Kopie aus dem aktuellen Ausstellungskatalog des Düsseldorfer Museums Kunstpalast.

Laut Ausweispapieren handelte es sich bei dem vorläufig Festgenommen um Gustav Kabotte.

»Wo sind die Bilder?«, fragte Sassner, als Kabotte vor ihm stand.

»Fälschung oder Realität«, begann der Verdächtige, der beim Sprechen den Kopf hin und her warf. Ihm fielen dunkle Haarsträhnen in die Stirne. »Wussten Sie, dass vor Kurzem eine Rubens-Kopie als Original erkannt wurde?«

Sassner holte tief Luft. Er ließ Kabotte weiterreden, ohne ihn zu unterbrechen. Vielleicht lief dem das Herz über, sodass sein Mundwerk die erhofften Informationen preisgab.

»Als Rubens Porträt von George Villiers geröntgt wurde, haben die Sachverständigen den Pinselstrich des flämischen Meisters erkannt. Verstehen Sie?«

Ullrich und Piltz hielten die Luft an. Sassners Kopf lief rot an. »Sollen wir die Farbkopie aus ihrer Papprolle röntgen?«, fragte er mit einem ironischen Lächeln. »Wenn Ihnen nichts Besseres zum Verbleib der beiden Originale einfällt, dann dürfen Sie sich schon jetzt auf eine Zelle in der U-Haft freuen.«

»Zelle?«, fragte Kabotte. »Bisher habe ich nicht das Vergnügen eines Gefängnisaufenthalts gehabt.«

Sassner belehrte Kabotte über seine Rechte.

»Einen Anwalt?«, fragte der junge Mann. »Wenn Sie mir die Handschellen abnehmen könnten? Ich bin doch nicht gefährlich.«

»Was sagt Ihnen der Name Leon Winterblum?«, fragte Piltz.

»Im Winter ist es kalt. Auch im spanischen León. Waren Sie schon einmal in Kastilien?«, fragte Kabotte. »Ich noch nie.«

Piltz überlegte leise, ob die Kälte eine Anspielung auf den Toten sein konnte.

»Wie wir Sie abführen, werden Sie uns überlassen«, klärte Sassner ihn auf.

»Abführen?«, fragte Kabotte. »Warum abführen? Bisher bin ich noch nicht ein einziges Mal in der Zwangsjacke vorgeführt worden. Nicht ein einziges Mal. Ich bin völlig ungefährlich. Fragen Sie doch Dr. Finke!« Wie ein trotziges Kind verzog er seine Lippen zum Schmollmund.

»Wer ist denn Dr. Finke?«, fragte Piltz. Irgendwo hatte sie diesen Namen schon einmal gehört. Dann fiel es ihr siedend heiß ein. »Reden Sie von dem Dr. Finke? Dem Psychologen?«

Fragend sahen Sassner und Kobalt ihre Kollegin an.

»Dr. Finke, der Autor von ›Das kreative Kind in uns‹, ist hier am Landeskrankenhaus einer der leitenden Oberärzte. War zu Gast in einer dieser Late-Night-Talkshows letzte Woche.«

Sassner unterdrückte ein Grinsen. Normalerweise ärgerte er sich maßlos über Trittbrettfahrer, die den Steuerzahler Unsummen kosteten. Aber dieser junge Mann war vermutlich so unzurechnungsfähig und unschuldig, dass Sassner über den gelungenen Coup innerlich schmunzeln musste. Wie hatte dieser verwirrte junge Mann es geschafft, bestens ausgebildete Polizisten, zwei erstklassige Kunstagenten und die Leute von der Trivia so an der Nase herumzuführen?

Ein kurzer Anruf im Landeskrankenhaus ergab, dass Gustav Kabotte während eines Aufenthalts bei seinen Eltern den Internetzugang seiner kleinen Schwester für den Ausflug ins Darknet genutzt hatte. Der ehemalige Kunststudent der Kunstakademie befand sich nach mehreren Suizidversuchen und nach den ersten Wahnvorstellungen, der Sohn von Heinrich Heine und Mutter Ey zu sein, in psychiatrischer Behandlung. Seine Ärzte wagten wegen seiner hellen Momente immer wieder den Versuch, ihn in das normale Leben außerhalb der hohen Zäune von Grafenberg zu integrieren.

Immerhin versprach sich Sassner für die Abteilung Cybercrime weitreichende Einblicke in die Welt des Darknets, denn auf den Wegen, auf denen Kabotte sie genarrt hatte, war bislang niemand in Erscheinung getreten. Wenn Kabotte sie gefunden hatte, musste das auch dem LKA gelingen.

Als Sassner den von den Handschellen Befreiten gemeinsam mit Piltz und Ullrich zum Haupteingang des LKA fuhr, waren die Einsatzkräfte bereits alle wieder abgezogen. Rund um den Staufenplatz fanden die Zuschauer der Abendvorstellung im Herzini-Zirkus ihre Wege zu Bus, Bahn und Auto. Sie hatten ein Abenteuer der Extraklasse erlebt, das sie ihre Leben lang nicht vergessen würden. Jetzt erinnerte nichts mehr an den Großeinsatz in dieser sternenklaren warmen Sommernacht.

»Weiß jemand von euch, wie der Bitcoin-Kurs derzeit steht?«, fragte Sassner, nachdem Kabotte in die Obhut von Dr. Finke übergeben worden war.

Piltz nahm ihr Smartphone zur Hand. »Ein Bitcoin. Diese Krypto-Coins sind irgendetwas zwischen null und zigtausend Euro wert. Die Kurse schwanken derzeit immer wieder sehr stark. 200 Bitcoins sind auf jeden Fall potenziell sehr, sehr viel wert. Immerhin können nur maximal 21 Millionen Bitcoins produziert werden. Und alles, was nur in begrenzten Maßen erhältlich ist, kann einen Hype auslösen.«

»Dabei haben die ersten Bitcoins kaum ein paar Cent gekostet. Verrückt diese Finanzwelt«, kommentierte Ullrich. »Hat Kobalt eigentlich auch Bitcoin-Wallets bei Winterblum gefunden? Vielleicht kannten sich die beiden doch?«

Grinsend schauten sich Sassner und Piltz an. Bei dem bisherigen Chaos des Falls war Ullrichs Frage nicht einmal mehr abwegig.

»Die Informatiker studieren auf dem Heinrich-Heine-Campus. Die Räume der Kunst-Akademie sind am Rhein in der Eiskellerstraße in der Nähe der Düsseldorfer Staatsanwaltschaft im alten Phönix-Haus. Da war früher das Arbeitsamt drin. Die Bekanntschaft müsste mit dem Teufel zugehen.«

»Vielleicht derselbe Sportverein?«, überlegte Piltz.

»Auf jeden Fall werden wir uns mit unserem Trittbrettfahrer noch einmal im Beisein dieses Dr. Finke unterhalten müssen. Wer weiß, was Kabotte im Darknet alles entdeckt hat. Vielleicht hat er sogar die entscheidende Spur für uns, die uns direkt zum Mörder führt«, sagte Sassner und drehte am Radioknopf. »Feierabend für heute!«

20

Tränen der Wut rannen über Claire Haases Gesicht. Schwarze Mascaraspuren machten aus ihren Augen die Augen eines Halloween-Zombies.

Kobalt musste grinsen. »Zu viele Irre im Darknet unterwegs. Die einen sind irre Verbrecher, die nichts mit unserer Rechtsordnung anfangen können. Die anderen sind kranke Irre, die die Orientierung in ihrem Leben verloren haben. Diese Welt ist zu kompliziert geworden.«

Lutz Haase nahm drei Whiskeygläser vom Regal des kleinen Küchenboards. Er füllte sie mit Eiswürfeln und einem 30 Jahre alten irischen Whiskey.

»Feierabend«, sagte Kobalt. Dann nahm er eines der Gläser und stieß mit Lutz Haase an. »Edler Tropfen.«

»Wir haben hier für gute Abschlüsse in der Galerie eine Auswahl an guten Tropfen. Hin und wieder verirrt sich ein Kunstkenner zu uns und kauft ein. Dann muss auch der Abschluss stilvoll begossen werden.«

»Männer«, sagte Claire Haase in einem resigniert klingenden Ton. Dann nahm sie das dritte Glas und prostete den beiden zu. »Auf dass der nächste Irre auch die echten Bilder für uns hat. Wir sollten mit der Trivia eine Aufwandspauschale vereinbaren.« Sie klappte das Laptop ihres Bruders auf.

»Pling, pling, pling!« Innerhalb einer Minute hatte sie 20 eingehende Nachrichten aus aller Welt abgerufen.

»Wo soll ich anfangen?«, fragte sie und hatte bereits wieder ein siegessicheres Lächeln auf den Lippen. »Florenz?

München? Kolumbien? Sankt Petersburg? Venezuela? Wir haben hier mehr als eine Handvoll Mails. Und eine dieser Mails kann uns den Weg zu den Bildern weisen.«

»Nachtschicht«, schlug Lutz Haase vor. »Aber nicht hier. Ich brauche eine heiße Dusche und ein paar Stunden Schlaf. Wie sieht es mit Ihnen aus?«

»Feierabend!«, wiederholte Kobalt. »Ein irrer Trittbrettfahrer für heute reicht.« Er schaute auf die Uhr. Mitternacht war nicht mehr weit entfernt.

Leise surrte die Klimaanlage in der Galerie. Kobalt sehnte sich nach einer kalten Dusche. »Wann sind Sie morgen Früh hier?«

»Sie finden uns morgen Vormittag zu Hause«, sagte Lutz Haase. »Luegallee. Hier!« Er gab Kobalt eine cremefarbene Visitenkarte mit seiner privaten Adresse.

Kobalt staunte. Die Geschwister arbeiteten nicht nur zusammen. Sie lebten auch zusammen. Er hätte zu gern gewusst, ob die beiden mit Partnern in Oberkassel wohnten. Wenn Claire Haase nicht im weitesten Sinne zum Kreis der Verdächtigen gehören würde, hätte Kobalt sie längst zu einem Kaffee oder einen Glas Wein eingeladen. Vielleicht lebten sie in zwei Wohnungen innerhalb eines Hauses? Aber wichtig war das für den dringend benötigten Fahndungserfolg nach dem Mörder nicht. Je länger die Ermittlungen andauerten, desto unwahrscheinlicher wurde statistisch die Lösung des Falles. Die meisten Morde wurden in den ersten 48 Stunden aufgeklärt. Der Rest blieb oftmals für immer im Dunkeln. Zumindest sahen die Statistiken derzeit so aus. Diese mussten vermutlich alle neu geschrieben werden, wenn erst die vielen Cold Cases aus den Archiven mithilfe der modernen DNA-Analysen gelöst waren. Leider halfen die Analysen wenig, wenn die Täter-DNA zum Abgleich fehlte. Kobalt hasste den Gedanken, den Fall »Kaiserteichleiche« ins Archiv legen zu müssen. Welchen Platz würde Leon Winterblum eines Tages in der Gesamtstatistik der Mordfälle des Landes einnehmen? War die Lösung des Mordfalles hier im Hinterzimmer der Galerie zu finden? Waren die Geschwister Haase auf ihrem Weg zu den Bildern über eine Leiche gegangen? Oder hatte einer der beiden Zwillinge den Mord nicht gescheut, ohne dass der andere davon wusste? Verstohlen warf er einen Blick auf Claire Haase, die ihm immer sympathischer wurde.

FREITAG

21

Nichts! Ihre Suche war erfolglos geblieben. Nicht nur ihre beiden Porträts schienen verschwunden zu sein. Auch einige andere kostbare Werke von Rubens und Rafael, von Rembrandt und einiger italienischer Maler fehlten. Doch nur bei den beiden fehlenden Bildern mit ihrem Abbild ergriff sie völlige Unruhe. Eine Unruhe, die sie an die Fahrt mit der Kutsche durch die vom Krieg in großen Teilen zerstörte Kurpfalz im Jahr 1691 erinnerte. Selbst das Heidelberger Schloss, der traditionelle Regentensitz der pfälzischen Kurfürsten, das doch so viel näher an ihrem geliebten Florenz lag, war nicht einmal mehr bewohnbar gewesen. König Ludwig XIV. hatte beim Angriff auf Heidelberg keine Gnade gekannt. Hätte Anna Maria dessen Sohn statt des Kurfürsten Johann Wilhelm geheiratet, hätte sie auf der Seite der Gegner gestanden. Der Pfälzische Erbfolgekrieg hatte die Regenten Europas zu erbitterten Feinden gemacht. Felder, Wälder und Dörfer, Städte und Kirchen waren zum Kriegsschauplatz geworden.

Doch bei ihrer Hochzeit in Florenz hatte sie nicht den Hauch des schrecklichen Kriegsgeschehens zu spüren bekommen. Am 21. April 1691 hatte sie in der Kathedrale von Florenz neben ihrem Bruder Ferdinando ihrem vor Gott angetrauten Ehemann, dem Kurfürsten Johann Wilhelm, das Ja-Wort gegeben. Vielleicht war es ein böses Omen, dass der Kurfürst es nicht für nötig hielt, den langen Weg nach Florenz auf sich zu nehmen. Hatten sie ihr Schicksal herausgefordert? Immerhin sorgte Cosimo

III. für eine glanzvolle Hochzeit wie sie Florenz nie wieder erleben sollte. Nach der prunkvollen Vermählung mit ihrem Bruder als Stellvertreter für ihren Ehemann trat Anna Maria am 2. Mai 1691 ihre lange Reise mit der Kutsche und ihrem Gefolge von über 80 Bediensteten an. 1.000 lange Kilometer sollten für die kommenden 25 Jahre zwischen ihrer neuen Heimat, der kleinen Residenzstadt Düsseldorf am Rhein, und ihrer geliebten mondänen Finanzmetropole Florenz mit den schönen Kirchen und Palästen, mit den blühenden Gärten und den fröhlichen Menschen liegen. Doch schon in Innsbruck überraschte der Kurfürst sie als seine ihm angetraute neue Gattin, in dem er ihr persönlich entgegenreiste. Am 25. Mai 1691 trafen sich zwei starke, spontane, lebenslustige Charaktere, die doch nur auf dem Wege der europäischen Heiratsdiplomatie zueinander gefunden hatten. Sie hatte einen Ehemann an ihrer Seite, der wie sie die Kunst und das Leben, die Jagd und die schöne Unterhaltung mit Musik liebte. Sie hatte sich ohne Widerworte dem Wunsch ihres Vaters gebeugt und durfte sich auf ein angenehmes Leben an der Seite eines gebildeten Mannes freuen, wenngleich die Residenzstadt Düsseldorf im Vergleich zu ihrer Heimat Florenz eher einen sehr ländlichen und dörflichen Charakter hatte.

Sie schaltete und waltete mit großzügiger Hand in allen Räumen des Düsseldorfer Schlosses und in der Stadt. Italienische und französische Architekten machten aus der kleinen Stadt am Rhein ein Schmuckstück, das bald darauf so hell erstrahlte wie die Diamanten an ihrem Hals. Auf ihren Wunsch hin siedelte sogar die erste Tuchfabrik in Düsseldorf an, sodass sie jedes für die Ausstattung des Schlosses wichtige Handwerksunternehmen vor der Türe hatte. Sie war der kulturelle Mittelpunkt der Kurpfalz – der kulturelle Mittelpunkt halb Europas. Der Versuch, im siebten Jahr ihrer Ehe nach Heidelberg überzusiedeln, scheiterte an der von Grund auf zerstörten Bausubstanz des alten Schlosses. Doch von dieser Tatsache ließ sich Anna Maria nicht entmutigen. Stattdessen hatte sie die Düsseldorfer Residenz zu einem modernen konkurrenzlosen Regierungssitz für den Kurfürsten umgestaltet. Das hatte sie glücklich gemacht. Dieses Glück der Vollkommenheit würde sie auch jetzt im Angesicht ihres ewigen Todes gern wieder spüren. Allein zwei Bilder fehlten ihr zu diesem Glück.

22

»Wie schaut's aus? Was können wir der Presse mitteilen?«, fragte Dr. Gantenbein. Der ermittelnde Staatsanwalt hatte überraschend in der Türe des Großraumbüros des Sassner-Teams gestanden.

»Kaffee?«, fragte Sassner, als Dr. Gantenbein sich an den achteckigen Besprechungstisch setzte.

»Die Sache mit dem irren Trittbrettfahrer und dem reibungslos verlaufenden Polizeieinsatz ist wenigstens unterhaltsame, gute Publicity für unsere Arbeit. Das können wir gerne direkt auf die Internetseite des Presseportals stellen.«

Nach und nach trudelten Piltz und Ullrich ein.

»War ein offizieller Besprechungstermin angesetzt?«, fragte Ullrich. »Kollege Kobalt ist direkt zu den Haases gefahren. Ich habe gestern Abend noch mit ihm telefoniert.«

Dr. Gantenbein schüttelte den Kopf. »Ich hatte hier in einem anderen Mordfall zu tun und dachte, ich statte Ihnen nach dem gestrigen Abend einen kurzen Besuch ab.«

»Irgendetwas haben wir übersehen«, sagte Sassner und stellte die Thermoskanne mit frischem Kaffee auf den Tisch. »Bis wir neue Erkenntnisse des LKA über das Konto in Malta und Infos von den Haases haben, werden wir die Freundin und die Eltern noch einmal besuchen«, erläuterte er. »Vielleicht haben sie uns doch etwas verschwiegen oder verstricken sich in Widersprüche. Außerdem beschäftigt sich einer unserer Psychologen unter Aufsicht von Dr. Finke mit Kabotte.«

»Das Übliche«, bestätigte Dr. Gantenbein. »Gibt es bislang gar keinen außergewöhnlichen Hinweis aus dem sozialen Umfeld? Zehn Millionen. Das ist doch auch in den Verhältnissen dieser gut situierten Leute eine Sensation. Der Tote muss sich doch irgendjemandem anvertraut haben.«

»Wir werden die Eltern und die Freundin zu uns ins Präsidium bitten. Vielleicht hilft die Atmosphäre hier der Erinnerung auf die Sprünge.«

»Haben Sie die Alibis der Winterblums und dieser Caro Bender überprüft? Vielleicht haben die Nachbarn etwas gesehen«, schlug der Staatsanwalt vor.

»Sie denken an einen kleinen Familienausflug in der Nacht?«, fragte Piltz.

Dr. Gantenbein nickte. »Geld ist eines der stärksten Motive. So schnell kann die Mafia den Toten gar nicht ausfindig gemacht haben. Deren Informatiker sind auch nicht besser als unsere. Wenn wir nicht auf dem Laptop das Schweizer Nummernkonto gefunden hätten, hätten die Verantwortlichen bei der Trivia das Geld kurzerhand abgeschrieben. Der Zusammenhang zwischen Mord und Raub wäre für immer im dichten Nebel verschwunden. Punktum. Konzentrieren Sie sich auf das Umfeld des Toten.«

»Wissen wir eigentlich, wann die Bilder abhandengekommen sind?«, fragte Ullrich. »Vielleicht gibt es doch einen Zusammenhang, wenn auch ganz entfernt.«

Dr. Gantenbein grinste. »Gegen Mittag erhalte Sie den Bericht der Kollegen, die in Sachen Kunstraub offiziell ermitteln. Ich kann Ihnen aber bereits verraten, dass die Entführer der Bilder mehr Glück als Verstand gehabt haben. Ohne große Logistik und mit einer ganz flachen Struktur ist dieser Raub gelungen. Hochintelligenter Plan, keine Spuren zu den Hintermännern, kaum Kosten und keine unnötigen Informationen an die beiden Handlanger, die sich gestern Abend nach der großen Aktion in Grafenberg selbst bei uns gemeldet haben.«

Alle schauten den Staatsanwalt erstaunt an.

»Die haben sich gestellt?«, fragte Sassner.

»Bericht folgt.« Dr. Gantenbein duldete keine weitere Nachfrage.

»Die haben gar nicht gewusst, was sie da für ihre Auftraggeber gestohlen haben? Cash gegen heiße Ware?«, vermutete Piltz.

Sassner bewunderte wieder einmal den sicheren Instinkt

seiner jungen Kollegin, die sich in den meisten Fällen erst einmal auf ihre Intuition verließ. Aber ihre Vermutung passte perfekt zum Bild, das die Erpresser bisher geboten hatten. Äußerste Vorsicht, nur das Nötigste an Informationen. Kein Handgriff zu viel. Keine unnötigen Spuren.

»Wie gesagt, der Bericht wird Ihnen spätestens gegen Mittag zugehen. Ich habe gleich noch einen wichtigen Termin. Kein Aufschub möglich.« Der Staatsanwalt verabschiedete sich und verschwand so schnell durch die Tür, wie er überraschenderweise gekommen war.

»So!«, erklärte Ullrich. »Neue Fakten, die neue Fragen aufwerfen.« Er schaute auf sein Smartphone. »Kobalt hat sich noch nicht gemeldet. Warum haben die sich nicht vorher freiwillig gestellt? Angst vor dem Mörder? Die Erpresser wollten alle Mitwisser ausschalten?«

»Kleine Team-Runde«, sagte Sassner. Er schaute auf das Whiteboard. »Tag drei nach dem Leichenfund und das Fragezeichen scheint uns auszulachen. Was haben wir übersehen?«

»Soll ich es einmal unter vier Augen mit der Freundin versuchen? So von Frau zu Frau?«, bot sich Piltz an.

Sassner schüttelte den Kopf. »Wir bleiben beim Sechsaugenprinzip.« Piltz im Alleingang fehlte im gerade noch.

Wieder ging die Tür auf. Ein Aktenbote hielt einen dicken roten Aktendeckel mit dem Aufdruck »Eilt sehr!« in der Hand.

Sassner öffnete die Akte. Dann griff er zum Hörer und wählte die Durchwahl der Kollegen, die die beiden mutmaßlichen Helfershelfer des Kunstraubs bereits verhört hatten. »Sieht nicht gut aus«, sagte er zu Piltz und Ullrich. »Die beiden Kleinganoven scheinen ihre Auftraggeber nicht gekannt zu haben.«

Enttäuscht verdrehte Piltz die Augen. Sie drückte einen eingehenden privaten Anruf weg. »Da sind echte Profis am Werk. Haben wir irgendeine Liste mit Kriminellen, die mit dieser Minimalmethode vorgehen?«

»Falls wir in den nächsten beiden Tagen keine weitere Spur finden, die uns einen sicheren Hinweis auf den Mörder gibt, können wir immer noch bei den Kollegen von Interpol nachfragen. Diese Minimalmethode, wie du sie nennst, ist doch ganz leicht kopierbar. Vielleicht sitzen die Hintermänner des Kunstraubs irgendwo in der Ukraine, in Medellín oder in Hongkong. Auftragsraub für einen gierigen Sammler.« Sassner hob seine linke Hand und machte seinen Kollegen ein Zeichen zu schweigen. »Guten Morgen! Ich habe hier gerade Ihren Kurzbericht erhalten.«

Ullrich füllte die Kaffeebecher. Außer das des in die Becher laufenden Kaffees war kein Geräusch im Raum zu hören. Die Klimaanlage zeigte trotz der Reparatur wieder Ausfallerscheinungen.

Piltz stand auf und stellte Ullrichs Ventilator an. Langsam begannen sich die acht Rotorblätter zu drehen. Sie hielt ihr Gesicht in den leichten Luftzug.

»Ich verstehe«, sagte Sassner. »Die beiden haben nur über das Darknet Kontakt zu ihren Auftraggebern gehabt. – Ja, Chat im weltweiten Nichts. – Die beiden haben vermutlich auch keine Ahnung, warum ausgerechnet sie kontaktiert worden sind. – Jaja! Geld können die immer gebrauchen. – Wie viel? 10.000 Euro für eine Stunde Arbeit? – Für Profi-Knackis eigentlich ein Kinderspiel. – Und jetzt Angst? Vor dem Mörder? – Aha! Bei einem Bruch in ein Kölner Einfamilienhaus erwischt und dann verplappert.« Sassner hielt Ullrich den Aktendeckel hin. »Undichte Stelle in der Versicherung über den Transport. Verstehe! – Erst beim Auspacken in Düsseldorf aufgefallen. – Zugriff irgendwo auf der Strecke zwischen Mailand und Düsseldorf. – Zwei verschiedene Aussagen? Dann würden wir uns auch gerne noch einmal mit den beiden eingehend unterhalten. – Die Bilder sind dann wohin geschickt worden? – Papprolle in der Hutablage in einem Thalys von Köln nach Paris? – Eingestiegen und wieder ausgestiegen? – Aber das Geld? – Überwiesen von mehreren polnischen Prepaid-Karten auf ein deutsches Direktbankkonto? – Nirgends ein Zeuge. Nichts.« Sassner stand auf. »Wir melden uns wegen der für uns noch offenen Fragen. Tschüss!«

»Undichte Stelle in der Versicherung. Wow!«, kommentierte Piltz das halb mitgehörte Telefonat. »Kaiser?«

»Die Erpresser sind das Risiko eingegangen, dass die Bilder von jedem x-beliebigen Fahrgast hätten mitgenommen werden können«, sagte Ullrich. »Zehn Millionen aufs Spiel gesetzt.«

»Aber durch und durch anonym und ohne Risiko. Vermutlich hat die Papprolle auch nur ein Bote aus dem Netz genommen, der sich mit Sicherheit nicht bei uns melden wird. Wer achtet schon auf eine Rolle in der Hutablage. Zeugensuche wird ohne Ergebnis verlaufen.« Piltz schaltete den Ventilator eine Stufe höher.

»Immerhin können wir den Weg der Bilder jetzt nachvollziehen, auch wenn wir ihren Aufenthaltsort nicht kennen«, dachte Sassner laut. »Ich werde wohl doch zu Interpol Kontakt aufnehmen. Diese *Minimalmethode.*« Bei diesem Wort schaute er Piltz an. »Diese Minimalmethode wird wohl erst der Anfang einer neuen Welle an Diebstählen und Raubüberfällen sein.«

Ullrichs Smartphone klingelte. »Kobalt«, las er auf dem Display. »Mal sehen, was die Haases heute Morgen schon alles erreicht haben.«

23

»Mach doch mal die Kerze an«, erklang eine heisere Stimme auf dem untersten Treppenabsatz des zweiten Kellergeschosses.

»Wir sind gleich da«, entgegnete eine zweite heisere Stimme nur wenige Schritte weiter aus einem langen Gang.

Ein leises Echo wiederholte »gleich da«. Dann flammte ein Feuerzeug auf.

Dr. Freitag erkannte vor sich im Lichtschein der Feuerzeugflamme die Umrisse seines Stammtischbruders Dr. Pfeiffer. »Du bist dir sicher, dass du in dieser Bunkeranlage einen Angriffskrieg überleben wirst?« Schritt für Schritt folgte er Dr. Pfeiffer durch den langen Gang. Vorsichtig tastete er links und rechts nach dem kühlen Betonmauerwerk. »Das Ding muss doch Unsummen gekostet haben.«

»Ich hatte vor dem Hausbau geerbt. Eine alte Tante ohne eigene Kinder hatte mir ihren Sparstrumpf vermacht. Unter ihrer Matratze hatte sie mehrere Goldbarren versteckt«, erklärte Dr. Pfeiffer.

Dr. Freitag überlegte, ob er die Geschichte glauben sollte. »Und davon hast du dir einen eigenen Bunker geleistet. Wen würdest du denn im Ernstfall zum Überleben einladen?«

»Wir sind da«, sagte Dr. Pfeiffer. Er schaltete eine Notbeleuchtung über der Eingangstüre zum Bunker ein.

Schwach flackerte die Leuchte mit einem bläulichen Schein, sodass die drei Schlösser ausreichend erhellt waren. Nacheinander drehte Dr. Pfeiffer drei Schlüssel herum. »Ich habe mehrere Angebote für einen neuen Sicherheitszugang mit elektrischem Code angefordert. Hier muss noch einiges modernisiert werden.«

»Und wenn der Strom ausfällt?« Dr. Freitag warf einen Blick zurück durch den langen Gang in Richtung Ausgangstreppe. Aber er konnte sie in der völligen Dunkelheit nicht erkennen.

»Ich habe ein Notstromaggregat und eine Art Fahrrad, mit dem ich selbst Strom erzeugen kann.« Er öffnete die Türe zum ersten Bunkerraum und schaltete das Licht ein.

»Uh!« Dr. Freitag hielt sich die Hände schützend vor die Augen. Das grelle Licht nach der tiefen Dunkelheit blendete ihn. Er erkannte zwei Etagenbetten. Zur rechten und zur linken Seite befanden sich offene Durchgänge.

»Küche, Vorratslager, Dusche, WC und meine kleine Galerie.« Dr. Pfeiffer deutete voller Stolz mit der linken Hand einmal in die Runde. »Wir hätten auch hier frühstücken können. Notration aus der Dose. Haltbarkeitsdatum 2025. Ich wechsle den Vorrat alle fünf Jahre komplett aus.

Die Wasservorräte einmal im Jahr. Aber draußen auf der Terrasse ist es gemütlicher.«

»Genial!« Dr. Freitags Stimme überschlug sich fast vor Begeisterung. »Sicherer als hier können Kunstschätze gar nicht lagern. 100 Prozent einbruchsicher. Wer weiß eigentlich außer mir noch von diesem Bunker?«

»Niemand! Na ja, fast niemand. Und das soll auch so bleiben.«

»Also sind wir uns wieder einig?«, fragte Dr. Freitag. »Es bleibt alles so, wie es jetzt ist?« Auf Dr. Freitags Gesicht bildete sich ein Ausdruck reiner Verzückung.

Die grelle Beleuchtung im Bunker fing an zu flackern.

»Was ist das denn jetzt? Irgendetwas stimmt hier nicht.«

Noch nie hatte Dr. Freitag in der Stimme von Dr. Pfeiffer einen derart vergleichbar verunsicherten, fast panikartigen Ton herausgehört. »Das kann doch nicht sein. Ich habe doch gestern erst alles kontrolliert.«

Mit einem dumpfen Knall fiel die dicke Stahltüre zu.

»Verflucht!«, rief Dr. Pfeiffer aus. Der Aufprall seines Feuerzeugs auf dem Waschbetonboden war zu hören. »Der Schalter zum Notstromaggregat befindet sich hinter dem Konservenregal. Bleib, wo du bist. Gleich wird es wieder hell.«

24

Sassner zog die Augenbrauen hoch. Auf seiner Stirn waren dicke Falten zu sehen. Seine Nase nahm den Duft von Piltz' Duschgel, wie immer nach Orangen, Veilchen und Eukalyptus, wahr. Je länger Vicki sein Versuche, Kontakt aufzunehmen, ignorierte, desto mehr nahm er Piltz wahr. Vielleicht sollte er Vickis Entscheidung akzeptieren und nach vorn schauen, obwohl ihm ein paar klärende Worte eindeutig fehlten. Dieser Brief vom Anwalt war wie ein Blitz in dunkler Nacht gewesen. Es wurde Zeit, dass es in seinem Privatleben wieder helles Licht gab.

»Das kann kein Zufall sein«, sagte Piltz, die neben ihn getreten war.

Die beiden sahen Kobalt und Ullrich in ihre Richtung kommen.

Sassner und Piltz standen wie die Kollegen von der Spurensicherung mit Blick auf den Anna-Maria-Medici-Platz in der Nähe zum Eingang des Rosengartens hinter der Mariensäule und der bronzenen Brunnenskulptur am Maxplatz.

Der dunkle Wagen des diensthabenden Gerichtsmediziners fuhr über die Orangeriestraße bis an das polizeiliche Absperrband heran.

Zwei Polizeitaucher stiegen von der Poststraße aus zur kleinen Abwasseranlage unterhalb der alten Bastionsmauer am Rosengarten hinab, die mit ihren Eisenstäben an ein Wehr erinnerte.

Anwohner hatten vor einer halben Stunde im Wasser am Spee'schen Graben unterhalb der Abflussanlage einen blauen Müllsack gesichtet. Die Umrisse, die der Plastiksack preisgab, erinnerten entfernt an einen menschlichen Körper.

In den frühen Morgenstunden hatte es heftig geregnet. Ein Hitzegewitter, das sich über mehrere Tage hin angestaut hatte, war überfallartig über dem gesamten Stadtgebiet niedergekommen. Pfützen standen auf den Straßen, auf dem Rasen im Rosengarten und rund um die Mariensäule. Auch die mit wilden Büschen bewachsene Böschung und die hohen alten Bäume in der Parkanlage am Spee'schen Graben glänzten vor Nässe, die die starken Sonnenstrahlen des heißen Tages Millimeter um Millimeter bereits wieder verschlangen.

Die beiden Taucher lösten das dicke Seil des blauen Sackes, das sich im Eisengestänge der Abwasseranlage verfangen hatte. Dann hoben Sie ihn behutsam aus dem Wasser.

Als der Rechtsmediziner Dr. Grimm den Müllsack vorsichtig öffnete, kam die Leiche eines älteren Mannes in Unterhose, Unterhemd und schwarzen Herrensocken zum Vorschein. Gemeinsam mit der Spurensicherung durchsuchte er die spärliche Kleidung der Leiche nach Ausweispapieren. Fehlanzeige.

»Derzeit liegen verschiedene Vermisstenanzeigen in Düsseldorf vor. Allerdings keine aktuelle«, sagte Piltz.

Sassner machte ein Foto vom Gesicht des Toten. »Irgendwo habe ich diesen Mann schon einmal gesehen.«

»Luftlinie ungefähr 200 Meter«, sagte Kobalt. »Das ist die zweite Wasserleiche innerhalb von vier Tagen.«

Dr. Grimm betastete den Hals des Toten. »Genickbruch«, erklärte er. »Aber die exakte Diagnose kann ich erst heute Abend geben. Außerdem …«

Aber Sassner sah auch ohne weitere Erklärung, was der Gerichtsmediziner hatte sagen wollen. Er starrte wie sein ganzes Team auf den Hinterkopf des Toten. Durch das dünne Haar war ein etwa zehn Zentimeter dickes Hämatom mit deutlich sichtbaren Kratzspuren zu erkennen. »Déjà vu.«

»Unser Täter hat wieder zugeschlagen«, sagte Ullrich. »Vielleicht sollten wir direkt in der Kunstszene suchen. Oder ist das ein Mitarbeiter der Trivia?«

Piltz grinste. »Vielleicht ist es ja ein guter Freund der Haases.«

»Dein hartes Judo-Training heute Morgen ist wirklich die einzige Entschuldigung für deine unqualifizierte Bemerkung«, sagte Sassner leise.

Piltz fuhr ein Schreck in die Glieder. Ihr Vorgesetzter war wütend. Unendlich wütend, wie immer, wenn die Ermittlungen in einem Mordfall nicht vorangingen und sie auf der Stelle traten. Und jetzt gab es auch noch einen zweiten Leichenfund in einem weiteren historischen Gewässer der Stadt. Wenn sie jetzt noch das Wort »Historik-Freak« fallen lassen würde, dann war endgültig Schluss mit Sassners großzügiger Art ihr Sonderurlaube für Wettkämpfe zu gewähren. Sie biss sich auf die Lippen und steckte ihre Hände zu Fäusten geballt in die Taschen ihrer braunen Sporthose.

»Wenig Aussichten auf brauchbare Spuren nach dem Regen«, sagte Sassner. »Aber vielleicht haben wir mit Wasserleiche Nummer zwo mehr Glück bei den DNA-Spuren. Vermutlich hat er sich nicht selbst ausgezogen.« Sassner fixierte Ullrich. »Wo siehst du eine Verbindung der beiden Leichen zur Kunstszene?«

»War so eine spontane Eingebung.«

Sassner hob genervt die Augenbrauen.

Die Spurensicherung füllte Tüte um Tüte mit allen möglichen Spuren rund um die alte Abwasseranlage. Polizeibeamte mit Hunden durchsuchten den Rosengarten und die umliegenden Straßen von der Berger Allee über die Poststraße bis zum Maxplatz. Doch mehr als ein paar kleine Tütchen mit Cannabis und Heroin in einem toten Dealer-Briefkasten sowie einen am Hintereingang des Stadtmuseums schlafenden Stadtstreicher entdeckten sie nicht. Kein Hinweis auf einen möglichen Täter.

»Ich liege hier nur ganz selten«, erklärte der obdachlose Mann. »Ich bin der Benno. Bernhard Mack steht in meinen Ausweispapieren. Aber das ist Vergangenheit.«

Sassner schaute in Richtung des Hinterausgangs des Stadtmuseums, der in den Rosengarten führte. Zwischen den Blumenrabatten standen zwei steinerne Sonnenuhren aus der Barockzeit. Hohe Bäume spendeten den Besuchern, die ihre Mittagspause auf den alten Holzbänken verbrachten, Schatten. Nachts war die kleine Grünanlage am Anna-Maria-Luisa-Medici-Platz durch eine Gittertür verschlossen. Von der Bäckerstraße, die vom Platz aus in Richtung Rhein führte, ging die Berger Straße ab, auf der sich der Haupteingang des Stadtmuseums befand. Dieser Bereich des Museums war eine moderne Erweiterung, die sich an das Palais Spee anschloss, das direkt in den Rosengarten führte.

»Ich darf hier gar nicht liegen. Aber heute Morgen war es so schön leer und da dachte ich …«

Sassner atmete tief durch. Mit Sicherheit war der Mörder, der seine Leiche ins Wasser geworfen hatte, nicht durch den Garten gegangen. Er war auch nicht vom Rhein her mit einem blauen Sack über die Bäckerstraße gekommen. Nur von der Poststraße aus konnte der Tote in dem städtischen Gewässer gelandet sein. Die Strömung am Spee'schen Graben verlief in Richtung Maxplatz zur Abwasseranlage hin, sodass der blaue Sack bereits viele Meter vorher in der Grünanlage außerhalb der alten Bastionsmauer seinen Weg ins Wasser gefunden haben könnte. Aber wer achtete schon an diesem sonnigen Ferientag auf einen blauen Sack im Wasser, den nur Vandalen dort abgelegt haben konnten. Jung und Alt waren im Urlaub am Meer oder in den Bergen. Manche Freibäder öffneten bereits vor 7 Uhr. Der gesamte Innenstadtbereich mit dem Viertel Carlstadt, in dem beide Leichen gefunden worden waren, war bei diesen Temperaturen erst gegen Mittag und Abend mit den Szene-Kneipen und internationalen Lokalen Anziehungspunkt für viele Menschen. Für die Reinigung der städtischen Gewässer war der Stadtentwässerungsbetrieb zuständig. Daher machte sich auch niemand Gedanken über Unrat oder herumliegende blaue Säcke.

Die Polizeitaucher beförderten nur wenige Gegenstände aus dem Wasser. Auf einer kleinen hellen Plane entdeckte Sassner einen Schulranzen mit Einhorn-Motiv, zwei Backformen für Gugelhupf, einen Frisierstuhl im Stil der 70er-Jahre sowie einen großen Beutel mit zahlreichen Cannabis-Päckchen, die die Kollegen von der Drogenfahndung auf den Plan riefen, die bereits wegen der Funde im toten Dealer-Briefkasten vor Ort angekommen waren.

»Momentan kein Sinn ergebender Zusammenhang«, sagte Ullrich zu einem Kollegen von der Spurensicherung.

Dr. Grimm zog das Leichentuch über den Kopf des neusten Düsseldorfer Mordopfers. »Den lernen wir im Institut noch besser kennen.« Dann wandte er sich zu Sassner. »Ab nächster Woche bin ich drei Tage auf einer Fortbildung in London. Dann vertritt mich eine junge Kollegin, die gerade mit der Ausbildung fertig geworden ist. Dr. Jonathan hat in den USA studiert. Ich werde sie über alle aktuellen Fälle genauestens informieren.«

Der Metallsarg mit dem Mordopfer wurde in den Leichenwagen geschoben.

»Weil's euch so viel Freude bereitet hat«, sagte Sassner. »Kobalt und Piltz. Eine Runde Befragung der Anwohner auf der Poststraße. Außerdem geben wir dieses Mal einen Aufruf an die Bevölkerung raus. Der Täter ist so dreist, dass wir ihn mit einer Pressemeldung keinesfalls mehr warnen können. Der will uns irgendetwas mit den Fundorten der Leichen sagen. Aber was?«

Historik-Freak, dachte Piltz, wagte es aber nicht, es auszusprechen.

25

Claire Haase lief im Besprechungsraum der Trivia International Insurances hin und her, von einem Ende des Raumes zum anderen. Sie hatte keinen Blick für die schöne sonnige Aussicht auf den Rhein. Sie bemerkte nicht einmal das bunte Treiben der Fahrgeschäfte der Kirmes auf den linksrheinischen Wiesen in Oberkassel. Fliegender Holländer, Riesenrad, Apollo 13, Olympia-Looping, Hangover und alle anderen Attraktionen warteten auf den riesigen Besucherstrom am Nachmittag. In gleichmäßigem Tempo schipperten die Lastkähne mit der Kohle, den Gastanks und den Containern flussauf- oder flussabwärts. Zwischen den Lastschiffen fuhr ein modernes Passagierschiff mit zahlreichen Gästekabinen und kleinen Außenbalkonen unter Schweizer Flagge. Für einen Moment träumte sich Claire Haase als erfolgreiche Galeristin auf die Art Basel. Die Stimme ihres Bruders holte sie in die Realität zurück.

»Das darf doch einfach nicht wahr sein«, rief er laut aus. »Was habt ihr denn für Deppen in eurer IT sitzen? Die Erpresser können euch doch unmöglich das ganze System gesperrt haben.«

Claire Haase holte tief Luft. Wo war sie hier hingeraten. Was war das für eine Laienveranstaltung? Sie trat wie ein kleines trotziges Kind mit ihren leichten Sommerstiefeln aus Rentierleder gegen die Wand und hinterließ dort einen schmutzigen Fußabdruck. Dann warf sie sich mehr als sie sich setzte in einen der hohen dick gepolsterten Lederswinger, die Frank Kaiser für die kommende Besprechung gegen die normale Bestuhlung im Raum hatte austauschen lassen. Einer der Geschäftsführer der Düsseldorfer Trivia-Niederlassung hatte seine Teilnahme angekündigt. Es schien ernsthafte Probleme zu geben. Die Türe zum Raum ging auf. Kaisers Assistent Kevin Merle begrüßte einige Kollegen aus der Trivia-IT. Rasch waren zwei Laptops auf dem Tisch aufgebaut und an einen Beamer angeschlossen.

Als Dr. Erich Stahl als Vertreter der Geschäftsführung als Letzter am Tisch Platz nahm, war auf der großen Leinwand gegenüber ein gesperrter Bildschirm zu sehen. Die Glasfront war mit heruntergelassenen Jalousien perfekt abgedunkelt.

»Your files will be lost in two days. Payment will be raised in an hour. Encrypted data will recover after payment. How do I pay?«, las Kaiser laut vor.

»How do I pay?«, lachte Claire Haase zynisch auf. »Ist das eine Anleitung für die Trivia, wie Lösegeld effektiv auf dem richtigen Konto ankommt?«

Kaiser überhörte die spöttische Bemerkung.

Dr. Stahl verzog gequält das Gesicht.

»Das bedeutet, irgendwelche Kriminelle verlangen aus irgendeinem sicheren Versteck heraus viel Geld von uns, damit sie unsere Daten wieder freigeben. Diese Erpresser haben unser System gekapert. Piraten.«

»Captain Hook?«, spottete Claire Haase. »Die Trivia auf hoher See im 17. Jahrhundert. Oder gibt es eine moderne Dependance des Captains in Somalia?««

»Aller paar Stunden erhöht sich die Lösegeldforderung. Und wenn die letzte Frist verstrichen ist, werden alle Daten gelöscht.«

»Das ist vorerst aber nur eine Drohung?«, fragte Lutz Haase.

»Bislang haben die meisten Cybercrime-Opfer gezahlt. Aus Angst. Im ersten Schockmoment«, schaltete sich Dr. Stahl ein. »Es handelt sich um einen globalen Angriff international agierender Banden mit mafiösen Strukturen. Cybermafia mit einem weltweit vernetzten Serversystem.«

»Was ist das jetzt wieder für eine Eselei?«, fragte Claire Haase. »Wir können jeden Moment ein neues Angebot für den Freikauf der Bilder bekommen und Sie stehlen uns die wertvolle Zeit mit diesem Firlefanz? Wenn Sie einen Softwarefreak suchen, dann bitte nicht bei uns.«

»Aber genau hier liegt das Problem«, erklärte Kaiser. »Die Trivia International Insurances ist von einem globalen Erpressernetzwerk angegriffen worden. Wir vermuten, dass der Kunstraub nur ein kleiner Vorgeschmack war. Diese Leute wollen uns zeigen, was alles in ihrer Macht steht.«

»Sie wollen uns nicht ernsthaft erzählen, dass die Erpresser ihre eigene Lösegeldzahlung gekapert haben, um den Betrag ein zweites Mal zu kassieren?« Claire Haase war außer sich vor Wut. Nie wieder wollte sie für diesen Auftraggeber arbeiten, nahm sie sich in diesem Moment vor.

»Auch eine gute Idee, aber der Cybermafia, mit der wir es hier zu tun haben, ist dieser Leon Winterblum zuvorgekommen«, fuhr Kaiser unbeirrt fort. Er hatte Claire Haases Wutanfälle zu oft miterlebt, als dass sie ihn noch irgendwie beeindrucken würden. »Der erste Schritt war der Kunstraub, dann folgte die Zehn-Millionen-Forderung und jetzt haben diese Kriminellen als Krönung des Ganzen unser System gekapert. Ein Trojaner hat sich in das gesamte System gefressen und alles lahmgelegt. Wir bekommen ein Passwort für die Freischaltung, wenn wir ein Lösegeld zahlen. Leider erhöht sich das Lösegeld in jeder Stunde, sodass wir dieses Mal zwar die Abteilung

Cybercrime vom LKA eingeschaltet haben, aber ...« Kaiser holte tief Luft.

»Wir haben vor einer Viertelstunde gezahlt. Das Risiko des Datenverlustes konnten wir nicht eingehen. Auch wenn alle unsere Daten in kurzen regelmäßigen Abständen im Rahmen einer Datensicherung zu unserem Mutterkonzern nach internationalen Zertifizierungsstandards überspielt werden«, ergänzte Dr. Stahl von der Geschäftsführung mit leichtem Stolz in seiner Stimme. »In den nächsten Minuten müssten wir das Passwort erhalten und dieser erste Wurm wäre vorerst entschärft.«

Auf einer zweiten kleineren Leinwand waren jetzt die aktuellen Nachrichten des Öffentlich-rechtlichen Rundfunks zu sehen. Der Nachrichtensprecher verlas eine Meldung über einen weltweiten Angriff auf große Unternehmen und Regierungsorganisationen. Sogar die US-Börsenaufsicht sollte betroffen sein.

»Frau Haase«, sagte Dr. Stahl leise, »ich hoffe, diese Nachrichten rehabilitieren uns in Ihren Augen. Wir würden ungern auf Ihren Sachverstand verzichten.«

Claire Haase hob die Augenbrauen und schwieg. Sie drehte an ihren Silberringen.

»Trotz allem sehe ich immer noch keinen Zusammenhang zwischen dem Kunstraub und diesem Cry-Wurm oder wie auch immer die Experten das Ding da gerade in den Nachrichten genannt haben.« Lutz Haase schaute seine Schwester an, die mit den Schultern zuckte. »Denken Sie wirklich, dass die Mafia sich solche Scherze wie einen Kunstraub leistet, um dann weltweit die IT-Sicherheitssysteme zu unterwandern? Haben die anderen Unternehmen und Regierungen auch solche vermeintlichen Vorwarnungen erhalten?«

»Das klärt derzeit die Polizei«, erläuterte Dr. Stahl. »Wir haben die Fahnder des LKA hier im Haus. Dieses Mal werden wir keine Spuren verwischen, bevor sie nicht polizeilich gesichert sind.«

»Hoffentlich schreckt die Anwesenheit der Polizei hier im Haus unsere Bilderdiebe nicht ab«, flüsterte Claire Haase.

»Das Ganze ist und bleibt ein riskantes Unterfangen«, sagte Kaiser. »Aber ihr werdet auf jeden Fall großzügig entschädigt. Das steht so im neuen Vertrag.«

»Auf jeden Fall könnten wir ab jetzt wieder einer Lösegeldforderung nachkommen. Sie haben wieder freie Hand. Wir brauchen die Bilder zurück. Die Italiener lassen sich nicht mehr lange hinhalten. Dann gehen die an die Presse«, fügte Dr. Stahl hinzu.

»Das ist das Risiko der Trivia«, sagte Lutz Haase leise. Er bedauerte den ungewissen Verbleib der kostbaren Bilder, die Florenz vielleicht nie wiedersehen würden.

»Müssen wir uns jetzt auch Sorgen um diesen Sperr-Wurm, diesen Cry-Dingsbums machen?«, fragte Claire Haase ihren Bruder im Lift auf dem Weg nach unten.

»Am besten nehmen wir nur noch ein Laptop für die Suche im Deep Web und im Darknet. So sind wir weniger anfällig für Angreifer. Bislang gibt es aber nur wenige mittelständische Firmen, die angegriffen worden sind. Wenn ich den Fernsehbericht richtig verstanden habe, haben diese Cyberkriminellen es nur auf das ganz große Geld abgesehen.«

»Na ja. Kleinvieh macht auch Mist«, überlegte Claire Haase laut. »Wie war die Welt doch noch in Ordnung, bevor sie digital wurde.«

»Ohne Darknet, kein Kontakt zu den Räubern. Kein Honorar für die Wiederbeschaffung.«

»Irgendwie kommt mir das doch alles seltsam vor. Kann es denn wirklich sein, dass so ein großer Versicherungskonzern wie die Trivia von irgendwelchen Servern in Litauen, Kasachstan oder Uruguay aus einen solchen Schaden zugefügt bekommen kann?«, fragte Claire Haase.

»Du weißt doch, was Tor heiß: The Onion Router. Absolute Anonymität durch den Einsatz der Server-Sammlung als Netzwerk. Keine Rückverfolgbarkeit, weil eine Analyse des Datenverkehrs so gut wie unmöglich ist. Oder denkst du ernsthaft, dass die Polizei materiell je gut genug ausgestattet sein wird, um das System der Zwiebel zu knacken? Aller zehn Minuten wird der Kommunikationsweg über drei Server verändert. Sobald die Polizei die Mittel hat, werden die Kryptologen von Tor statt drei 20 Server einsetzen. Irgendwann werden diese Server die künstliche Intelligenz besitzen, ihren Weg selbst zu wählen, um nicht wiedergefunden zu werden.«

Claire Haase verzog das Gesicht zu einer Grimasse. Sie deutete mit ihren Händen an, sich die Ohren zuzuhalten.

»Last but not least: Im Darknet kannst du derzeit zu einem Spottpreis Viren und Trojaner kaufen, um die Konkurrenz auszuschalten. Auch gegen die Botnetze haben wir keine Chance mehr. Sobald du im Internet unterwegs bist, wirst du fast automatisch Teil dieser für Kriminelle so optimal verwendbaren Strukturen. Wir sind alle irgendwie Teil der großen Virenschleuder. Mehr oder weniger gläsern für kriminelle IT-Spezialisten.«

»Anscheinend ist jeder IT-Fan heute schon ohne Informatik-Grundstudium fähig, auf jedem beliebigen PC dieser Welt über diese Sicherheitslücken zur Tür hereinzuspazieren. Georg Orwells ›1984‹ ist ein Zuckerschlecken dagegen.«

Die Lifttüren öffneten sich. Vor ihnen breitete sich die hohe Eingangshalle mit dem 15 Meter breiten Empfangstresen aus dunklem Marmor aus. Ein Kurierfahrer betrat mit vier Blumensträußen durch die Drehtür das Gebäude.

»Und unsere Gesetzgeber haben ein Problem, das Wort ›Bundestrojaner‹ überhaupt in den Mund zu nehmen, weil die Presse dann gleich von Gängelung der Bevölkerung spricht. Der helle Wahnsinn, diese Zeit, in der wir leben.«

»Claire! Wenn wir diesen Deal hinter uns haben, übergeben wir Axel die Galerie und hauen ab. Du nach Basel, ich nach Rom. Dann kann uns die Zeit egal sein.«

»Das sagst du jetzt«, entgegnete Claire Haase. Beim Verlassen des Versicherungsgebäudes blinzelte sie in die grelle Sonne. Sie griff in ihrer hellblauen Handtasche aus Wildleder nach ihrer Sonnenbrille. »Außerdem hat diese Jagd doch auch ihren Reiz. Solange wir nicht wirklich mit dem Mörder konfrontiert werden.«

»Was soll schon passieren? Geld gegen Bilder. Wir werden die Täter nie zu Gesicht bekommen. Da bin ich mir sicher.«

26

Dr. Goldmann stand auf und angelte mit der linken Hand nach einer Tageszeitung, die im Zeitungsstock geklemmt an einem Messing-Wandhaken an der Wand des Brauhauses hing. »Heute sind die Todesanzeigen drin.« Er zog das schwarze Seidentuch in seiner Jacketttasche zurecht.

Dr. Pfeiffer machte dem Köbes, der gerade mit einem großen Metalltablett voller leerer Altbier-Gläser an ihrem Tisch vorbeiging, ein Zeichen.

Der Köbes mit der Halbglatze blieb an ihrem Stammtisch stehen.

»Vier Alt und vier Samtkragen. Und ich nehme die Sauren Nieren.«

»Für mich auch«, sagte Dr. Spangenberg.

»Ich bin für die Dicken Bohnen mit Kasseler«, entschied Dr. Goldmann.

»Und mir bringen Sie bitte eine große Portion Sauerbraten«, bestellte Dr. Abendroth. »Echten rheinischen Sauerbraten wie bei meiner Mutter.« Ein zufriedenes Grinsen machte sich in seinem Gesicht von einem Ohr zum anderen breit.

Die vier Stammtischbrüder standen auf, als der Köbes die Getränke brachte.

»Auf unseren Kameraden«, rief Dr. Spangenberg laut aus. »Wir haben einen unserer Besten verloren. Auf Dr. Franz Freitag!«

Vier Schnapsgläser stießen aneinander und ergaben einen hellen Klang.

»Noch eine Runde!«, rief Dr. Pfeiffer.

»Jawohl! Noch eine Runde und noch eine Runde auf unseren verehrten Dr. Freitag. Möge er sanft ruhen.«

Die Gäste an den Nachbartischen drehten sich zum Stammtisch der »Dottores« um.

»Für Sie auch«, sagte Dr. Abendroth. »Sie trinken mit auf unseren verstorbenen Kameraden. Sie sind ausdrücklich dazu verpflichtet ihm diese Ehre zu erbieten. Auch wenn Sie hier arbeiten. Aber die letzte Ehre dürfen Sie ihm nicht verwehren. Da kann auch Ihr Arbeitgeber nichts machen.«

»Noch ist er ja nicht unter der Erde«, sagte Dr. Spangenberg leise. »In was für Machenschaften hat er sich da nur verstricken lassen?«

»Da hat er nun immer nur seine Anna Maria angeschwärmt. Außer dem kühlen Fassbier keiner Sünde gefrönt und dann dieses tragische Ende.«

»Vielleicht haben wir nur eine Seite an ihm gekannt?«, vermutete Dr. Pfeiffer. »Wer weiß, auf welchen Abwegen unser guter Freund in der Nacht unterwegs war. Heimlich im Rotlichtmilieu?«

»Unterhose und Unterhemd. Wer hat die Frau seiner Träume für ihn gespielt?«, überlegte Dr. Spangenberg laut. »Dass wir ihn so verkannt haben.«

»Ich kann das immer noch nicht glauben«, sagte Dr. Abendroth. »Diese kompromittierende Situation.«

»Das werden wir alles noch erfahren. Jetzt ist er bei seiner große Liebe in den ewigen Jagdgründen«, sagte Dr. Goldmann. »Auf jeden Fall hat er keine Angehörigen hier in der Stadt, die sich um seine Beerdigung kümmern oder sich von den Geschehnissen kompromittiert fühlen könnten. Bis irgendwelche Erben ausfindig gemacht worden sind.«

Als der Köbes die Teller mit den leckeren rheinischen Gerichten brachte, hatten sich die Stammtischbrüder auf ein Beerdigungsinstitut und – nach der Lektüre den Todesannoncen in der Tageszeitung – auf einen Text für die Traueranzeige geeinigt.

»Ein kleiner Leichenschmaus vorab«, sagte Dr. Spangenberg.

Die vier Stammtischbrüder griffen sich Besteck und Servietten, die in hohen Keramikrügen auf dem blank gescheuerten hellen Holztisch standen. Das traditionelle Design der Krüge passte perfekt zu den kleinen Töpfchen, die mit Original Düsseldorfer Senf gefüllt waren und deren Löffel in einem kleinen seitlichen Loch im Deckel Platz hatten.

Dr. Abendroth nahm sich einen Senftopf.

Genießerisch sog Dr. Spangenberg den feinen Duft der Sauren Nieren in Rahmsoße und des dampfenden Kartoffelpürees ein.

»Eigentlich hat er doch mit allen seinen Ideen recht gehabt«, begann Dr. Abendroth. »Wenn Anna Maria einen Thronnachfolger zur Welt gebracht hätte, wäre Düsseldorf heute das Florenz am Rhein, das Zentrum der Kunst. Wir wären vielleicht sogar die Hauptstadt des Landes.«

Der Köbes, der den letzten Satz beim Vorbeigehen am Stammtisch gehört hatte, musste grinsen. »Die Herren noch einen Samtkragen?«

»Ja«, riefen die vier unisono.

»Und für Sie auch noch einen. Auf unseren Dr. Freitag«, ergänzte Dr. Goldmann.

»Immerhin ist Düsseldorf mit seiner Kunstakademie ein Kunsthotspot dieser Welt«, versuchte Dr. Abendroth die Bedeutung der Landeshauptstadt für die Kunstwelt zu untermauern. »Beuys, Richter, Immendorff, Polke. Hier am Düsseldorfer Rheinbogen leben wir an einer inspirativen Quelle. Barbarossa hat seine Kaiserpfalz nicht grundlos hier gebaut.«

»Unsere Kunst-Hotspot-Akademie? Mehr Droge als Weltniveau. Nur noch selten Talent«, widersprach Dr. Pfeiffer. »Außerdem ist Barbarossa zu weit hergeholt.«

»So eng kann man das nicht sehen. Schaut euch nur die Abiturienten von heute an. Rechtschreibung. Allgemeinbildung. Alles null. Aber Kunst, Kunst ist Talent, das sich wie ein Vulkan als unbändige Natur den Weg bahnt.«

»Und diese Vulkane brauchen unsere Unterstützung«, sagte Dr. Spangenberg. »Daher brauchen die jungen Leute die Akademie.«

»Außerdem findet jedes begnadete Talent auch ohne die Akademie seinen Weg«, rief Dr. Abendroth und machte dem Köbes ein Zeichen für eine weitere Runde Altbier und Samtkragen. »Drogen hin oder her. Ich möchte den Kunstprofessor sehen, der in seiner Jugendzeit keine Cannabispflanze im Garten der Eltern gezüchtet hat.«

»Ohne die großzügige Förderung der Medicis und anderer reicher Kunstmäzene wären so viele Künstler nicht zu Weltruhm gelangt.« Dr. Goldmann schob den letzten Bissen seines Menüs in den Mund und legte sein Besteck auf den Teller. »Aber zwischen Cannabis und diesem neumodischen Kram, diesem Meth oder Crystal Meth oder gar Kokain und Heroin ist ein gewaltiger Unterschied.«

»Ich schlage vor, zu Ehren unseres hochgeschätzten Freundes noch einmal die Medici-Ausstellung zu besuchen. Das sind wir ihm schuldig. Da er nicht mehr unter uns Irdischen weilt, werden wir für ihn unsere geliebte Kurfürstin bewundern«, schlug Dr. Pfeiffer vor, um die ins endlose führende Diskussion über die Akademie im Allgemeinen und ihre Studenten und deren Erfolge auf dem internationalen Parkett der Kunstwelt im Besonderen zu beenden.

Alle Stammtischbrüder der »Dottores« stimmten ihm zu und hoben ihre Gläser mit Samtkragen, um erneut anzustoßen.

»Auf Dr. Franz Freitag. Gott hab ihn selig!«, rief Dr. Abendroth laut aus, sodass sich die Gäste an den anderen Nachbartischen wieder zum Stammtisch umdrehten. »Möge seine Seele in Frieden ruhen!«

27

»Und?«, fragte Kobalt. Er saß entspannt zurückgelehnt in seinem Bürostuhl und schaute auf den Bildschirm.

»Alles offen«, antwortete Sassner. »Was schaust du dir an?«

»Ich versuche wie die Haases, Kontakt zum Darknet-Kunstmarkt zu bekommen. Der erste Schritt ist immer einfach. Aber diese Typen haben relativ schnell raus, ob man Ahnung von der Materie hat oder nicht. Die brechen den Kontakt auch genauso schnell ab.«

»Das heißt, du machst mit deiner Spielerei die Pferde scheu?«, fragte Piltz.

»Es sind eh viel zu viele Pferde unterwegs, als dass da alle scheu werden könnten«, gab Kobalt zurück. »Diese Claire Haase steigert sich wirklich in jeden Sachverhalt rein und übertreibt alles maßlos.« Dass sie ihm ansonsten sehr sympathisch war, verschwieg Kobalt. Kein Kontakt zu Verdächtigen, dachte er.

»Der Bruder wirkt nicht gerade beruhigend auf sie.« Ullrich stellte eine Thermoskanne mit frisch gebrühtem Kaffee auf den Besprechungstisch. »Kaffeeschuss für die Gehirnwindungen.«

»Los geht's! Was hat denn Dr. Grimm der Leiche vom Rosengarten alles entlocken können?«

»Warum sollte er sie beruhigen, wenn ihn ihr hysterisches Getue nicht mehr stört?«, fragte Piltz. »Vielleicht ist sie mit ihrem Auftreten als Galeristin besonders erfolgreich? Positiv formuliert ist sie kapriziös.« Piltz grinste.

»Hast du einen Clown gefrühstückt?«, fragte Sassner in einem leisen scharfen Ton, der ihm im selben Moment leidtat. Er sollte Piltz nicht so anfahren, wenn er vorhatte, sie privat zum Essen einladen zu wollen. Sassner wunderte sich über seine Gedanken. Noch hatte er Vicki nicht aufgegeben. Er hasste diese schwammige Ungewissheit in seinem Privatleben.

Jetzt grinsten Kobalt und Ullrich.

»Zum Fall!«, begann Sassner. Er zerbiss ein saures Drops.

»Kaiserteich oder Spee'scher Graben?«, fragte Kobalt.

Die Klimaanlage sprang an. Die Störung schien von der Haustechnik wieder behoben worden zu sein. Ullrich stellte den Ventilator aus. Sassner zog eine dunkelblaue Billig-Lesebrille aus der Jackentasche.

»Neu?«, fragte Ullrich.

Sassner nickte. »Also. Dr. Grimm ist der Ansicht, dass das Hämatom am Hinterkopf der zweiten Leiche nur ein Ablenkungsmanöver des Täters ist. Vermutlich hat er aus der Presse gewusst, dass Leon Winterblum ein solches Hämatom hatte. Der Genickbruch hat auf jeden Fall vor dem Schlag auf den Hinterkopf zum Tod geführt.«

»Und die Tatwaffe?«, fragte Piltz. »Die Größe des Hämatoms, dieselben Kratzspuren?«

Sassner zuckte mit den Schultern. »Bislang gibt es nur Vermutungen. Am wahrscheinlichsten scheint Dr. Grimm nach dem Abgleich der beiden Hämatome ein Totschläger zu sein.«

»Schon seltsam, dass Dr. Grimm ein Ablenkungsmanöver annimmt und die Tatwaffe identisch sein soll.« Piltz ließ zwei Zuckerstücke in ihren Becher fallen.

»Das lässt von einem Täter auf einen Mitwisserkreis schließen. Vielleicht zwei Täter mit demselben Umfeld. Vielleicht doch ein Täter, der Verwirrung stiften möchte«, erklärte Sassner.

»Für mich auf jeden Fall eine versuchte Ablenkung. Denn warum sollte der Mörder der Leiche nach dem Genickbruch noch ein Hämatom zufügen?« Ein drittes Zuckerstück fand den Weg in Piltz Kaffeebecher.

»Hat dieser Dr. Franz Freitag Angehörige, die wir benachrichtigen müssen?«, fragte Ullrich. »Seltsamer Typ, der sein Namensschild im vorderen Schlitz seiner Unterhose eingenäht hat.«

»Haben wir außer der Anschrift und des Geburtsdatums weitere Daten?«

»Bislang Fehlanzeige. Vielleicht finden wir in der Wohnung weitere Hinweise«, sagte Sassner und zog die Lesebrille wieder ab. »Kobalt und ich schauen uns in der Wohnung um. Ullrich und Piltz befragen die Haases und Kaiser nach dem Toten. Vielleicht hat er doch irgendetwas mit der Düsseldorfer Kunstszene zu tun? Dr. Finke rufe ich selbst an.«

»Wäre eine große Lagebesprechung mit allen Beteiligten nicht ...?«, schlug Ullrich vor.

»Um dann dem Täter die Flucht ins Ausland zu ermöglichen?« Sassners Frage klang wieder einmal zynischer als gewollt. Doch die vielen Dienstjahre hatten ihn den Glauben an das Gute in alle Menschen vergessen lassen. Seitdem er die Post des Scheidungsanwalts seiner Frau im Briefkasten gefunden hatte, fühlte er sich endgültig über den Dingen des menschlichen Lebens stehend – wie ein Regisseur, der das Chaos auf der Bühne des Lebens ohne fremde Hilfe eines Regieassistenten ordnen musste.

Weder die Geschwister Haase noch Axel Weberli noch die Mitarbeiter der Trivia konnten mit dem Foto von Franz Freitag etwas anfangen. Keiner von ihnen hatte das Gesicht des zweiten Mordopfers dieser heißen Juliwoche je gesehen. Ullrich und Piltz hatten die Gesichtszüge der Befragten genau beobachtet. Keine wesentlichen Regungen der Mimik.

»Wie wäre es mit einem kurzen Besuch der Eltern und der Freundin?«, fragte Piltz.

Ullrich nickte. »Machen wir. Und wenn dann immer noch Zeit ist, suchen wir diese Freunde auf. Die kommen mir immer noch seltsam vor. Für mich ist Geld das stärkste Motiv. So schön kann Liebe gar nicht sein. Stell dir nur vor, was ein IT-Start-up mit zehn Millionen alles anfangen kann.«

»Ich denke auch, dass die Geschichte mit dem Kunstraub nur ein Nebenschauplatz ist«, gab ihm Piltz recht. »Vielleicht war es sogar eines der Elternteile. Ist dir die Ehe der Winterblums intakt vorgekommen? Gespielte Harmonie nach Drehbuch der guten Gesellschaft. Vielleicht doch der Vater oder die Mutter ohne Wissen des anderen«, mutmaßte sie und streckte ihre Beine weit auf dem Beifahrersitz nach vorne aus. »Wenn sich zwei Menschen auseinandergelebt haben, dann kann die Chance auf einen Neustart doch sehr verlockend sein. Dann war der Tod des Sohnes vielleicht nur ein Unfall. Die Legal Highs eine Finte.«

»Fehlt nur noch der Zusammenhang mit dem zweiten Toten«, ergänzte Ullrich. »Vielleicht wirklich ein reines Ablenkungsmanöver, wie Dr. Grimm vermutet.«

»Dieses Nordlicht ist verflucht knapp mit seinen Erklärungen zum Wesentlichen. Aber Lösungsideen bringt er dafür mit einem Satz auf den Punkt. Wäre ein prima Ermittler geworden.«

»Der geht in seinem Beruf auf«, sagte Ullrich. »Leidenschaft ist auch ein schönes Motiv. Genauso stark wie Geld und auf jeden Fall stärker als das Motiv Liebe.«

»Deine persönlichen Ansichten interessieren angesichts der offiziellen Lehrmeinungen an der Polizeiakademie wen genau?«

SAMSTAG

28

Sorgfältig hatte sie vor ihrer Rückkehr nach Florenz alle die mit den Mitteln aus ihrer Mitgift gekauften Gemälde, das Mobiliar, den Schmuck und viele andere Gegenstände von ihrem Florentiner Hofstaat in Düsseldorf für die Heimreise einpacken lassen.

Ihr geliebter Ehemann hatte kurz nach der Krönung des deutschen Kaisers in Frankfurt im Jahr 1711 einen Herzinfarkt erlitten. Anna Maria und Johann Wilhelm hatten der Zeremonie in Frankfurt beigewohnt. Der zweite Herzinfarkt fünf Jahre später machte die Letzte der Medici zur Witwe. Nach 25 Jahren voller Freude und Abwechslung an der Seite ihres Ehemannes in Düsseldorf konnte nichts und niemand die von ihm hinterlassene Lücke füllen. Allein die Aussicht auf die mögliche Rückkehr in ihre Heimatstadt Florenz gaben der Kunstsammlerin und Mäzenin Anna Maria Luisa de' Medici einen Sinn in ihrem Witwendasein.

Neben den von ihr selbst gekauften Kunstwerken fielen auch die wertvollen Geschenke ihres Vaters Cosimo III. aufgrund des ausgeklügelten Ehevertrages in ihr Eigentum zurück. Ihre Rückkehr nach Florenz wurde für Anna Maria zum Triumph. Die Feierlichkeiten zu ihrem Empfang knüpften an die Pracht ihrer Hochzeitsfeier 1691 an, sodass sie den Weg in ihre vertraute Florentiner Welt rasch zurückfand. Die kleine Stadt am Rhein, ihr Düsseldorf, aber behielt sie für immer in ihrem Herzen.

Am 21. Oktober 1717 war sie wieder die stolze Florentinerin. 25 Jahre Kurpfalz und Düsseldorf waren im Leben der letzten Medici-Tochter nur noch ein Intermezzo, das ihr Vater dank des Ehevertrages reibungslos hatte enden lassen. Anna Maria richtete sich in den Räumlichkeiten ihrer Großmutter Vittoria ein, die sie anstelle ihrer Mutter großgezogen hatte. Schritt für Schritt begann sie das Leben, das sie ohne die Heirat mit Johann Wilhelm geführt hätte. Allein der Dauerzwist mit ihrem Bruder Gian Gastone trübte ihre letzten Lebensjahre am Arno. Doch die Erfahrungen auf dem internationalen Parkett der Politik an der Seite des Kurfürsten in Düsseldorf halfen ihr, gemeinsam mit dem Großfürsten Cosimo III. in Florenz zu herrschen. Ihre machtvolle Stellung endete abrupt mit dem Tod ihres Vaters. Ihr Bruder Gian Gastone wurde der letzte Medici-Großfürst der Toskana und vermied jeden Kontakt zu seiner Schwester. Endgültig zog sie sich, verlassen von allen geliebten Menschen, in ein Kloster zurück.

Doch nie, niemals hatte zu ihren Lebzeiten auch nur eines ihrer Kunstwerke Florenz wieder verlassen. Sicherlich, ihr treuer Hofstaat hatte ihr mehr als einmal von der vertragswidrigen Entfernung wertvoller Kostbarkeiten in Richtung Wien berichtet. Die Habsburger scherten sich wenig um die Klauseln im Familienpakt. Sie hatte in dieser Schenkungsakte den größten Teil des Medici-Vermögens den zukünftigen Herrschern der Toskana mit der Bedingung übertragen, dass kein einziger Gegenstand Florenz je verlassen durfte. Aber bislang war keines ihrer Porträts auf die lange Reise in die Hauptstadt Österreichs gegangen. Bisher waren nur erlesene Schmuckstücke, kostbare Stoffe und feinstes Porzellan in Richtung Wien verschwunden.

Anna Marie de' Medici war eine Kämpfernatur, die ihre Kraft zu ihren Lebzeiten geschickt einzusetzen wusste.

Wie gerne hätte sie nur für wenige Stunden diese Kraft zurückgehabt, um ihre Kunstwerke wiederzufinden und die Täter zu richten!

29

»Ein neuer Tag, neue Erkenntnisse«, begrüßte Piltz ihren Dienstvorgesetzten, der ihr die leichtsinnigen Scherze nicht mehr nachtrug. Sie selbst hatte den zeitweiligen Frust über seinen manches Mal humorlosen Führungsstil auf der Judo-Matte abreagiert.

Am Tag zuvor war der Einsatz in der Wohnung des Toten jäh durch eine Bombenentschärfung unterbrochen worden, an die Sassner im Eifer der Ermittlungen nicht mehr gedacht hatte.

Die Polizei war mit Lautsprecheransagen durch die Straßen des sich zum beliebten Wohnviertel wandelnden ehemaligen industriell geprägten Stadtteils Derendorf gefahren. Mittlerweile war der Blindgänger, eine Fünf-Zentner-Bombe mit einem funktionsfähigen Zünder, von den Profis des Kampfmittelräumdienstes entschärft worden. Innerhalb von zwei Stunden war ein halber Stadtteil geräumt worden. Und nach einer halben Stunde Arbeit der Spezialisten strömten die Menschen wieder in Ihre Wohnungen.

»Studierter alter Herr«, sagte Piltz. Sie trug wie die Mitarbeiter der Spusi Gummihandschuhe und Überzieher aus Plastik über ihren Sportschuhen. Behutsam strich sie mit der Hand über eine Reihe dicker Büchern. »Sieht aus wie bei meinem Großvater. Der war Lateinlehrer.«

»Dr. Franz Freitag war kein Lateinlehrer. Er hat Mathematik und Erdkunde unterrichtet. Oberstufe klassisches Gymnasium. Als Vertretung an der Gesamtschule«, ergänzte Sassner. Er hatte einen dicken Stapel an alten Stundenplänen gefunden. »Vor einem Jahr pensioniert.«

»Und ein leidenschaftlicher Kunstfan«, erklärte einer der Spusi-Mitarbeiter. »Bildbände über Museen und Ausstellungskataloge in allen Zimmern soweit das Auge reicht. Von Rio de Janeiro über Peking bis nach Las Vegas. Und auf dem Nachttisch liegt der aktuelle Ausstellungskatalog der Medici-Ausstellung. Und alles völlig staubfrei.«

»Spieler war er aber keiner?«, fragte Sassner.

Doch die Kontoauszüge im Sekretär des Toten ergaben nur schwarze Salden, die am Ende des Monats auf ein Sparbuch mit dem Stichwort »Kunstreise« liefen. Ein Haushaltsbuch gab weitere Einblicke in die Finanzen des Toten. Miete und Lebensstil ließen nur wenig Geld zum Sparen übrig. Dr. Freitag hatte sein Geld für teure Bücher, Mahlzeiten außer Haus, Bildungsreisen und Maßanzüge ausgegeben. Auch eine Lehrerpension hatte ihre Grenzen.

»Hier muss doch irgendwo ein Testament sein. Ein Safe oder ein Geheimfach im Schreibtisch«, dachte Piltz laut. »Ob er selbst ständig mit dem Staubwedel hantiert hat?«

»Wenn er seine Reinemachefrau ordnungsgemäß bei der Minijobzentrale in Bochum angemeldet hat, werden wir die Unterlagen hier irgendwo finden«, sagte Sassner. »Hoffen wir, dass er so korrekt war.«

Über eine Stunde durchsuchten Sassner und Piltz gemeinsam mit der Spusi die Wohnung von Dr. Freitag.

Dann standen Ullrich und Kobalt in der Türe und berichteten von den Erkenntnissen über Leiche Nummer zwei im sozialen Umfeld von Leiche Nummer eins. Nur einer von Leon Winterblums Freunden, Nicolaus Kunze, hatte Franz Freitag gekannt. Freitag war in der Mittelstufe sein Mathematiklehrer gewesen. Nach Aussagen von Kunze nicht unbeliebt, aber auch nicht beliebt, einfach bedeutungslos. Niemand blieb bei ihm grundlos sitzen, niemand hatte je ’ne Eins bei ihm. Kunze hatte nicht erwähnt, dass Franz Freitag ein Kunstfan gewesen war. Von seinem Privatleben hatte er seinen Schülern nie erzählt. Zahlen und abstrakte Modelle waren seine Welt gewesen.

Auch Kobalt und Ullrich zogen Gummihandschuhe und Plastiküberzüge für die Schuhe an.

»Kein PC bei einem Mathematiklehrer?«, fragte Kobalt Piltz. »Ihr müsst doch bei einem Naturwissenschaftler mindestens einen Zugang zur digitalen Welt gefunden haben.«

Alle schauten sich ratlos an.

»Hier!«, rief einer der Mitarbeiter der Spusi. »Doch hier. Wonach wir schon die ganze Zeit gesucht haben.«

Sassners Team folgte dem Ruf der Stimme. Alle vier blickten erstaunt auf eine Regaltüre, hinter der sich ein schmales Arbeitszimmer mit PC-Turm, Laptop und zwei Tablets befand.

»Ein kleines digitales Paradies hinter dem Gelehrtenparadies. Der Elfenbeinturm im Elfenbeinturm«, kommentierte Ullrich. »Der Mensch hat zu leben verstanden.«

»Bitte?«, fragte Piltz.

»Er hat eine alte Welt ohne Internet und Computer besessen«, erklärte Ullrich. »Und hinter dieser Welt hat er den modernen Zugang in die Zukunft versteckt. Das war ein Fantast, ein Träumer. Das Szenario wäre perfekt für eine fantastische Geschichte. Die Welt hinter der Welt.«

»Bleiben wir in der Realität«, schlug Kobalt vor. »Wir haben einen Ermordeten, der seiner Wohnung mithilfe einer Regalwand ein Arbeitszimmer hinzugefügt hat. Er konnte die digitale Welt jederzeit mobil mit Laptop oder Tablet in sein historisches Bücherarchiv holen. Und das wird er wohl auch getan haben.« Kobalt deutete auf die beiden gemütlichen Sessel mit der Fernbedienung in der Armablage, mit der die Stellung der Lehne und des Fußteils gesteuert werden konnte. »Sogar mit Massagefunktion für den Rücken.«

»Bitte nicht testen«, sagte Sassner lakonisch. »Selbst die letzte Einstellung der Massagefunktion kann Aufschluss über die letzten Minuten im Leben des Dr. Freitag geben.«

Doch auch nach weiterer akribischer Suche fanden weder die Spusi noch Sassners Team einen Hinweis auf eine Gewalttat in Freitags Wohnung oder auf Verwandte des Toten. Nur Kobalt entdeckte in einer Datei des Laptops eine Liste an Adressen und Kontakten, auf der auch der Name eines Notars zu lesen war. Dr. Georg Ramdammer war mit seiner Geschäftsadresse und dem Hinweis »Testament« versehen.

»Dieser Ramdammer hat sein Notariat auf der KÖ«, bemerkte Sassner. »Mein Schwiegervater hat da auch sein

Testament hinterlegt.« Wehmütig dachte er wieder an die Post vom Scheidungsanwalt seiner Frau.

»Hier!«, rief Piltz.

Der laute Ruf seiner Kollegin riss Sassner aus seinen Gedanken.

Piltz hielt einen Schlüssel zu einem Bankschließfach in der Hand. »Unter dem Sprungrahmen. Ganz klassisches Versteck.«

»Und hier!« Ein Mitarbeiter der Spusi hielt Sassner ein kleines Album hin. »Das lag in der Schublade des Phonoschrankes neben einer Handvoll Fernbedienungen.«

Sassner schlug die erste Seite auf. Das erste Foto zeigte eine Gruppe von sieben Männern in dunklen Anzügen. Er blätterte Seite um Seite weiter. Immer wieder Fotos von Männern und Jahreszahlen, die fein säuberlich mit schwarzer Tinte geschrieben waren. Am Ende des Albums waren auf einem Foto nur noch fünf Männer im Rheinpark zu sehen. Ein Blatt fiel zu Boden.

Piltz hob es auf. Auf dem Blatt war die Überschrift »Dottores-Stammtisch Düsseldorf« zu lesen. Darunter befanden sich sieben Adressen fein säuberlich mit der Hand geschrieben. Zwei der Namen und Adressen waren durchgestrichen. Neben dem ersten Strich stand die Jahreszahl 1995, darunter das Jahr 2001. Auch der Tote war Teil der Namens- und Adressliste.

»Immerhin haben wir jetzt vier Namen, die uns zum Täter führen könnten«, sagte Kobalt. Er holte sein Tablet aus seinem Rucksack und begann die Namen in eine Suchmaschine einzugeben.

»Wenn es keine Erben gibt, dann erbt der Fiskus«, dachte Ullrich laut. »Vermutlich wird sich irgendeine Landesbibliothek über die dicken Bücher freuen.«

»Sobald der Aufruf nach Erben in der Zeitung erscheint, werden sich die ersten entfernten Großneffen und Großnichten erinnern, einen verschrobenen Onkel gehabt zu haben, den sie beerben können«, kommentierte Sassner. »Am Gelde hängt, zum Gelde drängt doch alles! Hat schon Goethe gewusst.«

»Vier Düsseldorfer Adressen«, sagte Kobalt. »Sollen wir uns aufteilen?«

»Du und Ullrich. Ich nehme Piltz mit«, entschied Sassner. »Wo geht es denn hin?«

30

»Ich will, dass diese Bilder wieder an ihrem Platz in Florenz hängen«, dachte Claire Haase laut. »Ich will das!«

»Aber das Geld von der Versicherung willst du auch«, grinste ihr Bruder.

»Natürlich brauchen wir das Geld«, sagte Claire Haase herablassend. »Oder möchtest du demnächst dein Lebensniveau auf das Existenzminimum senken? Außerdem bedingt das eine das andere.«

Lutz Haase öffnete seinen Laptop. »Vielleicht hat irgendjemand von unseren Freunden irgendetwas gehört.«

»Freunde«, äffte Claire Haase ihren Bruder nach. »Das sind keine Freunde. Das sind Hyänen, die auf unseren Untergang warten. Aasgeier, die …«

»Claire! Hör auf mit deiner Hysterie. Niemand arbeitet auf der Suche nach verschwundenen Kunstwerken so souverän und diskret wie wir. Dafür sind wir bekannt. Ein Geheimtipp …«

»Jaja«, unterbrach sie. »Bis uns keiner mehr beauftragt. Wir brauchen das Geld für eine zweite Existenz. Wir werden nicht ewig Kunstwerke jagen können. Irgendwann ist unsere Zeit vorbei.«

Alex Weberli lachte schallend auf. »Claire in der Midlife-Crisis. Ich hoffe, ihr habt bald eine neue Spur.«

»Pling. Pling.« In der E-Mail-Box von Lutz Haase waren Nachrichten aus Florenz und Medellín eingegangen.

»Und?«, fragte seine Schwester. »Sind die Bilder in irgendeiner Autowerkstatt hinter den eingelagerten Reifen wiederentdeckt worden?«

»In Medellín hat es bereits eine erste Anfrage gegeben. Ein anonymer Sammler aus Argentinien hat zehn Millionen geboten.«

»Das ist exakt die geforderte Lösegeldsumme«, sagte Claire Haase. »Bald kennt die ganze Kunstszene die Fakten und wir sind draußen aus dem Deal. Ich werde nie verstehen, was ein Sammler davon hat, solche Gemälde als Privatvergnügen übers Bett zu hängen.«

»Es ist halt nicht jeder mit einem röhrenden Hirsch auf einer einsamen Lichtung zufrieden«, lachte Lutz Haase.

»Bist du geschmacklos! Was steht in der anderen Mail? Das waren doch zwei Plings?«

»Florenz! Giovanni hat gerüchteweise gehört, dass die Verantwortlichen in Florenz jetzt erst Wind von der Sache bekommen haben und außer sich sind vor Wut. Das heißt, die werden heute oder morgen hier in Düsseldorf vor der Tür stehen.«

»Vor der Tür stehen? Was haben die Verantwortlichen hier in Düsseldorf denn bisher für eine Lüge aufgetischt?«

»Das kann uns egal sein. Mir schwirrt mein Kopf schon von der Suche und den unzähligen Anfragen und Antworten. Irgendwie hoffe ich in diesem Wirrwarr einen logischen Zusammenhang zu finden, der uns noch einmal zu den Erpressern führt.«

»Das meinst du nicht ernst?« Claire Haase stand auf. Sie reckte die Arme in Richtung Decke. Dann ließ sie ihren Oberkörper nach vorn fallen, sodass sich ihre Haare wie eine helle Flamme auf dem Boden ergossen. Langsam rollte sie ihren Rücken wieder auf. »Mens sana in corpore sano.«

»Von dem bisschen Entspannungsübung bestimmt nicht«, kommentierte Weberli.

»Hast du nichts zu tun?«, fragte Claire Haase leise.

Weberli grinste und verschwand in Richtung Ausstellungsraum der Galerie.

»Claire, versuch die Nerven zu behalten«, bat ihr Bruder. »Wir brauchen Alex. Er ist derzeit nicht ersetzbar.«

»Da!« Claire Haase starrte auf ihren Bildschirm. »Eine Mail von Nicki.«

»Du willst nicht ernsthaft noch mehr Geld in Bitcoins investieren? Denk an den großen Crash.«

»Vielleicht besser als Kunstwerke jagen. Immerhin hat sich meine letzte Investition gelohnt. Heute Flop und morgen wieder top. Ich werde die Dinger weiter halten. Außerdem ist so ein Wallet die ideale Grundlage für moderne Lösegeldzahlungen.«

»Das ist das Problem der Trivia, wenn die Erpresser plötzlich Bitcoins oder irgendeinen anderen Krypto-Blödsinn fordern sollten.«

»Vielleicht sollten wir doch noch einmal über eine eigene Sammlung nachdenken«, sagte Claire leise.

»Und dann hoffen, dass unser Geschmack sich in 20 Jahren rentieren wird?«

»Wir sind die Experten, Lutz. Wir haben das Gespür für Kunst.«

»Bislang habe ich nur ein relativ sicheres Gespür für Schrott, der nie einen Wert haben wird und den ich daher auch nicht kaufe.«

»Immerhin ein Anfang.«

»Also, was will Nicki?«

»Er hat das Gerücht gehört, dass keine bekannte Mafia-Organisation hinter dem Kunstraub steckt. Im Gegenteil, schreibt er. Die Mafia ist auf der Suche nach den Räubern. Die lassen sich nicht gern in die Geschäfte pfuschen. Das macht die Preise kaputt.«

»Na ja, aber zehn Millionen sind nicht gerade eine unrealistische Lösegeldforderung«, sagte Lutz Haase. »Und wer hat dann diesen Leon Winterblum umgebracht? Dieser Sassner scheint mir recht fähig zu sein. Die müssen doch im sozialen Umfeld schon einen Stein nach dem anderen umgedreht haben.«

»Aber denk doch einmal nach. Dieser Sassner geht davon aus, dass die Mafia hinter dem Raub steckt. Diese

Typen sollen diesen Leon Winterblum auf dem Gewissen haben. Was aber, wenn es umgekehrt ist.«

»Umgekehrt?« Lutz Haase füllte Wasser in die Glaskanne der Kaffeemaschine.

»Natürlich!«, rief seine Schwester aus. »Dieser Leon Winterblum ist doch ein Computerfreak. Die sind doch unberechenbar, stecken ihre Nase in alles rein, was sie nichts angeht. Die hacken Regierungscomputer, die schnüffeln überall herum und sind daher die idealen Mitarbeiter, die von der Mafia für viel Geld rekrutiert werden.«

»Claire, bitte!«

»Also. Die Bilder sind von Laien, von Anfängern im kriminellen Milieu entführt worden, und Leon Winterblum ist auf sie von der Mafia angesetzt worden.« Stolz schaute sie ihren Bruder an.

»Du denkst aber nicht, dass die Mafia auch uns bei der Wiederbeschaffung in die Quere gekommen ist?«

»Auf jeden Fall müssen wir uns beeilen, den Kontakt zu den jetzigen Besitzern so schnell wie möglich zu bekommen. Ich werden eine Belohnung im Darknet in Umlauf bringen.«

»An wie viel denkst du?«

Claire Haase zuckte mit den Schultern. »Die Kosten trägt die Trivia. Also!«

»Na dann. Auf geht's!« Lutz Haase stellte die Kaffeemaschine an. »Lass uns loslegen. Lass uns mit dem Text ›gegen Belohnung‹ beginnen. Die Leute, die uns Infos zukommen lassen wollen, werden schon selbst eine Forderung stellen.«

»Siehst du, wozu mein Wallet gut ist. Und die Bitcoins wird uns auch die Trivia erstatten.« Zum ersten Mal seit vielen Stunden schaute Claire Haase wieder siegesgewiss. Die Beschaffung von Informationen gehörte zu ihren Lieblingstätigkeiten im Netz. Es war wie ein Adventure-Spiel, dessen Faszination sie sich nicht entziehen konnte.

31

»Edel geht die Welt zugrunde«, kommentierte Piltz das Wartezimmer des Notariats Ramdammer und Söhne.

Zwischen Kirschholzregalen standen Designerstühle aus Mahagoniholz. Die Wände waren mit französischen Tapisserie-Motiven aus der Zeit des Sonnenkönigs tapeziert. Von der Decke hingen seltene Schlingpflanzen, die trotz des warmen Julitages von Spezialhalogenlampen beleuchtet wurden.

»Notare haben immer zu tun. Immobiliengeschäfte, Eheverträge, Unterschriftsbeglaubigungen und so weiter und so fort. Bringt alles viel, viel Geld ein«, kommentierte Sassner.

»Ferienhaus in Südfrankreich, Jacht an der Riviera und ein sorgloses Leben«, sagte Piltz leise.

»Geht es dir so schlecht?« Sassner grinste. »Dein Kollege Ullrich hat sich auch schon für ein Jura-Studium beurlauben lassen wollen.«

»Mein Ziel heißt Olympia«, sagte Piltz.

Dieser Satz durchfuhr Sassner wie ein leichter Stromstoß. Dachte sie ernsthaft an eine Auszeit? Vielleicht sollte er sich mit der Einladung zum Essen beeilen?

Die Rauchglastüre des Wartezimmers ging auf. Eine Mitarbeiterin in weißer Rüschenbluse und blauem Faltenrock mit hochgesteckten grauen Haaren bat die beiden Ermittler mitzukommen. »Herr Dr. Ramdammer hat jetzt Zeit für Sie.«

»Davon sind wir ausgegangen«, sagte Sassner in einem zynischen Ton. Was dachte diese Frau, warum sie an diesem Morgen in die Kanzleiräume Ramdammer und Söhne gekommen waren? Um als Kollegen-Team eine gemeinsame Eigentumswohnung zur privaten Altersversorgung zu kaufen? So schlecht waren die Pensionsansprüche ihres Dienstherrn nun auch nicht.

»Herzlich willkommen«, begrüßte sie Dr. Georg Ramdammer senior. »Wie kann ich Ihnen helfen? Es ist mir wirklich eine Ehre, der Polizei helfen zu dürfen. Wenn ich nicht Notar wie mein Vater und mein Großvater geworden wäre, wäre ich heute Staatsanwalt. Dieselbe Abteilung wie Sie sozusagen.«

Sassner unterdrückte ein Grinsen. Immerhin waren sie willkommen, wenn dieser Dr. Ramdammer ehrlich war und kein doppeltes Spiel spielte. In seinen Archiven sollte sich das Testament von Dr. Franz Freitag finden, das sie hoffentlich in wenigen Minuten einsehen konnten.

»Kannten Sie Dr. Freitag gut?«, fragte Piltz.

Dr. Ramdammer schüttelte den Kopf. »Es gibt viele

Mandanten, die ich besser kennenlerne als Herrn Dr. Freitag. Aber ich kann mich bestens an die wenigen Termine mit ihm erinnern.«

»Das heißt? Ist Ihnen irgendetwas Außergewöhnliches an ihm aufgefallen?«, fragte Sassner.

»Nehmen Sie doch Platz«, fordert Dr. Ramdammer Sassner und Piltz auf. »Was möchten Sie trinken? Tee, Kaffee, Wasser?«

»Nichts«, rutschte es Piltz heraus. Sie setzte sich auf einen der dick gepolsterten Besuchersessel aus Leder vor dem großen Chefschreibtisch, den irgendein berühmter Designer aus Beton, Glas und Eichenholzintarsien gefertigt hatte. Piltz fiel der Name des Designers nicht ein. Sie hatte vor Kurzem einen Bericht in einer Lifestyle-Zeitschrift über ihn gelesen. Das gesamte Chefzimmer von Dr. Ramdammer senior war mit modernen Designermöbeln im Betonstil eingerichtet. Nur der Besprechungstisch und ein hoher Sekretär mit unzähligen flachen Fächern aus dunklem Eichenholz entsprachen Piltz' Vorstellung von einer traditionellen Kanzleieinrichtung.

»Ein Wasser«, sagte Sassner.

»Ich habe vor wenigen Tagen einen Anruf von Dr. Freitag erhalten«, erzählte Dr. Ramdammer. »Er klang gehetzt. Er wollte eine Ergänzung seines Testaments, das er erst von einem Jahr hier bei mir dort drüben am Tisch vor meinen Augen mit der linken Hand selbst geschrieben hat.«

»Und?«, fragte Piltz.

»Er hat sich nicht mehr gemeldet«, sagte Dr. Ramdammer. »Aber gestern lag ein Brief von ihm in der Post mit einem verschlossenen Umschlag und der Bitte, diesen Umschlag den Testamentsunterlagen beizufügen.«

»Wir müssen alle Unterlagen, die Sie von ihm anvertraut bekommen haben, einsehen«, erklärte Sassner.

»Ich weiß«, entgegnete Dr. Ramdammer. »Der Tote ist mit Sicherheit Opfer eines Gewaltverbrechens geworden. Ein schreckliches Ende. Wer auch immer der Mörder war, er muss seine gerechte Strafe erhalten.«

»Was ist denn so außergewöhnlich an ihm gewesen?«, hakte Piltz nach.

»Er war ein Pedant«, sagte Dr. Ramdammer. »Wenn ich das in meiner Eigenschaft als Notar sagen darf. Wir Notare legen Wert auf jedes Komma in unseren Urkunden. Schließlich werden wir dazu an unseren Amtssitz bestellt. Also, wenn ich das aus meiner Sicht als sozusagen Berufspedant sage«, bei dem letzten Wort lachte Dr. Ramdammer schallend laut auf, »dann ist dieser Dr. Freitag ein echter Erbsenzähler in seinem Leben gewesen.«

Piltz riss sich zusammen. Am liebsten hätte sie die Augen verdreht. »Ist das Testament in einem dieser Fächer?«, fragte sie stattdessen.

Dr. Ramdammer nickte. »Dort befinden sich in der Tat die aktuellen Fälle, die in den letzten Wochen zur Bearbeitung auf meinem Tisch lagen.«

Erwartungsvoll sah Sassner den Notar mit erhobenen Augenbrauen an. »Sie haben alles griffbereit?«

Dr. Ramdammer nickte. Er stand auf und öffnete in der Mitte des Sekretärs ein schmales Fach. »Eigentlich eröffne ich die Testamente erst, wenn alle Begünstigten wie Erben und Vermächtnisnehmer nach einer Ladung von mir hier in unseren Kanzleiräumen anwesend sind.«

»Sie haben das Original des Testaments und den verschlossenen Umschlag für uns?«, fragte Sassner.

Dr. Ramdammer kam mit einer flachen Lade aus wurmstichigem Eichenholz zurück. Er legte sie auf seinen Schreibtisch. »Ich kann mich an den Inhalt des Testaments noch genau erinnern. Zum Alleinerben hat er einen entfernten Großneffen in Neuseeland eingesetzt. Der junge Mann hat dort eine Professur für Mathematik. Das ist auch der Hauptgrund für diese Verfügung. Dr. Freitag hielt die Welt der Zahlen für vollkommen. Das hat er mir erzählt. Aber das ist jetzt wohl nicht mehr wichtig. Das Erbe ist aber mit ein paar Auflagen und Vermächtnissen beschwert. Da gibt es einen Stammtisch. Die ›Dottores‹ treffen sich in einem Brauhaus in der Düsseldorfer Innenstadt. Diesen ›Dottores‹ muss der Großneffe eine Reise nach Florenz bezahlen. Dr. Franz Freitag wollte bei seinen Stammtischbrüdern in bester Erinnerung bleiben. So hat er es mir erzählt.«

»Der Name des Neffen?«, fragte Sassner.

»Moment. Ich öffne den Umschlag in Ihrem Beisein.« Dr. Ramdammer zog aus dem hellgrünen DIN-A5-Kuvert drei weiße Seiten Bütten-Papier mit großem Wasserzeichen hervor. Er legte sie vor sich auf den Tisch.«

»Oh!«, rief Piltz erstaunt aus.

Sassner sprang auf und beugte sich über den Tisch, um die Blätter näher zu betrachten.

»Ja?«, fragte Dr. Ramdammer. »Auf jeden Fall steht hier der Name des Großneffen. Er heißt Raphael Maria Freitag, wohnhaft in Christchurch. Neuseeländischer Staatsbürger seit fünf Jahren.«

»Ich denke, wir kennen diese Schrift«, sagte Sassner leise.

»Woher?«, fragte Dr. Ramdammer. »Haben Sie in seiner Wohnung ein Testament neueren Datums gefunden? Dann wäre dieses hier ungültig. Der gute Mann wird doch wohl nicht kurz vor seinem Tod noch ein Testament zugunsten eines Erbschleichers aufgesetzt haben?«

Erbschleicher, dachte Sassner. Das Wort gab dem Fall eine neue Dimension. Konnte Erbschleicherei hinter den Morden stecken? Kannte Winterblum den Neffen? Eher abwegige Idee.

Dann nahm der Notar den verschlossenen Umschlag zur Hand, der erst vor wenigen Tagen in der Post gelegen hatte. »Ich kenne den Inhalt selbst noch nicht.« Mit einem scharfen Brieföffner aus glänzend poliertem Sterlingsilber öffnete er den Umschlag, auf dem mit der Maschine die Worte »Ergänzung zum Testament« geschrieben waren.

»Per Post vorab«, las Dr. Ramdammer vor.

»Ist das alles?«, fragte Sassner.

»Ja«, sagte Dr. Ramdammer. Er hielt das Schriftstück von allen Seiten in die Höhe. »Vielleicht ist das ein mathematisches Rätsel für die Erben und die Vermächtnisnehmer?«

»Auf jeden Fall brauchen wir eine der Seiten dieses Testaments für unsere Grafologen«, sagte Sassner.

»Das Schriftstück ist hier bei mir in amtlicher Verwahrung«, sagte Dr. Ramdammer leise mit einem herablassenden Lächeln.

»Wir können gerne in einer Stunde mit einem Durchsuchungsbeschluss für die ganze Kanzlei wiederkommen«, sagte Sassner ebenso leise mit einem angedeuteten Lächeln auf den Lippen.

»Ich habe verstanden. Wenn Sie mich jetzt nicht weiter brauchen?« Seine Augen funkelten seltsam. »Heute ist Samstag. Wenn Sie die ›Dottores‹ alle gemeinsam antreffen wollen, dann zum Mittagstisch im Brauhaus.«

32

Sassner wählte die Kurzwahl von Ullrich an. »Und? Was habt ihr herausgefunden?« Er steckte den Autoschlüssel ins Zündschloss. »Im Schließfach war was? Eine Damenuhrensammlung? Und ein Perlencollier im Originalkarton von Tiffany mit Rechnungen aus den 70er-Jahren? Ob ihm eine Frau das Herz gebrochen hat?« Er schaltete die Freisprechanlage ein. »Ein weiterer Irrer hat uns in dem Fall gerade noch gefehlt. Die in der KTU sollen prüfen, ob diese alten Sachen vom Toten irgendwie benutzt worden sind. Quasi Fetisch im Bankfach. Etwas anderes fällt mir dazu im Moment nicht ein.«

»Kobalt hat noch keine brauchbaren Hinweise auf Freitags Computer finden können. Aber sicher ist er sich nicht. Er meint, Freitag könnte eine eigene Chiffriersprache entwickelt haben. Eine eigene Welt aus Zahlen, die nirgends sonst existiert hat. Er hat sich Menschen ausgedacht für eine imaginäre Korrespondenz. Vielleicht auch verstorbene Angehörige oder Freunde. Aber ob es wirklich einen Bezug zur Realität hat oder ob sich dieser Freitag da schon auf dem Weg der Schizophrenie in eine Parallelwelt begeben hat, ist noch nicht klar.«

»Irgendein Hinweis auf dem PC zur Medici-Ausstellung?«, fragte Sassner.

»Nein.« Jetzt war Kobalts Stimme zu hören. »Aber die Internet-Chroniken haben ergeben, dass unser Toter sich für alle aktuellen Kriminalfälle im Land interessiert hat. Unter anderem auch für den Toten im Kaiserteich. Er hat so gut wie alle Artikel aufgerufen. Einige auch in einer Datei mit den Namen ›Mordfälle Düsseldorf‹ abgespeichert.«

»Wirklich gar nichts über die Medici-Bilder, die verschwunden sind?«, fragte Piltz dazwischen.

»Wie kommst du auf die Idee?«, fragte Kobalt.

»Weil die Handschrift des Testaments und die Handschrift des ersten Erpresserbriefs an die Trivia sich sehr, sehr ähnlich sehen. Gestochen scharfe Buchstaben alter Schule. Gemalt, wie aus dem Lehrbuch für Schulschreibschrift der 50er-Jahre. Wir warten noch das Gutachten des Grafologen ab.«

»Sieht dann wohl kaum nach einem Zufall aus«, sagte Kobalt.

»Genauso wie der Überweisungszweck und das Stichwort und das Vermächtnis«, sagte Piltz.

»Bitte?«

»Kulturreise, Kunstreise, Reise Florenz. Die Stadt der Medici-Schätze.«

»Das muss gar kein Zusammenhang sein. Das ist Zufall. Reisen sind wie Knöpfe und Kaffee – ein Allerweltsthema.«

»Wir treffen euch in einer Viertelstunde vor dem Brauhaus. Die ›Dottores‹ essen da nach Auskunft von Dr. Ramdammer jeden Samstag gemeinsam zu Mittag.«

Piltz schaute Sassner an einer roten Ampel fragend an. »Wir sollen Sie alle gemeinsam überraschen?«

»Er hatte keine anderen sozialen Kontakte hier in Deutschland. Entweder der Mörder sitzt im Brauhaus. Dann finden wir vielleicht auch Winterblums Mörder. Oder wir erfahren mehr über das geheime Leben und die Freundschaften des Dr. Franz Freitag.«

In der Altstadt standen unzählige gut gelaunte Menschen aus aller Welt an den hohen Biertischen vor den traditionellen Brauhäusern. Das Ermittlerteam um Sassner bahnte sich den Weg zum Eingang eines der Brauhäuser, an deren Front die Fenster weit offen standen. Trotz der freien Sicht konnten Sassner und sein Team keinen der vier Stammtischbrüder, die sie auf den Fotos des Toten gesehen hatten, erkennen. Langsam betraten sie das Brauhaus. Einer der Kellner begrüßte Ullrich, der im Herbst zur rheinischen Muschelzeit regelmäßig hier zu Gast war. Der Köbes wusste, dass Ullrich Kriminalbeamter war. Fragend hob er mit dem leeren Tablett in der Hand die rechte Augenbraue.

»Alles im grünen Bereich«, sagte Ullrich. »Wir suchen nur ein paar Zeugen.«

»Ja? Ist das so?« Er zwinkerte. Ihm musste bewusst sein, dass die Ermittler wohl kaum einen Showdown mit Waffen im voll besetzten Brauhaus wagen würden. Aber Ullrich wusste, dass er clever genug war, zu begreifen, dass es keine vier Fahnder für eine Zeugenbefragung benötigte. Er schien zu überlegen, die Geschäftsleitung zu informieren.

Piltz entdeckte den Stammtisch der »Dottores« als Erster. Sie nickte mit dem Kopf zum hinteren Bereich des Lokals.

In wenigen Schritten stand Sassner vor dem runden Tisch. Von der anderen Seite aus Richtung der Küche kam ein Köbes mit vier gemischten Eisbechern und Schlagsahne.

»Sassner«, stellte er sich vor. »Kriminalpolizei. Haben Sie einen Moment für uns Zeit?«

»Wir haben Sie schon erwartet«, sagte Dr. Goldmann.

»Und Sie sind nicht auf die Idee gekommen, sich bei uns zu melden?«, fragte Sassner.

»Denken Sie, wir haben Ihnen irgendetwas Sachdienliches zu sagen?«, fragte Dr. Pfeiffer.

»Verbindet Sie außer dem Genuss von obergärigem Altbier und dem Mittagessen am Samstag nichts weiter?«, fragte Ullrich.

»Das liegt doch auf der Hand«, sagte Dr. Spangenberg in einem spöttischen Ton. Er deutete mit der linken Hand auf das Stimmtischschild »Dottores«.

»Wir haben selbstverständlich alle eine Abschrift unserer Doktorarbeiten daheim im Regal. Es war mir übrigens immer ein Vergnügen mit Dr. Freitag – Gott hab ihn selig – über seine Abhandlungen der Mathematik des 16. Jahrhunderts in Italien zu diskutieren. Seine Fähigkeiten, mit wenigen Sätzen ganze Welten zu erklären, werde ich vermissen. Nur nichtssagende Schwätzer brauchen viele Worte.«

Piltz verzog den Mund. »Klingt wie eine fernöstliche Weisheit«, dachte sie laut.

»Der Reihe nach«, erklärte Sassner.

Die »Dottores« stellten sich einzeln mit Namen und Beruf vor.

»Warum ist er denn im Wasser gelegen?«, fragte Dr. Abendroth. »Er soll in jungen Jahren sehr sportlich gewesen sein. Hat er mir erzählt.«

»Sie wissen, wie er gefunden worden ist?«, fragte Sassner.

Die »Dottores« rückten zusammen, sodass Piltz und Sassner ebenfalls am Tisch Platz nehmen konnten. Ullrich und Kobalt zogen sich Stühle von einem Nachbartisch heran.

»Eine Runde Alt?«, fragte ein Köbes im Vorbeigehen.

Kobalt schüttelte den Kopf. »Vier Wasser.«

Der Köbes schüttelte den Kopf. »Anti-Alkoholiker auf

Erlebnistrip im Brauhaus. Leute bestellt doch wenigstens Apfelsaft. Da fallt ihr nicht so auf.«

»Wasser«, sagte Sassner gereizt. »Eine große Runde Wasser auf Staatskosten.«

»Vielleicht können Sie hier im Brauhaus auch ein paar Kanten trockenes Brot bestellen.« Dr. Pfeiffer lachte herzhaft über seinen Witz. Die anderen Dottores stimmten in das Gelächter ein.

»Wie ist es denn nun passiert?«, fragte Dr. Goldmann. »Auf natürlichem Wege wird er wohl kaum im Spee'schen Graben in Unterwäsche gelandet sein. Hatte er eine Rotlichtaffäre?«

»Das wüssten wir gerne von Ihnen«, sagte Sassner.

»Sie verdächtigen nicht ernsthaft einen von uns?«, fragte Dr. Abendroth. »Das ist absurd. Sie machen sich und die Arbeit der Düsseldorfer Kriminalpolizei lächerlich.«

Kobalt grinste. »Sie brauchen sich keine Sorgen um den Ruf der Düsseldorfer Kriminalpolizei zu machen. Wir haben eine extrem hohe Aufklärungsrate im Bereich Mord und Totschlag.«

»Ausnahmen bestätigen die Regel«, sagte Dr. Pfeiffer. »Dann sind Sie heute auf dem Holzweg unterwegs.« Er klopfte dreimal mit der rechten Faust auf den Tisch. »Aber stille Wasser sind tief.« Er grinste anzüglich.

»Keinem von Ihnen ist in der letzten Zeit etwas an Dr. Freitag aufgefallen?«, fragte Sassner.

»Der Franz hat ein ganz geregeltes Leben geführt«, sagte Dr. Spangenberg. »Er war unserer Ansicht nach eher ein Anhänger Platons.«

»Wissen Sie, ob er eine Haushaltshilfe hatte?«, fragte Ullrich.

Dr. Spangenberg zuckte mit den Schultern. »Über profane Dinge haben wir uns nie unterhalten. Wir beschäftigen uns immer nur mit dem Wesentlichen.«

»Dann kommen Sie jetzt zum Wesentlichen«, schlug Sassner mit einem süffisanten Lächeln vor. »Oder möchten Sie die Gespräche mit uns im Präsidium weiterführen?«

»Ein Stammtischausflug ins Düsseldorfer Polizeipräsidium«, sagte Dr. Goldmann. »Eine famose Idee. Kriegen wir auch eine Führung durch das Gebäude? Sie sind doch jetzt wegen der Sanierungsmaßnahmen ausgelagert worden. In dieses ehemalige Ministerium. Diesen Hochhausklotz. Wie langweilig.«

»Was denken Sie, wie langweilig viele Jahre hinter Gittern sind?«, fragte Sassner. »Haben Sie schon einen Besuch am Tag der offenen Tür in der neuen JVA in Ratingen gemacht?«

»Reden Sie keinen Unfug!« Dr. Abendroths Ton klang wütend. »Diesen offenen Tag gibt es nicht. Außerdem sprechen Sie mit vier gut situierten Bürgern dieser Stadt, die sich ihre sarkastischen Fragen beim derzeitigen Stand der Ermittlungen wohl kaum gefallen lassen müssen.«

»Woher kennen Sie denn unseren Stand der Ermittlungen?«, fragte Sassner. Für einen kurzen Moment überlegte er, ob Dr. Gantenbein ein neues Mitglied des Stammtischs sein konnte. Er schüttelte leicht den Kopf, als ob er sich seine Verschwörungstheorie selbst verneinen müsste.

»Auch wenn wir Herren der alten Schule sind, die Welt des Internets hat auch unser Leben infiltriert.« Dr. Pfeiffer zog ein Smartphone der neusten Generation aus der Tasche. »Ich habe alle wichtigen Nachrichten-Apps installiert. »Möchten Sie, dass ich Ihnen Ihre neusten Erkenntnisse aus den Online-Artikeln der Boulevardpresse vorlese?«

Sassner atmete tief durch. Er hatte sich das Gespräch im Brauhaus wesentlich kooperativer vorgestellt. »Kannten Sie Dr. Freitags Wohnung?«, startete er einen letzten Versuch.

»Uns hat dieser Stammtisch hier verbunden«, sagte Dr. Abendroth. Er fuchtelte mit dem Eislöffel wie mit einem Dirigentenstab in der Luft herum. »Ich selbst bin noch nie bei Dr. Freitag zu Besuch gewesen. Wir schätzen unser Privatleben.« Er wendete seinen Blick Dr. Spangenberg zu.

»Warum sollten wir uns gegenseitig besuchen?«, fragte Dr. Pfeiffer. »Hier findet das Leben außerhalb unserer Elfenbeintürme statt. Hier pulsiert das Leben. Wir sind auch nur Menschen mit leiblichen Gelüsten.«

Sassner verkniff sich einen Kommentar zu dieser geschmacklosen Bemerkung vom pulsierenden Leben angesichts des Todesfalls eines der Stammtischbrüder.

Die vier Kriminalbeamten nahmen die Daten der »Dottores« auf. Alle vier Stammtischbrüder versprachen sich umgehend im Präsidium zu melden, wenn ihnen noch etwas einfiele.

»Die Aktion hätten wir uns in dieser Form sparen können«, sagte Sassner. »Aber keiner von ihnen hat ein Alibi. Fehlt nur noch ein Motiv für eine U-Haft und ein eingehendes Verhör.« Außer dicken Büchern, dem Schließfach und einem Sparbuch gab es nichts zu holen. Geld war eher kein Motiv für die vier ›Dottores‹. Sassner sog die warme Luft in der Fußgängerzone ein, die trotz der hohen Luftfeuchtigkeit angenehmer war als die dicke Luft im Lokal. »Kobalt, jetzt bist du gefragt. Finde irgendeinen Anhaltspunkt in den Dateien des Dr. Freitag!«

33

Als Dr. Gantenbein das Großraumbüro betrat, saßen Piltz und Ullrich an ihren Schreibtischen über dicke Aktendeckel gebeugt. Kobalt nahm einen großen Stapel Papier aus dem Drucker. Auf seinem Arbeitsplatz standen zwei Laptops, auf deren Bildschirm weitverzweigte Laufwerksbäume zu erkennen waren. Sassner stand am Whiteboard und arrangierte Bilder und beschriftete Karten neu.

»Guten Tag zusammen«, begrüßte der Staatsanwalt das Ermittlerteam. »Ich hoffe, Sie können mich mit ein paar positiven Ergebnissen begeistern.« Er schaute zu Sassner, der das Bild der beiden Toten aus dem Kaiserteich und dem Spee'schen Graben mit einem Magneten in die Mitte der Tafel gehängt hatte.

Sassner erwiderte den Gruß mit einem kurzen Nicken.

Dr. Gantenbein nahm am Besprechungstisch Platz und bediente sich am Kaffee.

Sassner heftete rund um das Foto von Leon Winterblum Karten mit den Namen seiner Eltern, der Studienkollegen und der Freundin an. Zwischen den beiden Fotos der Leichen zog er eine Linie und verzierte diese mit einem Fragezeichen. Rechts neben das Foto von Dr. Freitag hängte er Karten mit den Namen der vier »Dottores«, des Großneffen des Toten und der Haushaltshilfe. Magda Liebig hatte sich, nachdem sie vom Tod ihres Arbeitgebers aus der Presse erfahren hatte, umgehend bei der Polizei gemeldet.

Magda Liebig kannte Dr. Franz Freitag erst seit wenigen Wochen. Ihre Vorgängerin war an einem Herzinfarkt gestorben. Magda Liebig hatte nichts von einem Computerraum hinter den Bücherregalen gewusst. Sie kannte auch den zur Eigentumswohnung gehörenden Kellerraum nicht. Laut ihrer Aussage war Dr. Franz Freitag auf penible Sauberkeit bedacht. Handtücher und Geschirrhandtücher mussten stets Kante auf Kante an den Stangen in Küche und Bad aufgehängt sein. Die Schuhe des Toten mussten blitzblank geputzt mit gebundener Schleife im Schuhschrank stehen. In Dr. Freitags Welt hatte alles seinen Platz und seine Ordnung.

»So ist das Arbeiten aber auch viel leichter. Alles an seinem Platz. Da spare ich beim Reinemachen immer eine halbe Stunde ein, sonst müsste ich immer alles zusammensuchen. Der Herr Doktor war sehr sauber. Sehr sauber«, hatte sie ausgesagt.

»Wenn diese Magda Liebig recht hat, dann werden wir wohl in der Wohnung kaum noch etwas finden, das uns auf den Täter hinweist«, erklärte Sassner, als er hinter den Namen der Reinemachefrau ein rotes Fragezeichen setzte.

Piltz, Ullrich und Kobalt nahmen am Besprechungstisch Platz. Sassner blieb an der Tafel stehen. »Und? Irgendwelche Hinweise in den Dateien zu finden?«

Kobalt schüttelte den Kopf. »Dr. Freitag war ein Mathematik-Genie. Kein Hinweis auf Leon Winterblum, kein Hinweis auf die verschwundenen Bilder. Aber auch kein Hinweis auf Pornografie. Wenn dieser Mann auch ein Gefühlsleben hatte, dann vermutlich irgendetwas Platonisches.«

Dr. Gantenbein grinste. »Auch diese Menschen muss es geben. Sonst wären Platons Ideen umsonst und reine Spekulation gewesen.« Er lehnte sich im Stuhl weit zurück. Schlug die Beine übereinander. »Also keine Frau in seinem Leben außer dieser Magda Liebig.«

In demselben Moment, in dem die Klimaanlage wieder ansprang, klingelte das Smartphone von Sassner.

»Ja?« Er biss sich auf die Lippen. »Ich fresse eine Putzfrau mit Besen, wenn wir den oder die Täter nicht innerhalb der nächsten 24 Stunden erwischen. – Danke. – Ja, bitte direkt an meine E-Mail-Adresse.«

»Und?« fragte Dr. Gantenbein hoffnungsvoll. »Halten Sie die Statistik in diesem Jahr?«

»Volltreffer!« Sassner nickte. »Hoffentlich haben sich die oder der Täter noch nicht ins Ausland abgesetzt. Das Erpresserschreiben im Safe der Trivia ist zu 98 Prozent von Dr. Franz Freitag geschrieben worden.«

Piltz und Ullrich saßen von einer Sekunde auf die andere wie elektrisiert kerzengerade auf ihren Stühlen. »Einsatz«, hauchte Piltz.

»Langsam«, erklärte Sassner. »Der Rest der Ermittlungen hat sich nicht verändert. Hinweise in der Wohnung von Dr. Freitag gibt es keine. Im Umfeld von Leon Winterblum haben wir auch nichts Verdächtiges gefunden. Diese Informatikstudenten stehen wegen ihrer Hackerei immer mit einem Bein in der U-Haft. Aber einen Zusammenhang mit Winterblums illegalem Treiben im Netz haben wir nicht feststellen können. Keiner der drei taucht bei den Transaktionen auf. Caro Bender und seine Eltern geben sich nach wie vor gegenseitig ein Alibi.«

»Diese Internetfreaks auch«, fügte Ullrich hinzu.

»Bleiben vier Menschen ohne Alibi, wenn wir die anderen nicht irgendwie kaputtkriegen. Für mich sind daher nach wie vor alle verdächtig, erstens Leon Winterblum ermordet zu haben und zweitens Franz Freitag umgebracht zu haben.«

»Und wenn unsere zweite Leiche der Mörder unserer ersten Leiche war?«, vermutete Piltz.

»Wie auch immer«, erklärte Sassner. »Uns fehlt ein direkter Zusammenhang. Der gesamte Hintergrund fehlt.«

Dr. Gantenbein wiegte den Kopf zu beiden Seiten. »Modell eins: Dr. Franz Freitag hat als Einzeltäter gehandelt. Er hat die beiden Räuber engagiert, den Brief an die Trivia geschickt und den Kontakt im Darknet zu den Haases aufgenommen. Ein Mathematiker, für den das Internet ein Spielplatz ist. Fehlt nur das Laptop, das er genutzt hat.«

Sassner nickte. »Er hat als Hobby-Informatiker Leon Winterblum erwischt und ihn beseitigt.«

»Oder die Haases haben doppeltes Spiel gespielt«, überlegte Kobalt. »Alle, die sich im Darknet zu bewegen wissen, haben auch die Möglichkeit, beim großen illegalen Spiel unbemerkt ein Stück vom Kuchen abzuschneiden. Vielleicht haben Sie Winterblum erwischt und wollten das Geld. Gleichzeitig haben Sie den Erpresser gesucht.«

»Warum sollten die Haases Freitag umbringen? Weil er ihren Kontakt zu Winterblum verraten hätte? Ich bezweifle, dass Freitag ein Einzeltäter war. Wir haben doch noch diese Aussage dieses Rechtsanwalts. Gereon Schumann. Nein Schuster«, sagte Ullrich. »Kriegen wir einen Durchsuchungsbeschluss für die Wohnungen der ›Dottores‹?«

Dr. Gantenbein nickte. »Sie vermuten die Bilder in einem Kellerverschlag oder auf dem Dachboden?«

»Da wir die Bilder nicht bei Dr. Freitag gefunden haben, müssen Sie irgendwo anders sein«, überlegte Sassner. »In der Galerie Haase hängen sie jedenfalls nicht.«

»Zwei Prozent Chance, dass der Brief nicht von Dr. Freitag stammt. Wir brauchen Schriftproben der ›Dottores‹. Vielleicht wird dann einer weich und erzählt uns den Rest der Geschichte.«

»Dr. Franz Freitag hat jemandem einen Gefallen geschuldet. Er hat diesen Brief geschrieben. Dann ist die Sache aus dem Ruder gelaufen, weil die Mafia die Aktion an sich gerissen hat. Wie wir von Anfang an vermutet haben. Leon Winterblum ist aus dem Weg geräumt worden, weil er die Mafia nicht mal eben so um zehn Millionen betrügen kann. Und der Doktor ist den Herren der ehrenwerten Gesellschaft auch zu frech geworden«, sagte Dr. Gantenbein. »Wer steckt wirklich hinter der Entführung der Bilder? Wo sind die Bilder jetzt? Und wer bringt auch ohne zehn Millionen Lösegeld kassiert zu haben, zwei Mitwisser um?«

»Die Haases sind mit Sicherheit scharf auf das Geld. Aber die sind nicht so dumm, einen Mord zu begehen«, kommentierte Ullrich. »Die kennen ihre Grenzen.«

»Wenn wir die Bilder haben, haben wir die Mörder«, sagte Sassner. »Ich habe bis jetzt Zweifel am Zusammenhang gehabt. Diese laienhafte Zufügung des Hämatoms am Hinterkopf bei Freitag könnte auch ein bewusst dilettantisches Ablenkungsmanöver sein. Der Täter will, dass wir ihn für dumm halten. Bewusstes Irreführen. Der wusste genau, dass der Gerichtsmediziner den Genickbruch vor dem Schlag auf den Hinterkopf als Todesursache feststellen wird.«

»Sind Sie schon wegen der gekauften Identitäten für die Kontenanmeldungen in Malta weitergekommen?«, fragte Dr. Gantenbein.

Kobalt zuckte mit den Schultern. »Der Weg der Amtshilfe braucht seine Zeit. Ich kann die Quelle der Ausweisdokumente noch nicht genau lokalisieren. Zu groß das Angebot derzeit. Fast perfekt gefälschte Papiere gibt es jetzt auch aus China. Da liegt der neue Reisepass per Postpaket zwischen dem grünen Tee.«

Das Telefon klingelte. »Herr Haase? Was gibt es Neues?« Sassner griff nach seiner Kaffeetasse. Er streckte den Rücken durch. »Die Erpresser haben sich wieder gemeldet? Für eine Übergabe? Wir kommen sofort.«

34

»Sie wollen uns vollen Ernstes erzählen, dass Sie einen Anruf bekommen haben?«, fragte Sassner. »Einen einfachen Anruf?«

Während Ullrich noch einmal die vier Stammtischbrüder für eine weitere kurze Fragerunde aufsuchte, hatten sich Sassner, Piltz und Kobalt auf den Weg zur Galerie Haase gemacht.

Die Mobilfunknummer des mutmaßlichen Erpressers gehörte zu einem in Venlo gekauften Prepaid-Handy.

»Die können eine ganze Sammlung von Prepaid-Handys aus aller Welt haben. SIM rein, Budget aufladen und nach dem Anruf in den nächsten Fluss«, erklärte Kobalt.

»Was genau hat der Anrufer gesagt?«, fragte Sassner.

»Eine männliche Stimme durch einen Stimmensimulator so verzerrt. Klang wie aus einem Roboterfilm der 70er-Jahre«, berichtete Lutz Haase. »Die haben hier in der Galerie angerufen.«

»Hier?«, fragte Sassner erstaunt. »Haben Sie Feinde, die Ihre schöne Tarnung haben auffliegen lassen?«

Claire Haase zuckte stumm mit den Schultern. »Nach Ihren Polizeiaktionen hasst uns vermutlich der gesamte Kunstmarkt. Das ist wie an der Börse. Pure Psychologie. Und Sie sind der Störfaktor.«

»Mehr als Ihre illegalen Schwarzhändler werden wir wohl nicht aufgescheucht haben«, sagte Sassner herablassend. Er würde nie mit dieser Frau zurechtkommen.

»Auf jeden Fall sind die Bilder bereits weiterverkauft worden«, sagte Lutz Haase mit einer Mischung aus Trotz und Triumph in der Stimme.

»Bitte?«, fragte Sassner, für den die Wiederbeschaffung der Kunstwerke immer noch nur ein weiteres Puzzleteil auf dem Weg zum Mörder war. Leon Winterblum und Dr. Franz Freitag waren der Mittelpunkt seiner Ermittlungen und jetzt sollte ihm der Mörder entwischt sein?

»Ich gehe fest davon aus, dass es ein Hehler ist, der uns die Bilder am Telefon angeboten hat. Das ist wie mit Schmuck aus einem Einbruch. Der ist auf dem Markt als heiße Ware kaum noch zehn Prozent wert. Der Täter brauchte Geld und da war ihm vermutlich auch ein Bruchteil des anfänglichen Lösegeldes recht.«

Kobalt stöhnte genervt auf. »Dann kann uns jetzt nur dieser vermeintliche Hehler zum Täter führen.«

»Warum sind Sie sich so sicher, dass der Kunstraub mit den Morden zusammenhängt?«, fragte Claire Haase. »Kunst bringt in der Regel unblutig Geld ein. Was für Dilettanten sollen denn da am Werk gewesen sein?« Sie schaute Sassner tief in die Augen. »Mörder sind doch meistens im sozialen Umfeld zu finden, oder? Was halten Sie davon, wenn Sie sich die Freunde der Toten einmal näher anschauen? Ich könnte wetten, die Entführung der Bilder hat nichts mit den Morden zu tun.«

»Und das Erpresserschreiben an die Trivia?«, fragte Sassner leise.

»Was soll damit sein?«, stellte Lutz Haase die Gegenfrage.

»Ich dachte, dass könnten Sie mir sagen. Schließlich haben Sie den Kontakt nur Aufgrund des Briefes herstellen können.«

»Oh nein!«, rief Claire Haase aus. »Kommen Sie gar nicht erst auf die Idee, uns in irgendeiner Weise in den Kreis der Verdächtigen aufzunehmen. Für zehn Millionen würde ich noch nicht einmal eine Waffe in die Hand nehmen, wenn Sie es genau wissen wollen!« Wütend knallte sie ihren Kaffeebecher auf den Tisch.

»Gehen wir von Ihrer Theorie aus«, sagte Sassner. Von der Straße her war Donnergrollen bis ins Hinterzimmer der Galerie zu hören. »Dann müssen wir keinen weiteren Mord mehr befürchten.«

»Unser Kontaktmann hat angeboten, das erste Bild in einer Papprolle per Kurierdienst zurückzugeben. Die Papprolle soll in einem Dekoshop in der Innenstadt in einer Tonne mit vielen weiteren Papprollen stehen. Echte

Kunst zwischen lächerlichen Kunstdrucken berühmter Werke für das Wohnzimmer moderner Spießbürger.«

Sassner überhörte die spitze Bemerkung von Lutz Haase. Bei fast allen Beteiligten lagen mittlerweile die Nerven blank. Er hatte vergessen, Kaiser nach der Höhe des Honorars für die Geschwister zu fragen. Immerhin schienen die beiden mehr Zeit in die Suche, als in einen bezahlten Achtstundenjob zu investieren. Sassner dachte an sein eigenes Gehalt. Egal – die Gerechtigkeit zählte. Der Mörder musste gefunden werden. Die Jagd nach Gerechtigkeit hatte ihn wie ein Virus gepackt.

»Dieser Kabotte kam mit einer Farbkopie zum Jan-Wellem-Brunnen«, sagte Kobalt. »Ist der noch in der Geschlossenen?«

Sassner nickte. »Die Papprolle wird einfach so da zwischen den anderen Rollen in einem hohen Korb stehen?«, fragte er. Zum ersten Mal kam auch ihm der Gedanke, dass die Haases ein doppeltes Spiel spielen könnten.

»Sobald der Kurier die Rolle abgestellt hat, erhalten wir eine Textnachricht mit den Koordinaten«, erklärte Lutz Haase.

»Geo-Coaching für Irre«, rutschte es Piltz heraus. »Was passiert, wenn wir alle Dekoshops bewachen lassen und uns den Kurierfahrer schnappen?«

»Im Samstagsgewühl wird es nicht einfach sein, alle Läden, die Kunstdrucke verkaufen, zu beobachten. Logistisch kaum möglich. Außerdem wird dieser Fahrer irgendeine Ausrede haben«, überlegte Sassner.

»Das klingt nach unseren Minimalisten!«, trumpfte Piltz auf.

»Das zweite Bild wird er für immer behalten. Sozusagen als Bezahlung, wenn nicht 1.500 Bitcoins auf ein Wallet überwiesen werden. Es handelt sich bei den Inhabern des Wallet offiziell um eine umstrittene Spendenorganisation, die immer wieder Gelder in dunkle Kanäle fließen lässt. Geldwäsche mit Kryptowährung«, erklärte Lutz Haase. »Aber ohne diese Finanzwege hätten wir gar keine Chance mehr, Lösegeld anzubieten.«

»Und wir haben keine rechtliche Handhabe, diese Leute nach dem Kanal zu fragen?«, wunderte sich Piltz.

»Erstens: Die Polizei erfährt so gut wie nie, wohin diese ›Spenden‹ fließen. Ohne Leiche im Kaiserteich wüssten Sie bis heute nichts von den zehn Millionen. Ob die Italiener Sie eingeschaltet hätten, ist auch mehr als fraglich. Diese Rückkäufe vom Schwarzmarkt erfolgen in der Regel geheim. Erst wenn die Täter über alle Berge sind, werden hin und wieder Infos an die Polizei gegeben. Und zweitens: Wer soll eine Spendenorganisation in Ghana, Ecuador oder in Indien verpflichten, einen mit Wirtschaftsprüfer abgesegneten amtlichen Stempel an deutsche Behörden zu senden.« Claire Haase grinste hochmütig. »Die sagen Ihnen unverblümt ins Gesicht, dass das Geld als Bestechungsmittel in korrupten Systemen verwendet wird. Sonst läuft da gar nichts.« Sie lachte schrill auf. »Selbst in vielen europäischen Ländern bekommen Sie heute das Zimmer mit Meerblick oder den Tisch im Sterne-Restaurant nur noch mit einem braunen oder grünen Schein. In welcher Welt leben Sie?« Nachdem Claire Haase Sassner, Kobalt und Piltz ihre Sicht der Dinge dargelegt hatte, stand sie auf.

»Das zweite Bild wird erst nach Eingang der Bitcoins per Post an das Museum Kunstpalast geschickt. Als Expressversand. Wenn die Zahlung nicht ankommt, dann behalten die Erpresser das Bild als Bezahlung. Mit ein wenig Geduld wird es schon bald auf dem Schwarzmarkt viel Geld einbringen, und mit etwas Glück in 30 oder 40 Jahren im Erbe einer privaten Sammlung wiederauftauchen oder in 50 Jahren einem großen Auktionshaus angeboten werden. Die Trivia wird auf jeden Fall die volle Versicherungssumme an das Museum in Florenz auszahlen«, erklärte Lutz Haase. »Zu dumm, dass der Wert in den nächsten Jahren weiter steigen wird, sodass der Rückkauf in 50 Jahren nur von edlen Privatspendern finanziert werden kann. Oder die Staatskasse greift auf Kosten der Steuerzahler ein. Das geht natürlich auch.«

Sassner atmete tief durch. Er versuchte, jedes einzelne Wort aufzunehmen. Vielleicht gehörten die Haases doch zum Täterkreis und machten mit einer unbedachten Äußerung den entscheidenden Fehler, den der oder die Mörder bislang nicht gemacht hatten.

»Die Trivia hat die Bitcoins bereits überwiesen. Die Trivia International Insurances hat für solche Fälle Konten im Ausland und Wallets bei verschiedenen digitalen Anbietern in der ganzen Welt. Auch große Versicherungen brauchen Schmiergelder als Eintrittskarten ins internationalen Geschäft«, sagte Claire Haase leise. »Gut geschmiert, geht alles leichter.«

»Ich bin auf die Papprolle gespannt«, sagte Piltz.

Sassners Smartphone klingelte. »Ja? – Ullrich? – Ich muss ganz dringend die Kollegen über einen Einsatz in der Innenstadt informieren.« Er ballte die rechte Hand zur Faust. »Bitte? – Dr. Freitag war glühender Anna-Maria-Medici-Verehrer? – Ach so, Dr. Spangenberg hat seine Erinnerung wiedergefunden. So schließt sich der Kreis!«

»Dr. Franz Freitag«, sagte Piltz leise. »Dann hat er wohl doch den Erpresserbrief geschrieben. Das Mathematikgenie mit dem Arbeitszimmer voller Computer und der größen Einsamkeit zwischen Bücherregalen, Stammtischbrüdern und Haushaltshilfe.«

»Zu viele Klischees für meinen Geschmack«, sagte Sassner.

Claire Haase lächelte feinsinnig. Sie fuhr sich durch ihre Locken. »Schade! Diesen Mann hätte ich gerne kennengelernt.« Kobalt überlegte, ob sie das ernst meinte.

»Und jetzt warten wir auf die Textnachricht mit den Geo-Coaching-Daten?«, fragte Lutz Haase. »Kaiser und seine Leute warten auch schon. In der obersten Etage am Rhein sitzen bereits drei Sachverständige, die das Bild auf seine Echtheit hin prüfen werden. Ich kenne allerdings auch kein Gerücht über den Umlauf einer Fälschung. Daher werden die Experten wohl alle zum gleichen Ergebnis kommen.«

Sassner, Kobalt, Ullrich und Piltz mischten sich eine halbe Stunde später in der Innenstadt zwischen die Menschen, die ihren Wochenendanfang beim Shopping genossen. Hin und wieder entdeckten sie Zivilfahnder, die alle infrage kommenden Läden im Auge behielten. Eine junge Frau mit Kinderwagen und einer Papprolle unter dem Arm wurde unauffällig in einem der Läden ins Hinterzimmer gebeten. Doch in ihrer Rolle war nur eine Weltlandkarte für Kinder, die sie umtauschen wollte. Das samstägliche Getümmel der Shopper und Bummler wurde immer unübersichtlicher.

Schließlich kam der ersehnte Anruf aus der Galerie Haase. Lutz Haase hatte von einem Internetcafé aus eine Textnachricht mit den Daten für den Bilderfund erhalten. Innerhalb von zehn Minuten erfolgte der Zugriff in einer Kunstbuchhandlung, die im Antiquariat Nachdrucke von Bibelzitaten und anderen frommen Sprüchen sowie den passenden Goldrahmen dazu anbot. Die Nachdrucke waren vor Verschmutzungen geschützt in dicken Papprollen aufbewahrt. Das Antiquariat war im Gegensatz zu allen anderen Tagen voller Kundschaft, weil es eine Rabattaktion gab. Kunden allen Alters freuten sich über einen großen Schwung an antiquarischen Asterix-und-Obelix-Heften aus vielen Jahrzehnten in zahlreichen Sprachen. Auch lateinische Ausgaben konnte man erwerben. Im Haupthaus der Kunstbuchhandlung fand zeitgleich eine Comic-Messe statt, auf der einige junge YouTube-Stars Autogramme gaben. Die Kriminalpolizei hatte weder an die Bibelsprüche im Antiquariat gedacht, noch hatte sie eine Chance, in dem dichten Gedränge des Ladenlokals Zeugen zu finden. Alle Kunden waren auf der Jagd nach einem Schnäppchen, nach einem fehlenden Band in ihrer Asterix-und-Obelix-Sammlung konzentriert. Auch den beiden Kassiererinnen war kein Kurier mit einer Papprolle aufgefallen.

»Da!« Claire Haase hatte nichts mehr in der Galerie gehalten. Vorsichtig zog sie aus einem verstaubten Stapel im untersten Regal die Rolle der Rollen hervor.

»Wie sind Sie darauf gekommen?«, fragte Sassner.

»Ich habe es gespürt«, flüsterte sie aufgeregt.

Dann sah auch Sassner, dass auf der Papprolle in Claire Haases Händen der Werbeaufdruck eines Kurierdienstes klebte.

»Ich hatte fest mit Postern von Popstars gerechnet«, sagte Piltz. »Sie war doch so eine Art Popstar ihrer Zeit.«

Sassner verdrehte die Augen. Das hatte ihm noch gefehlt, dass Piltz sich für die Kunstszene begeisterte. Da war das ehrgeizige Judo-Training aus seiner Sicht die sinnvollere Alternative.

Die Experten, die in der Trivia auf das Bild warteten, bestätigten die Echtheit. Es hatte kaum Schaden genommen. Innerhalb weniger Tage sollte es an seinem Platz als Leihgabe im Museum Kunstpalast hängen. Endlich waren auch die Verantwortlichen in Florenz informiert worden. Nur noch ein Bild fehlte und die italienische Polizei war mit einem Sondereinsatzkommando und eigenen Übersetzern auf dem Weg in die nordrhein-westfälische Landeshauptstadt. Genervt dachte Sassner an den letzten Einsatz der Kollegen von der Apennin-Halbinsel: Ein Undercover-Drogenfahnder war am Hauptbahnhof mit einer Überdosis Heroin in den Venen gefunden worden. Die italienischen Kollegen hatten mit V-Leuten das Düsseldorfer Rotlichtmilieu auf den Kopf gestellt.

Die Presse sollte weiterhin nicht informiert werden. Einen Fahndungserfolg konnte Sassner auch Dr. Gantenbein derzeit nicht bieten. Allein ein toter Gegenstand von unermesslichem Kulturwert für die Menschheit war endlich wieder in den rechtmäßigen Händen. Blieben zwei Mordopfer, deren Seelen nach Gerechtigkeit schrien. Hatten sich die Täter wirklich bereits ins Ausland abgesetzt und das Geschäft mit dem großen Geld einem Dritten überlassen? Waren die Bilder nun Hehlerware? Sassner seufzte wieder tief auf. Nicht einmal der Dritte war greifbar gewesen. Griff ins Nichts wie nach einem Gespenst. Das war Darknet im realen Leben. Dunkelkammer ohne ein einziges Glühwürmchen darin. Sassner kam sich wie eine Spielfigur in einem Adventure-Game vor, in dem die Taste für den Übersichtsmodus kaputtgegangen war. Hinter jeder Türe wartete eine neue Wendung, hinter der der Täter sich noch besser als zuvor verstecken konnte. Er begann das Darknet zu hassen. Er ermittelte in einer

Welt, die sich bis in den letzten Winkel der Erde ausdehnte. Doch seine Befugnisse endeten an den Landesgrenzen und bekamen immer mehr neue Hindernisse durch irgendwelche Datenschutzgesetze. Diese Realität, in der er lebte und die noch vor zehn Jahren ins Reich der Science-Fiction des Jahres 2300 gehört hatte, war ein Paradies für Ganoven. Niemand sah sie, aber sie sahen alles und nutzten jede Gelegenheit illegale Geldquellen zu erschließen, die sie auf vermeintlich legalen, nicht verfolgbaren Wegen anzapften. Warum gab es in der griechischen Philosophie keine Steigerung von Sisyphos?

»Aktion beendet für heute!«, sagte Sassner zu Piltz. »Wir brauchen einen klaren erholten Kopf zum Arbeiten.«

»Und Dr. Spangenberg?«, fragte Piltz.

»Hat dich das ›24 Stunden rund um die Uhr‹-Einsatzfieber gepackt?«, fragte Sassner. »Sei vorsichtig! Wenn es dich erst hat, geht es so schnell nicht mehr vorbei.« Er zwinkerte ihr zu. »Es gibt doch so viel angenehmere Dinge in der Freizeit.«

Er musterte Piltz. Dann dachte er an den Scheidungsantrag in seiner Nachttischschublade. Er fühlte sich genau in diesem Moment endgültig wie an einem Scheideweg. Und er war sich plötzlich sicher, sich für die richtige Weggabelung zu entscheiden.

»Ich will den Mörder«, sagte Piltz leise. »Ich will ihn lebenslänglich hinter dicken, dicken Gitterstäben sitzen sehen!«

SONNTAG

35

Ihr Vater, der Großfürst der Toskana, Cosimo III. hatte sich zu seinen Lebzeiten vergeblich bemüht, Anna Maria als Nachfolgerin ihres noch lebenden Bruders Gian Gastone zu bestimmen. Aber zu Beginn des 18. Jahrhunderts wurde eine Frau von den anderen Herrscherhäusern Europas, die so gierig auf die Toskana und den Reichtum der Medici blickten, nicht akzeptiert.

Kaum war Gian Gastone tot, fand Anna Maria einen anderen Weg, den Ruhm und den Reichtum des Hauses Medici für immer erstrahlen zu lassen. Statt sich selbst um die Vorherrschaft ihres Herrscherhauses zu bemühen, überließ sie die Regierungsgeschäfte dem Herzog von Lothringen, dem neuen Großherzog der Toskana. Eine letzte Chance, ihr Talent für Staatsangelegenheiten wieder unter Beweis zu stellen, lehnte sie ab. Franz III. von Lothringen, Ehemann Maria Theresias, bat sie 1739 persönlich, die Regierung der Toskana zu übernehmen. Anna Maria wusste jedoch ihren Lebensabend, den sie im Palazzo Pitti in größtem Luxus genießen konnte, zu schätzen. Mit der Begabung der Bankierstochter ließ sie sämtliche Kunstgegenstände, Schmuckstücke, das Porzellan – einfach jeden Gegenstand aus dem Privatbesitz der Medici – von ihren Bediensteten und Ratgebern inventarisieren. Diese Inventarliste wurde Bestandteil des Vertrages, des »Familienpaktes«, mit den gierigen Habsburg-Lothringern. Und dieser verbot dem neuen Herrscherhaus ausdrücklich, die Reichtümer der Medici außer Landes zu schaffen.

Ihre treuen Berater rieten ihr auch zu einem privaten Testament fern aller Staatsangelegenheiten, mit dem sie allen ihr nahestehenden Menschen eine kleinere oder größere Erinnerung hinterlassen konnte. Mit diesem Testament entzog sie dem Zugriff der neuen Landesfürsten weiteres Vermögen. Doch allen Vorsichtsmaßnahmen zum Trotz brachten die Habsburg-Lothringer hinter dem Rücken der Großfürstin immer wieder kostbare Gegenstände außer Landes. Bei dem Gedanken an die fehlenden Porträts fiel Anna Marias Verdacht automatisch auf die Österreicher. Wer sonst konnte diesen Frevel, diesen Vertragsbruch gewagt haben? Warum gab es niemanden in Europa, der auf die Einhaltung von Verträgen achtgab? Wozu waren europäische Verträge sonst gut? Galt das Wort eines Herrschers in Europa nichts mehr? Was konnte sie nur tun?

36

Sassner betrat das Großraumbüro als Letzter seines Teams. Die Ermittler hatten den Vormittag damit verbracht, allen wichtigen Personen im Dunstkreis der Toten weitere Fragen zu stellen. Das große Puzzlespiel vom Kaiserteich bis zum Spee'schen Graben schloss sich Antwort um Antwort. Allein die entscheidenden Teile für die Vollendung waren nirgends zu finden.

»Kaffee als Lebenselixier«, sagte Sassner.

»In meinem nächsten Leben werde ich Barista«, grinste Kobalt.

»Dann schauen wir einmal, ob die neuen Aussagen zusammengesetzt einen Sinn machen.« Sassner stellte sein Smartphone auf »leise« und legte es vor sich auf den Tisch. »Vielleicht gelingt es uns noch die Zeitfenster zwischen den letzten Lebenszeichen und dem Auffinden der Leichen zu schließen.«

»Dann fang ich an.« Auch Piltz legte ihr Smartphone auf den Tisch. »Caro Bender ist bei ihrer Aussage geblieben. Sie hat die Nacht in der Wohnung der Eltern ihres toten Freundes verbracht. Bis gegen 2 Uhr hat sie gelesen. Dann hat sie noch eine Nachricht an Leon Winterblum geschickt, die sie leider gelöscht hat.«

»Bislang haben wir weder Tasche noch Laptop noch Smartphone von Winterblum gefunden«, unterbrach Kobalt. »Vielleicht taucht das ganze irgendwann als Elektroschrott in der Nordsee auf. Oder im Magen eines Wals.«

»Außerdem ist ihr jetzt doch noch eingefallen, dass ihr Freund am Tag vor seinem Tod etwas von einer sehr großen Überraschung für sie gesagt hat. Er wollte das ganze Ding aber erst wasserdicht machen. Sie sollte niemandem gegenüber ein Wort sagen. Auch nicht seinen Uni-Kollegen. Die seien ohnehin keine echten Freunde gewesen.«

»Das könnte zur Reaktion der drei Kommilitonen passen«, sinnierte Sassner. »Was meinst du dazu, Kobalt?«

Kobalt lehnte sich im Stuhl weit zurück und streckte

die Arme in die Höhe. »Drei junge begabte Leute, die von einer großen Zukunft träumen und dabei noch ganz brutal auf die Fresse fliegen können. Ich denke, Winterblum hat recht gehabt. Diese Freundschaften waren sehr oberflächlich, eher gespielt. Jeder hat sich für den zukünftigen Großmeister der IT-Branche gehalten, der die anderen bald nicht mehr nötig hat. Mit dem Entdecken einer einzigen Sicherheitslücke im System des ›FSB‹ halten diese Typen sich für Stars. Komplette Selbstüberschätzung. Ende im Kaiserteich. Wenn wir deren Tablets vor ein paar Tagen beschlagnahmt hätten, hätten wir mit Sicherheit einige Phishing- und Hacker-Attacken nachweisen können. Zu spät jetzt. Vielleicht haben die sogar regelmäßig im kleinen Stil bei der Trivia abgeräumt. Dieser Kaiser ist doch Informationstechnisch ein Freund der Salamitaktik. Vielleicht waren die IT-Leute der Trivia Leon Winterblum sogar auf der Spur. Aber Kaiser wird wohl kaum selbst mithilfe von Merle Hand an Winterblum gelegt haben.« Er stand auf und reckte die Arme noch weiter in Richtung Decke. »Ich habe Kaiser nach den Gesprächen mit den drei Studenten noch einen kurzen Besuch abgestattet.«

»Hast du die drei Studenten alle allein angetroffen?«, fragte Sassner.

»Gereon Dresen war bei Elmo Bernd zu Besuch. Nicolaus Kunze habe ich an der Eingangstüre zu Bernds Elternhaus abgefangen.«

»Das heißt Gereon Dresen und Elmo Bernd hast du gemeinsam gesprochen?«

Kobalt schüttelte den Kopf. »Nein! Bernds Eltern waren so freundlich, mir das Esszimmer für meine kleine Fragerunde zu überlassen. Auf jeden Fall kriegen wir das Alibi vorerst nicht kaputt.«

»Außerdem hat dieser Gereon Schuster, dieser Rechtsanwalt, nur zwei Männer in Anzügen vom mutmaßlichen Tatort weglaufen sehen. Vielleicht sollten wir ihm Silhouetten der drei Freunde vorlegen?«, schlug Piltz vor.

»Das wäre unser letzter Strohhalm«, sagte Sassner leise.

»Was hat Kaiser in der ersten Tatnacht gemacht?«, fragte Piltz.

»Kaiser will angeblich von zehn Uhr abends bis drei Uhr in der Früh mit einer Sex-Hotline telefoniert haben.«

Piltz schrie auf. »Hat er nicht bei unserem ersten Gespräch ausgesagt, dass er die Nacht mit seiner Frau verbracht hat?«

»Teurer Spaß, bei 2,99 Euro in der Minute sind das ungefähr 900 Euro.«

»Hat er das irgendwie erklärt?«, fragte Sassner ungläubig. »Er scheint bei der Trivia gut zu verdienen und kann sich statt der Hotline keine Freundin leisten?«

»Der Kick«, sagte Kobalt. »Kaiser hat mir erklärt, es sei der Kick der fremden Stimme. Außerdem mag er keine fremden Frauen in seiner Wohnung. Etablissements seien schmuddelig. Und den Luxus gönnt er sich immer am Jahrestag seiner Scheidung. Dieses Jahr zum dritten Mal.«

»Auf jeden Fall hat er uns angelogen.« Sassner zwinkerte Piltz verschwörerisch zu. »Ich bin mir auch sicher, er hat uns seine Frau als Alibi für die Tatnacht genannt, in der der junge Winterblum ermordet wurde.«

»Du checkst noch bei dieser Hotline, ob es wirklich Kaiser war, der da telefoniert hat?« Sassner rührte Zucker in seinen Kaffeebecher und dachte an das zweite Schreiben des Anwalts seiner Frau, das gestern Abend im Briefkasten gelegen hatte mit der ausdrücklichen Bitte, jegliche Kontaktaufnahme zu unterlassen. Vielleicht sollte er sich einfach damit abfinden. Tempi passati. Aber weh tat dieser Abgang, den Vicki ihm da bot, schon.

»Die zweite Tatnacht?«, hakte Ullrich nach.

»Kaiser hat ehrenamtlich ein Jugendprojekt betreut, das von der Trivia finanziert wird. Er hat als Betreuer drogengefährdete Kinder aus sozialen Brennpunkten auf einer Nachtwanderung begleitet.«

»Was für eine vielschichtige Persönlichkeit«, giftete Piltz.

»Ich denke eher, dass er sich dem Engagement als Trivia-Mitarbeiter in Leitungsfunktion nicht entziehen kann. Führungskräfte haben Vorbildfunktion«, erklärte Ullrich.

»Aber der Großneffe von Dr. Freitag ist ein sehr sympathischer Mann. Nette Stimme, charmant und tief betroffen über den Tod seines Onkels«, ergänzte Piltz ihren Bericht. »Ich konnte mit ihm skypen. Er war nicht einmal böse wegen meines zeitverschobenen Anrufs. Außerdem hat er in den letzten Tagen einen Workshop an der Uni geleitet. Wenn er keinen Auftragskiller engagiert hat, ist er raus aus dem Kreis der Verdächtigen.«

Die Klimaanlage verstummte. Vor den Fenstern heulte ein leiser Wind auf. Erste graue Wolken trieben am Himmel heran. Ein Rettungshubschrauber flog einsam zwischen den dunklen Wolken in Richtung Süden der Stadt, blieb für eine Minute in der Luft stehen, sodass die Rotorblätter wie ein Heiligenschein aussahen. Dann drehte er ab und flog davon.

Ullrich stellte den Ventilator auf die höchste Stufe. »Warum kann sich diese Sommerhitze nicht gleichmäßig auf mehrere Wochen verteilen? Warum haben wir ein oder zwei Wochen Tropenfeeling und für den Rest der offiziellen Sommerzeit so eine Art Herbst?«

»Wie wäre es mit deinem Bericht?«, fragte Sassner.

»Die Eheleute Winterblum fangen jetzt erst an zu begreifen, dass sie ihren Sohn für immer verloren haben. Die lösen sich jetzt aus einer Schockstarre. Ich habe mehrmals das Thema Geld betont. Aber die beiden haben ihren Sohn anscheinend wirklich für einen kleinen Prinzen gehalten. Ein kleines bisschen erinnert mich das an die ahnungslosen Eltern, deren Kids nach dem Spielen von Ego-Shootern Gewalt- und Amokfantasien bekommen. Was erwartet diese Gesellschaft denn von ihren Informatikstudenten? Warum sollten sie denn nicht illegal nach dem großen Geld für ein schönes Leben greifen, wenn die Polizei ohnehin nichts davon erfährt? Ethik steht nun einmal nicht auf dem Studienplan.«

»Oh!«, hauchte Piltz gespielt entrüstet. »Ullrich als Moralapostel. Aber hier geht es nicht darum, was er angestellt hat. Es geht darum, dass niemand außer unserem Staat das Monopol hat ihn, zu verurteilen.«

Ullrich tippte sich an die Stirn. »Magda Liebig gehört auch zu den Menschen, die digital hinter dem Mond leben. Sie besitzt nicht einmal ein Handy. Ihr sind auch keine Gegenstände aufgefallen, die einer Frau gehört haben könnten. Außer …«

»Außer?«, fragte Kobalt.

»Außer ein paar Damenhandschuhen aus schwarzer Spitze, die mit Perlen bestickt waren. Es waren diese langen Handschuhe, die bis zu den Oberarmen reichen. Aber die hat sie auch nur ein einziges Mal auf seinem Kopfkissen gesehen.«

»Ein Fetisch«, sagte Piltz. »Vielleicht ein Platzhalter für Anna Maria?«

»Schade, dass wir ihn nicht mehr fragen können«, sagte Kobalt.

»Dann kommen wir zu meinem Bericht«, begann Sassner. »Ich habe mich noch einmal mit diesen Stammtischbrüdern unterhalten. Mit allen unter vier Augen.« Er stand auf und ging an die Tafel. »Dr. Spangenberg verband eine Art Hassliebe mit dem Toten. Dr. Freitag soll eine krankhafte Liebe zu Anna Maria Medici entwickelt haben. Spangenberg selbst kann sich ein Leben ohne Frau an seiner Seite nicht vorstellen.«

»Kein Grund, Freitag umzubringen«, sagte Piltz. »Hast du Spangenberg auf die verschwundenen Bilder angesprochen?«

Sassner schüttelte den Kopf. »Er hat von selbst damit angefangen. Er hat mir erzählt, dass sich der Tote über das Fehlen von zwei Porträts im Museum Kunstpalast extrem aufgeregt hat. Wie ein echter Popstarfan, dieser Freitag, hat er zu mir gesagt.«

»Das klang ganz natürlich?«, fragte Kobalt.

»Ja. Aber vielleicht ist das auch Übung bei diesem Dr. Spangenberg. Der redet bestimmt schon seit Jahren in diesem Ton von dem Toten.«

»Und die Tatnächte?«, fragte Ullrich.

»In der Nacht, als Leon Winterblum umgebracht worden ist, hat Dr. Spangenberg bei seiner neuen Lebensgefährtin verbracht. Für die zweite Tatnacht fehlt ihm wie fast allen Stammtischbrüdern ein Alibi.«

»Was will er denn in der Nacht gemacht haben?«, fragte Piltz.

»Geschlafen.«

»Und die anderen drei? Haben die auch alle geschlafen?«, fragte Kobalt.

»Dr. Pfeiffer ist eingefallen, dass er in der Tatnacht zwei an einem Online-Casino-Spiel teilgenommen. Er hat sich im Casino nachweislich gegen Mitternacht eingeloggt und gegen vier Uhr morgens wieder abgemeldet.«

»Aber er muss nicht die ganze Zeit gespielt haben?«, vermutete Kobalt. »Hat das Online-Casino eine Zulassung in Malta?«

Sassner nickte. »Exakt. Da sind die gesetzlichen Bestimmungen für Casino-Betreiber ganz einfach. Kaum staatliche Restriktionen. Spielerparadies mit weltweitem Eintritt. Aber immerhin gibt es eine Hotline, die für alle Fragen im Gegenzug rund um die Uhr zur Verfügung steht.«

»Und?«

»Die maximale Unterbrechung beim Spielen betrug eine halbe Stunde. Das reicht nicht aus, um einen Menschen zu ermorden und ihn in einem Plastiksack am Rosengarten ins Wasser zu werfen.«

»Wo wohnt dieser Dr. Pfeiffer?«, fragte Piltz.

»In Lohhausen, in direkter Nähe zum Flughafen. Also weit weg vom Fundort der Leiche.«

»Er könnte einen Helfer gehabt haben?«, fragte Ullrich.

»Wen? Dr. Goldmann oder Dr. Abendroth?« Sassner zuckte mit den Schultern.

»Einer der Studenten kannte Dr. Freitag aus der Schulzeit. Vielleicht eine offene Rechnung?«

Sassner zog mit einem roten Marker zwischen Kunze und Pfeiffer eine Verbindungslinie quer über die gesamte Tafel. »Dr. Goldmann und Dr. Abendroth haben den Toten als Internetexperten bezeichnet. Das passt zu unserem Fund hinter den Regalwänden.«

»Damit wollen die beiden sagen, dass Dr. Freitag hinter dem Kunstraub stecken könnte? Sie wollen vom Täter ablenken? Die ganze Welt scheint mittlerweile von den Hintergründen der Tat im Darknet zu wissen«, ärgerte sich Kobalt. »Das Informationsloch kann nur dieser Kaiser von der Trivia sein. Von uns keiner, nie, nie, nie!«

»Natürlich keiner von uns«, sagte Piltz. »Aber wie könnte ein ganzer Stammtisch auf die Idee gekommen, alte Gemälde aus einem Transporter stehlen zu lassen, um damit zehn Millionen zu erpressen? War die ›Feuerzangenbowle‹-Inspiration für einen modernen Streich?«

»Sehr modern und zu viel Verbrechen für einen Streich«, grinste Ullrich. »Das ist eine sehr vage Vermutung. Goldmann und Abendroth wollen auch den Schlaf der Gerechten geschlafen haben. In beiden Tatnächten.«

»Greifen wir daher zum letzten Mittel für heute«, sagte Sassner. »Wo wir die Bilder finden, finden wir auch einen Täter, der mindestens einen Mord begangen hat. Vielleicht haben wir dann auch einen Doppelmörder in Handschellen.«

»Durchsuchungsbeschlüsse für alle?«, fragte Kobalt. »Kriegen wir das durch?«

Sassner sah auf die Uhr. »Ein Durchsuchungsbeschluss nach dem anderen während der offiziellen Arbeitszeiten des Ermittlungsrichters. Und wenn der nach Hause geht, dann wird Dr. Gantenbein uns unter Garantie Gefahr im Verzug zubilligen. Wir müssen nur einen Kollegen vor jede Wohnung stellen, für die wir noch keinen Beschluss haben. Vielleicht ist die Verschwörungstheorie doch richtig.«

»Mit einer einzigen Nachricht kann die ganze Aktion für die Katz sein«, dachte Piltz laut.

»Bingo! Daher kriegen wir vielleicht auch einen Beschluss zum Abhören der Telefonanlage in der Galerie Haase«, sagte Sassner. »Wenn der Täter sich einmal so weit vorgewagt hat, wird er es auch ein zweites Mal tun. Erfolg macht leichtsinnig!«

37

»Das ist Ihre letzte Frechheit«, schrie Claire Haase Sassner wütend an. »Sie sind ein Trampel von Gottes Gnaden. Erst ruinieren Sie unseren Ruf in der Szene und jetzt das!«

Sassner blieb ruhig. Die Abhöraktion in der Galerie hatte sich gelohnt. Der Erpresser hatte wieder angerufen. Im Hintergrund waren sehr leise Kirchenglocken zu hören gewesen. Sehr leise. Aber die Kollegen aus der Kriminaltechnik versuchten, das Glockenspiel zu bestimmen und den Ort der Kirche ausfindig zu machen. Leider hatte der Erpresser den Anruf ohne Vorwarnung abgebrochen. Einfach aufgelegt.

Keller und Dachböden, Garagen und Gerätehäuschen im Garten waren bislang ohne Erfolg bei den Winterblums, bei Caro Bender und ihren Eltern, bei den drei Freunden Winterblums, bei Magda Liebig und bei den Stammtischbrüdern von Dr. Freitag durchsucht worden. Der diensthabende Ermittlungsrichter war mindestens so wütend wie Claire Haase. Aber es ging um zweifachen Mord und unersetzliche Kunstwerke, deren Verschwinden vielleicht einen politischen Eklat auslösen könnte. Skandal auf Bundesebene, der unter allen Umständen verhindert werden musste. Frank Kaisers Name stand auf dem letzten Durchsuchungsbeschluss an diesem Einsatztag.

»Frau Haase«, sagte Sassner in einem gefährlich leisen Ton, »die Trivia wird doch auf jeden Fall zahlen. Also hüten Sie sich davor, meine Ermittlungsarbeiten zu behindern.«

»Sie sind doch nicht ganz richtig im Kopf«, giftete Claire Haase. »Wenn Sie hier fertig sind, dann wissen Sie, wo die Türe ist. Und beehren Sie uns nie, nie wieder ohne Durchsuchungsbeschluss. Diese Türen sind für immer verschlossen.«

Während Sassner mit dem Wagen zu Kaisers Privatwohnung fuhr, schaltete sich die Freisprechanlage seines Smartphones ein.

»Noch eine Fehlanzeige«, hörte er Kobalts Stimme. »Dieser Erpresser hat uns genarrt. Im Hintergrund sind die Kirchenglocken einer Florentiner Kirche zu hören. Dieses Glockenspiel kann jeder im Internet auf YouTube abrufen. Weihnachtsmesse 2015. Einer der Kollegen aus der Kriminaltechnik kannte das Video. Kirchenmusikfan.«

»Na bravo!«, entfuhr es Sassner. »Woher kam der Anruf?«

»Noch nicht lokalisiert. Die Spurensicherung vermutet einen Anruf aus Deutschland, der mit einer noch unbekannten Software über das Ausland zurück nach Düsseldorf geführt hat.«

Frank Kaiser tobte wie Claire Haase. Bei der Durchsuchung seiner Wohnung stellte die Polizei ein paar teure Ikonen sicher, die auf einer Fahndungsliste von Interpol standen. Außerdem fand Sassner persönlich in der zu Kaisers Eigentumswohnung gehörenden Dachbodenkammer einen Stapel CDs mit pornografischem Inhalt.

»Die bekommen Sie alle wieder zurück«, sagte Sassner zu Kaiser, der sich seit einem eingehenden Blick auf das Papier des Durchsuchungsbeschlusses in Schweigen hüllte.

Sassner saß am späten Nachmittag selten schlecht gelaunt am Besprechungstisch. »Ich brauche frischen Wind in jeder Hinsicht.« Er dachte an seine Ehefrau, der er gestern Abend trotz der Aufforderung des Scheidungsanwalts auf den Anrufbeantworter gesprochen hatte. Keine private Kommunikation. Berufliches Desaster. Hoffentlich hatte Dr. Gantenbein heute keine Zeit für einen Besuch.

»Ich weiß, was wir übersehen haben!« Kobalt riss um Haaresbreite Ullrich und Piltz um, die im Eingangsbereich des Großraumbüros standen.

»Was soll das werden?«, fragte Sassner zynisch. »Die Rettung aus dem Nichts?«

»Dieser Dr. Pfeiffer hat in diesem voller Bücher gestopften Zwischengeschoss, das Erdgeschoss und ersten Stock verbindet, ein besonderes Regal. Dass uns das nicht gleich aufgefallen ist.«

»Ein Regal mit Büchern?«, wiederholte Sassner. »Diese Doktoren haben alle Regale mit Büchern. Ich kenne kaum eine Wohnung ohne Bücherregale, auch wenn nur DVDs drinstehen.«

»Aber das Bücherregal sieht genauso aus wie das von Dr. Freitag. Das Regal hinter dem wir den Computerraum gefunden haben.«

»Da war kein Mechanismus. Wir haben doch alles ausprobiert. Außerdem war zwischen dem großen Regal, das du meinst, und dem Mauerwerk kaum Platz. Das war doch auf einen Blick an der Aufteilung des Raumes erkennbar«, sagte Sassner.

»Können wir uns das Regal noch einmal anschauen?«, beharrte Kobalt. »Ich habe jetzt auch endlich Antwort aus Malta. Das passt alles irgendwie zusammen.«

»Irgendwie«, sagte Sassner. »Dieses ›Irgendwie‹ hat zu

einer Handvoll Durchsuchungsbeschlüsse geführt, die uns ohne Ergebnis wie eine Elefantenherde in einer Porzellanmanufaktur wirken lassen. Irreparabler Schaden.«

Kobalt druckte eine E-Mail an seinem Arbeitsplatz aus. »Hier! Das Konto in Malta.«

Sassners Energiepegel stieg schlagartig von null auf hundert.

»Das Konto gehörte einer maltesischen Vermögensverwaltung. Die ›Meditara‹ wurde von einem Pedro Vierzig wenige Tage vor dem Kunstraub gegründet. Einer der Bankmitarbeiter in Malta hat am Telefon etwas von einem schlecht gefälschten Pass aus Osteuropa geflüstert. Die Herkunft des Passes nachzuverfolgen kann Monate dauern. Von einem polnischen Prepaid-Konto sind dann einmal 300 Euro überwiesen worden. Das Konto wurde einen Tag nach der fehlgeschlagenen Lösegeldzahlung wieder gelöscht. Ebenso die ›Meditara Limited‹.«

»Kriegen wir das Passbild zu sehen?«, fragte Piltz.

»Datenschutz. Ganz offiziell. Amtshilfe mindestens zwei Wochen. Aber diese polnischen Prepaid-Konten passen zum Profil der Täter. Die beiden Handlanger sind auch auf diesem Wege bezahlt worden«, kommentierte Ullrich.

»Die Dinger benutzen heute so viele Kleinkriminelle.«

Sassner stellte sich an die Tafel. »Setzen! Alle!« Er nahm zwei Marker zur Hand. »Gehen wir davon aus, dass Dr. Freitag den Erpresserbrief geschrieben hat. Er kann auch allein Kontakt zu den Dieben und der Galerie Haase aufgenommen haben. Nur der Computer, von dem aus er gehandelt hat, fehlt uns noch. Vielleicht war er auch irgendwo im Bahnhofsmilieu in einem dieser schmuddeligen Internetcafés, in denen niemand außer nach Geld fragt. Sogar das Konto in Malta kann er allein eröffnet haben. Ein Mathematiklehrer auf Abwegen im Darknet. Gefälschter Pass, gefakte Firma. Und alle Spuren innerhalb kürzester Zeit gelöscht. Der hatte Langeweile. Ein leidenschaftlicher Fan von Anna Maria Medici, der es dieser Welt einmal so richtig zeigen wollte. Er brauchte bis auf die Diebe keine Helfershelfer. Statt modernem Fetisch endlich ein Original aus ihren Lebzeiten in der Hand.«

»Dieser ehemalige Schüler streitet auf jeden Fall auch jeden Kontakt zu dem ›verschrobenen Waldschrat‹ ab«, sagte Kobalt. »Kunze erinnert mich ein bisschen an Dr. Spangenberg. Der betont auch immer, am Puls der Zeit zu leben.«

»Kunze hat für die erste Tatnacht ein Alibi«, sagte Sassner. »Für den Mord an Dr. Freitag fehlt ihm meines Erachtens bisher ein Motiv.«

»Vielleicht Rache? Persönliche Rache an einem Lehrer, der ihn jahrelang gequält hat? Ein Lehrer, der ihn trotz seiner Begabung als dumm abgetan hat?«, überlegte Dr. Gantenbein, der unbemerkt vom Team leise in den Raum getreten war.

Sassner hob fragend die Augenbrauen.

»Wir sind kurz vor dem Zugriff. Ich hoffe, dass die Wut des Ermittlungsrichters in ein paar Stunden verraucht ist.« Dr. Gantenbein zwinkerte mit dem linken Auge in die Runde.

Sassner atmete erleichtert auf. Ein neuer Durchsuchungsbeschluss aus der Hand des Staatsanwalts war sicher.

»Wenn Kunze wie Winterblum im Internet aufgrund von Sicherheitslücken auf die Spur von Dr. Freitag gekommen ist, dann könnten sie ihn auch erpresst haben. Die Gier, ein weiteres Motiv. Zehn Millionen haben nicht ausgereicht. Kunze wollte sich für alle Demütigungen rächen.«

»Und wie passt das zum Mörder von Dr. Freitag?«

»Freitag hat statt Kunze Winterblum ermordet und Kunze hat Freitag aus Angst aus dem Weg geräumt«, sagte Piltz. »Ich bin für die Vorlage von Scherenschnitt-Silhouetten bei Gereon Schuster. Dieser Rechtsanwalt hat zwei Männer in Anzug weglaufen sehen. Vermutlich Dr. Freitag und einen weiteren Mitwisser.«

»Ich bin für eine weitere Einsichtnahme des Regals«, sagte Kobalt. »Dann sind wir schneller am Ziel.«

Fragend sah Sassner Dr. Gantenbein an. »Sie haben Ihren Beschluss mit mir an Ihrer Seite vor der Haustüre von Dr. Pfeiffer. Den Fund eines alten Medici-Gemäldes lasse ich mir nicht entgehen. Aber diese Gefahr im Verzug bleibt unter uns.«

»Sesam öffne dich«, rief Kobalt aus. »Ich habe es gewusst.« Nach dem Entfernen einer doppelten Regalwand in der Mitte des Regals hatten die Ermittler einen flachen Knauf entdeckt. Auf Druck öffnete sich das Regal wie eine Türe nach demselben System wie in Dr. Freitags Wohnung.

»Wer stellt den diese Dinger her?«, fragte Piltz. »Das ist wie in einem alten englischen Film.«

»Und hier ist eine schmale Treppe, eine Hühnerleiter aus Beton, die in die Tiefe führt«, sagte Sassner. »Das ist ein Kellerraum neben der Unterkellerung des Hauses. Wir stehen hier an der Außenmauer.« Mit einer Taschenlampe leuchtete er hinunter. »Auf geht's! Oder vielmehr: Ab geht's!«

Schritt für Schritt erkundeten Sassner und Kobalt den Kellerraum bis hinab in das zweite Untergeschoss. Ein langer Gang führte sie zu einer dicken Bunkertüre aus Stahl, die offen stand.

»Sauber, alles sauber!«, sagte Sassner.

»Ein echter Bunker für den Angriffsfall mit Betten, Vorräten und …«

»Ja? Was denn, Kobalt?«, fragte Sassner.

»Einer privaten Kunstsammlung.«

»Wow!«, sagte Sassner. »Ikonen-Fan Nummer zwei. Und da finden unsere Experten mit Sicherheit noch ein paar andere lang gesuchte Schätze wieder.«

»Fehlt nur noch Dr. Pfeiffer«, sagte Piltz, die ihren beiden Kollegen gefolgt war.

38

Mit Blaulicht kamen Sassner und sein Team in der Fußgängerzone direkt vor dem Brauhaus an. Als die Ermittler die Schankstube mit gezogenen Waffen betraten, wichen die Gäste erschrocken zurück.

»Ich habe es gleich gewusst«, sagte der Köbes, der Kobalt aus der herbstlichen Muschelzeit kannte.

Am Stammtisch saßen Dr. Spangenberg und Dr. Abendroth.

»Wo ist Dr. Pfeiffer?«, fragte Sassner.

»Der ist in dem Raum mit dem kleinen Mann auf der Tür«, sagte Dr. Abendroth und hob die Hände. »Werden wir jetzt alle festgenommen?«, fragte er.

»Haben wir einen Grund, Sie festzunehmen?«, fragte Sassner.

»Da!« Piltz drehte sich abrupt um. Beim Versuch in Richtung Ausgang loszusprinten, stolperte sie über eine Tasche, die ein Gast achtlos auf dem Boden hatte liegen lassen. Piltz schrie leise auf und blieb am Boden. »Mein Knöchel«, wisperte sie.

Kobalt sprang über seine Kollegin. Ullrich folgte ihm zur Ausgangstüre.

Sassner hielt seine Dienstwaffe auf Dr. Spangenberg und Dr. Abendroth gerichtet.

»Was wird das?«, fragte Dr. Spangenberg.

»Das sollten Sie uns erzählen!«

Aus der Fußgängerzone drang lautes aufgeregtes Geschrei ins Brauhaus.

Piltz rappelte sich wieder auf. »Hoffentlich kein Bänderriss«, sagte sie.

»Kannst du hier allein die Stellung halten?«, fragte Sassner.

Piltz nickte und zog ihre Dienstwaffe aus dem Halfter. Sassner folgte seinen Kollegen in die Fußgängerzone.

Von allen Seiten drangen laute Schreie an seine Ohren. 20 Meter weiter sah er Dr. Pfeiffer am Boden liegen. Er war mit dem Kopf auf eine Steinkante aufgeschlagen, die das Erdreich eines Baumes von der Fußgängerzone abgrenzte. Dr. Pfeiffer war auf einem feuchten Kreidestück eines Straßenkünstlers ausgerutscht, der auf den Boden die Skyline von Düsseldorf gemalt hatte. Je weiter sich Sassner dem

Doktor näherte, desto mehr Blut sah er aus dessen Kopf sickern. Es floss in Richtung der farbenfrohen Skyline zwischen Schlossturm in Beige und Orange und Lambertuskirche mit dem schiefen Turm in Dunkelgrau und Grün vor einem Schäfchenwolkenhimmel.

Innerhalb weniger Minuten hatten die Kollegen, die als Zivilstreifen an diesem Tag in der Altstadt unterwegs waren, den Unfallort gesichert.

»Was für ein Fall!«, dachte Sassner laut. »Alle Verdächtigen, die wir eingehend befragen wollten, sterben uns sozusagen unter der Hand weg.

39

»Es war doch nur ein Spiel«, versuchte sich Dr. Spangenberg herauszureden.

»Du Schwein!«, schrie Dr. Abendroth. »Ihr habt mich zum Narren gehalten. Ihr habt mich in dem Glauben gelassen, einen hochintelligenten Gegner am Pokertisch zu haben. Dabei seid ihr zwei die Gehirne gewesen.« Er schlug sich vor Wut mit der Hand gegen die Stirn. »Das hätte ich mir doch denken können. Mein Gegner kam mir schon immer ein wenig schizophren vor. Diese seltsam unsystematischen Spielzüge. Dieses Hin und Her, dieses Hü und Hott. Ihr habt euren eigenen Stammtischbruder in den Wahnsinn treiben wollen.« Wütend schlug er mit den Fäusten auf den Tisch.

Dr. Goldmann erschien in der Eingangstüre des Brauhauses. Entsetzt blickte er auf Piltz mit der Waffe in der Hand. »Ich habe mich verspätet«, sagte er. »Was ist denn passiert?«

»Nichts! Wirklich nichts!«, versuchte Dr. Spangenberg zu erklären.

»Diese beiden Genies haben sich lächerlich gemacht«, schrie Dr. Abendroth. »Ich hoffe, du gehörst nicht auch dazu?«

Irritiert schüttelte Dr. Goldmann den Kopf.

»Pfeiffer und Spangenberg haben nachts mit mir im Online-Casino gegen mich gespielt als ein und derselbe Gegner.«

»Wie viel hast du denn verloren?«, fragte Dr. Goldmann leise. »Das ist wirklich nicht die feine Art.«

Piltz sog den frischen Lufthauch ein, der von draußen als lauer Sommerwind hereinwehte. Wenn sie trotz der stechenden Schmerzen in Fuß und Kopf noch klar denken konnte, dann hatte Dr. Spangenberg Dr. Pfeiffer das perfekte Alibi verschafft. Während Dr. Pfeiffer Dr. Freitag im Spee'schen Graben entsorgt hatte, hatte Dr. Spangenberg als Dr. Pfeiffer unter einem Nicknamen im Casino in Malta gegen Dr. Abendroth gespielt.

»Es ist alles ganz anders«, versuchte es Dr. Spangenberg mit einer neuen Erklärung. »Das Geld wollten wir für den Rückkauf der gestohlenen Bilder verwenden. Wir haben alle unsere Gewinne in Krypto-Geld investiert. Wir wollten dem Museum in Florenz doch nur einen Gefallen tun. Diese Studenten haben Dr. Pfeiffer die Bilder im Darknet angeboten. Wir konnten doch nicht ahnen, dass die auch vor Mord nicht zurückschrecken.«

Piltz versuchte sich auf die Ausführungen von Dr. Spangenberg zu konzentrieren. Wenn sie alles richtig verstanden hatte, dann hatte Dr. Pfeiffer mit allen seinen Stammtischbrüdern ein falsches Spiel gespielt. Ein extrem falsches Verwirrspiel.

Sassner trat neben Piltz an den Stammtisch. »Er ist tot«, sagte er leise.

Piltz stöhnte auf.

»Die Herren begleiten uns ins Präsidium«, sagte Sassner. Er dachte an das Whiteboard im Büro und an das neue Arrangement der Fotos und Karten. Hatte Dr. Pfeiffer Kunze involviert? Er wählte auf seinem Smartphone die Nummer der Spurensicherung. »Und? Habt Ihr Blutspuren von Leon Winterblum und Dr. Freitag im Bunker gefunden?«

40

Die noch lebenden Stammtischbrüder staunten nicht schlecht über das Doppelleben, das Dr. Pfeiffer und Dr. Freitag geführt hatten.

Nachdem sie ihre ausführlichen Aussagen über die Geschehnisse der letzten Wochen getätigt hatten, konnten sie das provisorische Präsidium im Ministeriumsgebäude wieder verlassen.

Das im Kriegsbunker von Dr. Pfeiffer gefundene Bild hatte die Spusi bereits den Verantwortlichen des Museum Kunstpalast übergeben. Die Experten der Trivia hatten auch den zweiten Fund als Original beurteilt. Die angereisten Italiener ließen sich trotzdem nur langsam beruhigen. Zu tief war das Misstrauen, weil sie nicht rechtzeitig informiert worden waren. Die Geschäftsführung der Trivia versuchte, die geheime Abwicklung des Falles gegenüber der Düsseldorfer Kriminalpolizei und deren Kollegen aus Italien mit unzähligen Ausflüchten zu erklären. Dennoch bestanden die Italiener auf sofortiger Rückgabe der beiden Gemälde.

»Je weniger Menschen in den Fall verwickelt waren, desto größer war die Chance auf eine schnelle Rückgabe der Bilder«, hatte Frank Kaiser der Presse erklärt. »Die Bilder sind wieder da und damit ist unsere Vorgehensweise erfolgreich gewesen.«

»Unsere Vorgehensweise!«, Piltz wiederholte diese Worte, die Kaiser auf der Pressekonferenz der Trivia von sich gegeben hatte, mit einer unendlichen Verachtung. Sie saß am Besprechungstisch mit einem bandagierten Fuß.

»Ein paar Tage Ruhe und das Leben geht weiter«, hatte ihr Sportarzt gesagt.

»Unser diensthabender Ermittlungsrichter hat mir soeben noch einmal ausdrücklich bestätigt, dass besondere Fälle auch besondere Vorgehensweisen verlangen«, sagte Dr. Gantenbein, der neben Piltz am Besprechungstisch Platz genommen hatte.

Sassner lehnte sich in seinem Drehstuhl zurück. Auf seinem Arbeitsplatz lag ein Manuskript, das die Spusi in einem Tresor in der Bunkeranlage gefunden hatten. Ein kleiner Stapel Papier hatte da unter einer Uhrensammlung für Herren, mehreren Goldbarren, zwei Bündeln Geldnoten und privaten Dokumenten gelegen.

»›Das perfekte Verbrechen‹«, las Sassner den Titel auf dem Deckblatt des Manuskriptes vor. »›Kriminalroman von Dr. Marcel Pfeiffer, Düsseldorf.‹«

Kobalt grinste. »Auch ein Doktortitel ist keine Garantie dem langen Arm des Gesetzes nach einer Straftat zu entrinnen.«

»Wir können keinen der Tatbeteiligten mehr nach den Tathergängen fragen«, sagte Sassner. »Aber diese Kriminalgeschichte scheint mir in weiten Teilen der Realität zu entsprechen. Ich frage mich nur, welchem Verlag er das Manuskript hätte anbieten wollen?«

»Hat er kein Testament gemacht?«, fragte Ullrich.

»Das Testament liegt bei Herrn Dr. Ramdammer«, sagte Sassner. »Der wird sich sicherlich schon auf unseren Besuch freuen, wenn er die Schlagzeilen liest.«

Dr. Gantenbein nippte am Kaffee. »Die ganze Geschichte beginnt in dem Manuskript mit einer Wette zwischen zwei guten Freunden, die Mitglieder eines Stammtischs sind. Der eine, nennen wir ihn Freitag, hat sich in das Porträt der Anna Maria Medici verliebt. Der andere, nennen wir ihn Pfeiffer, weckt in ihm die Idee, ein echtes Porträt der Kurfürstin über sein Bett zu hängen. Die beiden spionieren genauso wie eine Gruppe junger Informatikstudenten die Versicherung aus, die den Transport der Medici-Leihgaben aus Florenz an den Rhein in Düsseldorf versichert hat. Den beiden Herren gelingt es, sich im kriminellen Milieu des Darknets zurechtzufinden. Sie beauftragen zwei Handlanger mit dem Raub zweier Bilder und lassen diese Kunstwerke auf Umwegen wie unsichtbar in einer Hutablage im Thalys verschwinden.

»Wer hat die Bilder aus der Hutablage im Thalys wieder herausgeholt?«, wunderte sich Piltz. »So eine einsame Rolle ist doch bestimmt für viele Reisende eine Verführung?«

»Dann geraten die beiden in Streit und überlegen, die Bilder gegen eine angemessene Lösegeldzahlung zurückzugeben. Das Informatik-Genie kauft im Darknet einen gefälschten Pass, mit dem er in Malta eine gefakte Firma gründet, für die er ein Konto eröffnet – die Meditara Limited. Sie wollen den Verdacht gezielt auf die Mafia lenken. Freitag schreibt in seiner gestochen scharfen, altmodischen Lehrerschrift den Brief an die Trivia. Sofort finden die beiden den Hinweis auf der Homepage der Versicherung mit dem antiquarischen Hausrat. Der Kontakt mit den Haases über die wechselnden E-Mail-Adressen war genial. Mit minimalem Aufwand haben zwei Doktoren uns alle genarrt, sodass wir dachten, die internationale Mafia sei am Werk.« Dr. Gantenbein biss in einen Keks.

Sassner übernahm: »Dummerweise greift ein junger Informatikstudent die zehn Millionen ab. Sie haben keine Chance, die Bilder einfach so zurückzugeben, denn das wäre unprofessionell. Die beiden Herren denken sogar daran, das Konto in Malta zu löschen. Sie sind perfekt im Verwischen der Spuren. Dummerweise hat der junge Mann sie bereits ausfindig gemacht, weil die Bank in Malta eine Sicherheitslücke nicht rechtzeitig geschlossen hat. Er beginnt sie zu erpressen. Sie treffen sich nachts am Kaiserteich, es kommt zum Streit. Ein Schlag mit einem alten Totschläger, den Dr. Freitag einem Schüler abgenommen hatte, reicht aus und schon liegt Leon Winterblum im Wasser. Dort ertrinkt er. Wenn das Manuskript dem wahren Ablauf der Geschehnisse entspricht, dann hat Freitag die Nerven verloren. Die Flüchtenden werden nur von Gereon Schuster gesehen. Sie laufen mit Winterblums Tasche, die sie am selben Tag im Hausmüll entsorgen, in die neue U-Bahn-Anlage am Graf-Adolf-Platz. Hier trennen sich ihre Wege.« Sassner schaute zu seinem klingelnden Dienstapparat. Selbst wenn es seine Frau sein sollte, war es ihm in diesem Moment völlig egal.

»Alle verdächtigen Tablets und Laptops spenden sie nach gründlichem Löschen aller Daten einer Hilfsorganisation an der Elfenbeinküste«, ergänzte Dr. Gantenbein.

»Die beiden sind Spielernaturen«, fuhr Sassner fort. »Sie nutzen weiterhin die Anonymität im Darknet und bieten eines der Bilder erneut einem Agenten der Versicherung an – den Haases. Während wir uns mit Spurensuche in den Wohnungen, im sozialen Umfeld, im Darknet und mit diesem irren Trittbrettfahrer herumgeärgert haben, hatten die beiden ausreichend Zeit, den nächsten Schritt zu planen.«

»Die wussten genau, wie dicht wir an ihnen dran waren. Und wir haben erst gestern von ihrer Existenz erfahren. Das ewig alte Spiel zwischen dem Verbrechen und uns«, sagte Ullrich.

»Doch als Dr. Pfeiffer die Bilder einfach in die Post stecken wollte, ist Dr. Freitag durchgedreht. Schließlich wollte er seine Anna Maria über das Bett hängen.« Dr. Gantenbein blätterte im Manuskript.

»Richtig. Pfeiffer hat Freitag aus Angst, dass er durchdreht und die Polizei informiert, in eine Falle gelockt, während Spangenberg ihn im Online-Casino gegen Abendroth vertreten hat.« Sassner griff sich ein paar saure Drops.

»Dazu passt der seltsame Brief, den Dr. Ramdammer erhielt«, sagte Piltz. »Freitag hatte eine Vorahnung. ›Per Post vorab‹ war eine Nachricht aus dem Jenseits an Pfeiffer.«

»Ob der Genickbruch ein Unfall war, wird wohl ewig ein Rätsel bleiben«, sagte Kobalt. »Bricht das Manuskript an der Stelle ab?«

»Auf jeden Fall hat Spangenberg nichts von der ganzen Sache bemerkt«, sagte Ullrich. »Für ihn gibt es keinen Grund, Pfeiffer zu decken. Pfeiffer hat nach dem Ablegen der Leiche am Spee'schen Graben Spangenberg gegen zwei Uhr morgens beim Spielen im Casino wieder abgelöst.«

»Dass Pfeiffer keiner mit der Leiche im Sack auf der Poststraße gesehen hat?«, überlegte Dr. Gantenbein laut.

»Vielleicht hatte er doch Helfer? Die Helfer aus dem Thalys?«, schlug Piltz vor. »Kunze?«

»Das werden wir vielleicht nie herausfinden. Aber was sind Details nach einem gelösten Mordfall?« Dr. Gantenbein war zufrieden.

»Einen Durchsuchungsbeschluss hat Pfeiffer aber nicht einkalkuliert. Sonst hätte er das zweite Bild längst wieder in die Post ans Museum Kunstpalast geschickt«, sagte Kobalt. »Ob sich der Bote, der das erste Bild in der Papprolle in den Antiquitätenladen gestellt hat, je melden wird?«

»Der Helfershelfer aus dem Thalys hat sich auch nicht gemeldet«, sagte Piltz.

»Oder Pfeiffer hat die Nerven verloren«, sagte Sassner. »Realitätsverlust!«

»Was haben Caro Bender und die drei Freunde von Leon Winterblum wirklich gewusst?«, fragte Ullrich. »Gibt es irgendwelche Hinweise in dem Manuskript auf Mitwisser?«

Sassner schüttelte den Kopf. »Dr. Pfeiffer kann nur seine Sicht der Dinge relativ vollständig abgebildet haben. Hat er überhaupt von Caro Bender, von Leon Winterblums Eltern und seinen Freunden gewusst? Egozentriker sehen nur sich im Mittelpunkt der Geschehnisse.«

MONTAG – RUHETAG

41

Endlich! Sie hatte ihre Ruhe wiedergefunden. Mit Stolz hatte sie in dieser Neumondnacht auf die beiden Stellen im Museum geblickt. Ihre Schönheit strahlte auf den so lange in allen Ecken und Winkeln gesuchten Porträts. Leise Wehmut ergriff sie bei dem Gedanken an ihre schwarze Lockenpracht, mit der sie die Welt bis in alle Ewigkeit begeistern würde. Hatten sich ihre Florentiner doch an ihre jahrhundertealte Abmachung gehalten. Keines der kostbaren Medici-Gemälde sollte Florenz je verlassen dürfen. Vielleicht hatte sie auf der Suche durch die Räumlichkeiten doch den einen oder anderen geheimen Gang in der Eile und in der Angst um das Medici-Vermögen übersehen. Jetzt konnte sie sich zur Geisterstunde wieder an den vielen Statuen, den Schmuckstücken, den Gemälden und Altären erfreuen. Aber sie war auch ein wenig müde von der intensiven Suche nach den beiden Gemälden. Die kühle Gruft in der Krypta war Balsam für ihre Seele, die nur noch hin und wieder durch die Museen geistern wollte. Sie brauchte Ruhe, wollte Kraft schöpfen. Vielleicht konnte sie es bald einmal wieder wagen, sich weiter von der Krypta als nur bis zum Arno zu entfernen. Der Gedanke an einen Ausflug zum Arno um Mitternacht munterte sie auf. Dieser Arno, dessen Hochwasser in San Lorenzo in ihrem steinernen Sarg gestanden hatte. Nicht einmal eine weltliche Macht konnte irgendetwas gegen die Gewalten der Natur ausrichten. Anna Maria Luisa de' Medicis Seele war so intelligent wie zu ihre Lebzeiten. Nie würde sich am Geist der Medici etwas ändern. Das war auch der Grund, weshalb dieser Geist bis zum heutigen Tag das Schicksal der Stadt Florenz war. Und sie, Anna Maria Luisa de' Medici, hatte nicht nur ihr kleines Düsseldorf zu einer wahren Regentenstadt gemacht, sondern auch ihrer italienischen Geburtsstadt Florenz den Weg in eine goldene Zukunft geebnet. Düsseldorf und Florenz würden für alle Zeiten mit der Familie der Medici unzertrennlich verbunden sein. Gerne glaubte Anna Maria den Gerüchten, die sie auf einem ihrer letzten Streifzüge am Arno entlang von ruhelosen Geistern gehört hatte, die ohne eigene Gruft durch die ganze Welt zogen. In ihrem kleinen Düsseldorf sollten die lieben Menschen sogar einen Platz nach ihr benannt haben, den Anna-Maria-Luisa-Medici-Platz. Sie, die Großfürstin der Toskana, die verwitwete Kurfürstin der Pfalz, hatte ihren Platz in den Herzen der Menschen verdient, auf das der Glanz und die Großzügigkeit ihrer Familie für immer und alle Zeiten lebendig sein sollten. Diese Geister hatten ihr von großen prächtigen Museen in München, in Düsseldorf und in Schleißheim erzählt, in denen heute viele Gemälde aus der Sammlung des Kurfürsten Johann Wilhelm hingen. Immer wieder sollte es nach dem Tod ihres Mannes zu Erbstreitigkeiten gekommen sein, sodass die einzigartige Sammlung des Kurfürsten an verschiedenen Orten der Welt von unzähligen fremden Augen bewundert werden konnte. Aber war es nicht auch ihr Ansinnen gewesen, mit ihrem Testament und dem Familienpakt mit dem Hause Habsburg-Lothringen den Menschen eine große Freude zu bereiten? Und jetzt wollte sie erst einmal ruhen – ganz still ruhen.

42

»Warum die sich wegen der fehlenden Anzeige wegen der zehn Millionen so aufgeregt haben«, lachte Frank Kaiser.

Claire und Lutz Haase warfen sich einen Blick zu. Ab heute Abend gehörte die Galerie Haase Axel Weberli. Nach den letzten Ereignissen hatte auch Lutz Haase wegen der vielen Cyberpannen den Spaß an der Jagd verloren.

Die Mafia hatte kein Interesse an Agenten, die Raubkunst ohne Lösegeld wiederbeschafften. Ihr Name war verbrannt. In Rom wartete schon ein Freund in seiner Galerie für moderne Kunst auf sie. Ideale Bedingungen für einen Neuanfang mit ihrem üppigen Honorar der Trivia. Bis Gras über die Sache gewachsen war. Vielleicht war auch eine neue Identität hilfreich. »Außerdem ist endlich wieder einmal Zeit für ein echtes Privatleben. Meinen 24-Stunden-Arbeitseinsatz als Agent macht einfach keine Frau mit.«

Claire lächelt. »Kein Feierabend, keine große Liebe, kein Herzschmerz.«

»Schwesterherz, glaub nicht, dass ich die Blicke zwischen diesem Fahnder und dir übersehen habe. Wie heißt er doch? Kobold oder Kobalt?«

»Einseitig, völlig einseitig«, erklärte Claire in einem extrem kühlen Tonfall. Dann lachte sie laut auf. »Ein Kriminaler passt nicht in meine Welt, auch wenn er noch so charmant mit den Augen flirten kann.«

»Wenn wir für jeden Angriff auf das System die 110 anrufen würden, hätten wir viel zu tun. Unsere Kunden würden nie wieder auch nur eine einzige Versicherung bei uns abschließen, wenn die wüssten, wie groß die Datenlücken sind. Die haben alle Angst vorm Staat. Der gläserne Bürger? Dass ich nicht lache. Die Internet-Mafia weiß doch heute schon viel mehr über die Menschen, als der Staat es je erfahren wird.« Kaiser ließ den Korken der Champagnerflasche knallen, während Kevin Merle die elektrischen Jalousien herunterließ. Am Himmel war keine Wolke zu sehen.

»Die Italiener haben wir mit einer Extra-Zahlung entschädigt. So schnell werden die Florentiner ihre Schätze nicht mehr ausleihen. Dr. Stahl hat da einiges durchblicken lassen. Die haben gekocht vor Wut, dass sie nicht rechtzeitig über alles informiert worden sind. Wir standen fast vor einem politischen Skandal. Aber die Bilder sind ja wieder da!«

»Ja«, sagte Claire Haase. »Galerie Haase beschafft jedes Kunstwerk weltweit. Selbst wenn es in einem schäbigen Düsseldorfer Kriegsbunker versteckt ist. Warum dieser Sassner nicht von Anfang an einen Durchsuchungsbeschluss für alle Verdächtigen beantragt hat? Uns hat er doch auch gleich beim ersten Gespräch damit gedroht.«

»Beschaffte«, fügte Lutz Haase leise hinzu. »Und fang gar nicht erst an, irgendwelche Verschwörungstheorien aufzustellen. Wir vergessen die ganze Angelegenheit, so großzügig wie wir honoriert worden sind.« Er zwinkerte Kaiser hinter dem Rücken seiner Schwester zu.

»Wen interessiert schon die Arbeit der Polizei, wenn sie nicht gerade ins Haus geschneit kommt? Ich kann mir kaum vorstellen, dass die Geschäftsführung ihre Ansichten über die staatlichen Ermittler ändert. So hoch können die Summen gar nicht sein, dass die Trivia das Risiko eines Presseskandals eingeht. Und außerdem …« Kaiser füllte die Gläser nach.

»Und außerdem?«, fragte Lutz Haase.

»Und außerdem habt theoretisch ihr die beiden Bilder wiederbeschafft. Nicht die Polizei. Die würden heute noch über den ganz legalen Ermittlungsweg versuchen, an die Konteninhaber in Malta zu gelangen. Das Böse ist den Guten halt immer einen Schritt voraus. Und mit den Morden haben wir nun wirklich nichts zu tun gehabt. Rein gar nichts. Dieser Sassner glaubt doch wohl nicht, dass Leon Winterblum heute noch leben würde, wenn wir die Polizei von Anfang an eingeschaltet hätten?«

»Der Rückblick macht ohnehin niemanden mehr lebendig. Auf unsere Zukunft – virtuell und in natura!« Claire Haase prostete mit ihrem Glas den anderen zu.

»Nicht einmal die Art Düsseldorf im November kann euch zum Bleiben verlocken?«, fragte Kaiser. »Das Basler Flair zu Gast bei uns!«

43

»Schöne Schlagzeilen«, sagte Dr. Gantenbein. Er warf drei Düsseldorfer Tageszeitungen auf den Besprechungstisch des Sassner-Teams. »Da wird sich sicherlich auch eine positive Empfehlung für Sie schreiben lassen, Kobalt.«

Kobalt nickte. Die Internetrecherchen hatten einen schlummernden Virus in ihm geweckt. Seine Sinne brannten für die Zukunft des Cybercrime. »Dem Verbrechen einen Schritt voraus sein!« So lautete sein neues Ermittler-Motto. Er hatte sich beim Landeskriminalamt beworben und hoffte, schon in den kommenden Wochen in die Abteilung Cybercrime in der Völklinger Straße in Unterbilk wechseln zu können.

»Unser Mann im LKA. Das Team Sassner mit besten Kontakten nach oben und zum Rest der Welt«, hatte Ullrich gescherzt.

»Sie haben die Statistik noch einmal deutlich verbessert«, sagte Dr. Gantenbein. »Zwei aufgeklärte Mordfälle innerhalb einer Woche. Das ist erstklassige Ermittlerarbeit gewesen. Es lassen sich halt nicht alle Fälle mit DNA und Fingerabdrücken lösen.«

»Darknet-Fälle sind halt ganz speziell«, sagte Piltz, die ihrem Dienstvorgesetzten statt des Beschaffungsantrags für ein Medizinlexikon die Beschaffung von Tablets vorgeschlagen hatte. »Wenn wir die Dinger mit nach Hause nehmen können, wissen wir morgens schon mehr als die Kollegen vom LKA.«

»Das ist der 24-Stunden-Virus«, hatte Sassner geantwortet, obwohl er innerlich froh über das Interesse seiner Teamkollegin an der digitalen Welt war. In seiner Umgebung sollte keiner die Zukunft verschlafen. »Burn-out Gefahr. Es gibt schließlich noch ein Leben.«

»Das hat jetzt der Richtige gesagt«, lachte Piltz. »Aber wenn ich etwas mache, dann zu 100 Prozent. Wenn wir immer auf die Uhr geguckt hätten, hätten wir den Fall nie gelöst. Das Böse ist nicht nur schnell, es kennt auch keinen Feierabend.«

»Wer konnte denn am Kaiserteich ahnen, dass in unserer beschaulichen, leicht verschlafenen Landeshauptstadt gleich zwei wertvolle Bilder aus dem 18. Jahrhundert in einem privaten Bunker versteckt sind?«, fragte Sassner rhetorisch. »Ich habe diese Porträts nach den vielen Ausführungen dieser beiden Galeristen irgendwo in China oder Südamerika vermutet. Oder in der Hand von Waffenhändlern im Orient – irgendwo im Hinterzimmer eines Basarladens zwischen kitschigen Glücksbringern, Wunderlampen à la Aladin und Opiumpfeifen.«

»Nicht immer ist in Düsseldorf die internationale Mafia schuld«, ergänzte Kobalt. »Wie wäre es zum Abschluss des Falles mit einem gepflegten, kühlen Alt frisch vom Fass aus einer Hausbrauerei in der Altstadt?«

Dr. Gantenbein lachte. »Den Humor haben Sie jedenfalls nicht verloren während Ihrer Ausflüge in die dunkle Welt des digitalen Verbrechens. Irgendwie schon extrem unheimlich mit Unbekannten zu kommunizieren, die in der Nachbarwohnung nebenan eine Rauschgiftküche haben könnten.«

»Nichts ist mehr unmöglich«, bestätigte Piltz.

»Die erste Runde geht auf mich«, lud Sassner sein Team ein.

Ullrich, Kobalt, Piltz und Sassner fanden im Brauhaus in der Nähe des Stammtischs der ›Dottores‹ einen Platz. Kaum hatten sie sich gesetzt, erschienen auch die drei noch lebenden ›Dottores‹. Freundlich grüßten sie in Richtung der Kriminalbeamten.

»Ob wirklich keiner der drei alten Herren etwas von den Machenschaften von Freitag und Pfeiffer gewusst hat?«, fragte Piltz leise. »Ob Spangenberg so unschuldig ist? Diese Geschichte mit dem Kaufangebot. Das ist doch eine echte Räuberpistole.«

»Die Morde sind aufgeklärt. Die Bilder sind wieder da«, sagte Ullrich. »Keiner der drei hat sich auch nur mit einem Wort verraten. Nicht eine DNA-Spur im Bunker oder an den Bildern. Nicht eine Mail, keine SMS, nicht einmal Tor haben die drei Herren auf ihren Computern installiert«, sagte Kobalt. »Zumindest nicht auf den bei ihnen gefundenen Geräten. Und auf möglicherweise gespendete Geräten an die Elfenbeinküste haben wir keinen Zugriff.«

»Komm!«, sagte Ullrich. »Wir begrüßen die drei persönlich mit Handschlag. Vielleicht jagen wir ihnen einen kleinen Schreck ein. Oft verplaudern sich Täter noch nach Abschluss eines Falles, weil sie sich nicht mehr vor uns hüten.«

»Du und dein Cold-Case-Denken«, grinste Kobalt.

Die beiden nahmen ihre Altgläser in die Hand und setzten sich nur wenige Schritte weiter an den Stammtisch der ›Dottores‹.

»Wie wäre es in der nächsten Zeit mit einem Besuch der Medici-Ausstellung im Museum Kunstpalast«, schlug Sassner Piltz vor. »Da wir die Bilder wiederbeschafft haben, sollten wir uns einen Überblick über die Medici-Gemälde verschaffen.«

Piltz hob erstaunt die Augenbrauen. Hatte sie da irgendetwas während der letzten Wochen verpasst? Bestimmt, denn sie war 24 Stunden rund um die Uhr eingebunden in ein Leben voller Ermittlungen und Judo-Trainingseinheiten. »Eine gute Idee«, sagte Piltz. »Betriebsausflug zu unseren Erfolgen.« Sie war gespannt auf Sassners Antwort.

Doch Sassner schwieg und schaute ihr nur tief in die Augen.

»Ich habe ganz vergessen, Ihnen meinen Antrag auf Beurlaubung vom Dienst zu geben«, sagte Piltz in die Stille hinein. »Ich werde mich wohl doch auf die Olympischen Spiele vorbereiten. Vielleicht klappt es mit der Qualifikation. Wo *mein* Wille ist, ist auch *mein* Weg.«

»Findet Ihr Training in Düsseldorf statt?«, fragte Sassner.

»Wieso?« Piltz versuchte, irritiert zu wirken. Sollte sie auf die Schnelle einen Freund erfinden, um Sassner seine Grenzen aufzuzeigen?

»Einfach nur so«, sagte Sassner. Er dachte an Schreiben Nummer drei des Scheidungsanwalts, der eine außergerichtliche Mediation vorgeschlagen hatte. Vielleicht konnte er seine Ehe retten? Auf jeden Fall wollte er Vicki einen Hund schenken, den sie sich schon so lange wünschte. Vicki hatte die einsamen Abende und Nächte gehasst, wenn er im Dauereinsatz auf Mörderjagd war. Aber die Einladung für Piltz schlummerte auch noch als Idee in seinem Kopf.

In diesem Moment setzten sich Ullrich und Kobalt wieder an den Tisch.

»Eine eingeschworene Gemeinschaft«, kommentierte Ullrich die ›Dottores‹. »Die diskutieren beim Leichenschmaus nur über die Kulturreise nach Florenz, die Ihnen Dr. Freitag als Vermächtnis hat zukommen lassen. Trotz dieser ganzen Elfenbeinturm-Aura ganz hartgesottene Burschen.«

»Wenn dieser Leon Winterblum nicht dazwischengefunkt hätte, wären die vermutlich nie erwischt worden«, bestätigte auch Kobalt.

»Kriminelle rechnen nie mit dem Zufall«, sagte Sassner. »Die denken immer, sie haben das perfekte Verbrechen geplant.«

ENDE

NACHWORT

Ich danke allen Menschen herzlich, die mir bei meinen Recherchen in Düsseldorf begegnet sind, für die vielen netten Unterhaltungen und Informationen. Außerdem haben mich viele schriftliche Quellen und aktuelle Nachrichten zu den Themen Kryptowährung, internationaler Kunstmarkt, Ermittlungstechniken und Medici wie unter anderem »Die Medici – Die Geschichte meiner Familie« von Lorenzo de' Medici, »Kulturgeschichte der Menschheit« von Will und Ariel Durant sowie »rheinische-geschichte.lvr.de« zu diesem Krimi inspiriert. Ich danke auch Sven Lang für das akribische Lektorat und allen Menschen im Gmeiner-Verlag, die ein offenes Ohr für die Idee zu diesem Krimi quer durch die Zeiten hatten.

Die Verbindung zwischen unserer Vergangenheit und unserer Zukunft in einem Kriminalroman der Gegenwart sichtbar werden zu lassen, hat mich vom ersten Moment an der spontanen Idee fasziniert.

Was verbindet die Bankiersfamilie der Medici, die Großfürsten, Königinnen und Kardinäle hervorgebracht hat, mit den Krypto-Finanzströmen der Zukunft im 21. Jahrhundert? Geld und Macht scheinen unabdingbar miteinander verknüpft und können die Basis für eine Blütezeit der Menschheit sein.

Was führte zum Untergang des mächtigen Bankhauses der Medici? Findet Genie nicht immer einen Weg in die Zukunft?

War Anna Maria de' Medici, die Großfürstin der Kurpfalz und der Toskana, die heimliche Herrscherin Europas? Auf jeden Fall war sie die ungekrönte Kaiserin der europäischen Kunstwelt. Ihrem Gespür für Macht und Finanzen haben wir es heute zu verdanken, dass die Kunstschätze der Medici in Florenz, München, Düsseldorf und vielen anderen Orten der Öffentlichkeit zugänglich sind. Wilde Spekulationen, wie Europa heute aussehen würde, wenn Anna Maria die Königin Frankreichs oder als Kurfürstin der Pfalz Mutter geworden wären, führen ins Nichts. Allein das reale Leben zählt – das Leben, das wir selbstbestimmt gestalten bis zum letzten Atemzug. Was bleibt nach dem Tod auf der Erde übrig?

Der Mut, über die Jahrhunderte hinweg in Zusammenhängen zu denken, hilft die Gegenwart besser zu verstehen und neue Wege in die Zukunft zu gehen.

Unser Bankwesen, unsere Kunstwerke, unsere Kultur und unsere Lebensart basieren auf den Ideen unserer Ahnen. Ohne unsere Vergangenheit hätten wir keine Zukunft.

Weitere Titel finden Sie auf den folgenden Seiten und im Internet:

WWW.GMEINER-VERLAG.DE

SUSANN BRENNERO
Der Vampir vom
Niederrhein – Peter Kürten

978-3-8392-1937-9 (Paperback)
978-3-8392-5131-7 (pdf)
978-3-8392-5130-0 (epub)

BLUTRÜNSTIG Düsseldorf, 9. Februar 1929 – Der Serienmörder Peter Kürten versetzt die Menschen der Stadt in Angst und Schrecken. Er sticht Kinder und Erwachsene nieder und trinkt ihr Blut. Als auf einem Bauplatz die Leiche eines achtjährigen Mädchens gefunden wird, schwört sich ihr Nachbar, der Gerichtsreporter Egon Kron, den Täter zu finden. Er begibt sich auf eine besessene Spurensuche, die fast sein Leben zerstört.